베드 프렌드 2

อย่าเล่นกับอนล (Bed Friend)

Published originally under the title of Bed Friend อย่าเล่นกับอนล
Author: littlebbear96
The Thai edition was originally published by Satapornbooks Co., Ltd.
Korean Edition copyright © 2024 A2Z ENTERTAINMENT Co., Ltd
All rights reserved

littlebbear96 지음

오롯 옮김

Bed Friend
베드 프렌드 2

อย่าเล่นกับอนล

taiBL

차례

16
블랙홀

내가 원활한 직장 생활을 위해 중요하게 고려하는 세 가지는 근무 시간, 연봉 수준에 적당한 업무량, 업무 환경과 동료 그리고 상사이다.

비록 사교성은 부족하지만, 지난 3년 동안 이 회사에 근무하면서 가끔 업무적 어려움이나 동료들과의 몇 가지 갈등을 겪었을 뿐 장기적인 문제를 겪은 적은 없었다. 하지만 IT 부서에 새로운 관리자가 부임하고부터는 내 직장 생활이 예전만큼 행복하지 않다고 느끼기 시작했다.

"좋은 아침이에요, 으아. 오늘 일찍 왔네요."

회사 건물 1층에 있는 카페에서 커피를 사기 위해 줄을 서 있는 동안 IT 부서장 크릿 씨의 낮고 부드러운 목소리가 들려왔다.

"좋은 아침입니다, 매니저님."

나는 두 손을 모아 정중하게 인사를 건넸지만, 그는 고개를 저었다.

"또 '매니저님'. 그냥 이름 부르라고 했잖아요."

그는 눈을 조금 가늘게 뜨며 그다지 심각하지 않은 태도로 질책했다. 결국 나는 어쩔 수 없이 그가 원하는 대로 다시 인사를 건넸다. 내가 순순히 따르자 그의 눈이 만족스럽게 빛났다. 그게 너무 불편해서 커피를 주문하는 줄로 시선을 돌리고어서 내 차례가 오길 기도했다. 이 사람과 그다지 이야기하고 싶지 않았다.

"뭐 마셔요, 으아?"

"네?"

"커피, 뭐 마셔요? 나도 한 잔 사려고 왔는데, 내가 사 줄게요. 가서 자리에 앉아 있어요."

"아뇨, 괜찮습니다, 매니…. 크릿 씨. 폐 끼치고 싶지 않아요."

"상사가 부하 직원에게 커피 한 잔 사 주는 게 무슨 폐가 되겠어요. 아니면 나한테 불만이라도 있어요?"

그가 더 가까이 다가왔고, 순간 관자놀이로 혈액이 쏠리는 느낌과 함께 두통이 일었다.

또 이런 일이….

"뭐 마실래요?"

"아이스아메리카노요."

"좋아요. 테이블에서 기다려요."

그는 내 팔을 잡고 줄 밖으로 끌어내며 말했다.

나는 '고맙습니다'라고 중얼거리고 돌아서서 빈 테이블로 걸어갔다. 자리에 앉자마자 깊은 한숨이 나왔다.

새 관리자가 IT 부서에 부임한 지 한 달이 지났다. 직원들은 처음에는 크릿 씨의 적격성을 두고 은밀하게 비난을 쏟았다. 사장님의 조카인 만큼 처음엔 인맥 덕을 보았을지 모르지만, 그간 인맥만 있고 재능은 없어 부하 직원들에게 책임만 전가했던 이들과 달리 그의 업무 능력은 생각보다 괜찮았다. 그래서 그는 빠르게 직원들에게 인정받았다. 하지만 그는 업무 능력상의 문제는 없을지라도 나를 대하는 태도에는 확실한 문제가 있었다.

다른 직원들 앞에서는 부하 직원을 대하듯 똑같이 대하기 때문에 아무도 의심하지 않았지만, 나와 단둘이 있을 때마다 눈빛이나 목소리, 말투로 나를 향한 관심을 아주 분명하게 표현했다. 지금처럼 내가 부탁하지 않았는데도 커피를 사 주는 등, 모든 것이 너무나 분명해서 미취학 아동도 알아차릴 수 있을 정도였다. 물론 이번이 처음도 아니었다.

그는 겉으로는 잘생기고 예의 바른 사람처럼 보였지만, 내 본능은 그 사람 근처에도 있으면 안 된다고 경고했다.

"여기, 커피요."

"감사합니다."

잔을 건네받는 순간 그가 내 손등을 가볍게 쓰다듬었다. 두꺼운 손의 감촉에 온몸에 소름이 돋았다. 나는 불편한 마음에 눈을 질끈 감았지만, 크릿 씨는 미소를 지었다.

"저 먼저 사무실에 가도 될까요?"

"왜 그렇게 서둘러요? 근무 시작까지 30분이나 남았는데."

"어제부터 밀린 일이 좀 있어서요. 최대한 빨리 끝내고 싶습니다."

"그럼, 나도 같이 올라가요."

그는 일어나서 나와 함께 카페를 나왔고, 나는 엘리베이터로 향하는 발걸음을 재촉했다.

겉보기에는 점잖은 사람 같을지 몰라도, 그것이 허울 좋은 위장이라는 건 분명히 알 수 있었다. 그는 내 겉모습만 보고 무작정 작업을 걸어오는 다른 바람둥이들과 마찬가지였다. 진지한 관계를 원하는 게 아니라 단지 나를 옆에 두고 과시하기 위해 접근하는 것이다. 그리고 나는 그런 취급을 받는 일을 진심으로 경멸했다.

다른 사람이었다면 이미 엄두도 내지 못하게 단단히 일렀을 테지만, 이 사람은 내 상사였다. 직속상관인 데다가 그가 업무와 사적인 일을 구분할 줄 아는 사람인지도 알 수 없었던 탓에 당장은 그를 거부하고 싶어도 그럴 수가 없었다. 직장 생활에 문제가 생길까 봐 무서웠기 때문이다. 내가 할 수 있는 건 가능한 한 그와 대화하는 일을 피하는 것뿐이었다. 하지만 그는 내가 불편해하는 걸 분명히 알고도 업무 논의라는 명목으로 나를 자신의 사무실로 불러들여 끊임없이 추근거렸다.

덕분에 나는 출근하는 것이 불행하다고 느끼기 시작했다.

다행히도 우연히 누군가 크릿 씨에게 인사를 건네고 이야기를 주고받았기 때문에 혼자 엘리베이터를 타고 무사히 사무실로 올라올 수 있었다. 엘리베이터가 15층에 도착하고 문이 열리자 회색 슬랙스 위에 흰 셔츠를 입은 낯익은 남자가 사원증을 태깅하고 있는 모습을 발견했다. 그는 고개를 돌려 나를 보더니 눈썹을 치켜올리며 예의 그 짜증을 돋우는 얼굴로 인사했다.

예전이었다면 벌써 신경질이 났을 텐데, 지금은 그 모습을 보니 왠지 모르게 마음이 편안해졌다. 저 남자의 눈이 크릿 씨의 꺼림칙한 눈보다 훨씬 나았다.

"오늘 일찍 왔네."

내가 옆에 서자 그가 말했다.

나는 사원증을 태깅하며 대꾸했다.

"너도. 오늘은 어떻게 일찍 일어났어?"

"한시라도 빨리 너 보고 싶어서."

그 대답에 얼굴이 확 달아오른 나는 재빨리 사무실 문을 열고 안으로 들어갔다. 킹이 다른 부서 동료들과 인사를 주고받는 소리가 들렸고, 나도 두 손을 모아 선배와 동료들에게 인사했다. 그리고 쿵쾅거리는 심장을 제어하지 못하는 나 자신에게 조금 화가 난 채로 서둘러 IT 부서의 사무실로 이동했다.

도대체 왜 자꾸 첫사랑에 빠진 10대처럼 행동하게 되는 걸까? 그는 그저 노상 해 오던 장난을 치고 있을 뿐이고, 전혀 진심이 아닐 텐데.

"아, 커피 사 왔어? 그럼 이건 어쩌지."

부서 사무실로 들어서자 제이드가 말했다. 그의 가느다란 눈매가 누군가 선물로 주었을 내 책상 위 커피를 안타깝게 바라보았다. 나는 그 커피잔을 그에게 밀어 주었고, 그의 하얀 손이 기다렸다는 듯 그것을 받아 마셨다.

"으아, 얼른 새 남자 친구를 찾아야 사람들이 더 이상 귀찮게 하지 않을 거야."

컴퓨터를 켜는 동안 제이드가 다시 말했다. 그 말끝에 짜증 나는 얼굴 하나가 떠올라 멈칫했다.

남자 친구? 내가 지금 남자 친구란 말에 킹을 떠올렸어?

그건 절대 불가능한 일이다.

"지금은 남자 친구 만들고 싶지 않아."

조금 당황해 대충 얼버무렸고, 제이드는 나에게 좋은 남자 친구가 생기길 바란다고 말했다. 마이에게 아직 싱글인 친구들이 많다며 관심 있으면 소개해 주겠다고도 했지만, 나는 그의 친절한 제안을 거절했다.

제이드는 내가 킹과 FWB라는 것을 모른다. 또한 내가 본의 아니게 킹을 그의 소꿉친구를 친구 이상으로 생각한다는 사실도 모른다. 하지만⋯ 곧 모든 게 끝날 테니 그가 알게 되는 일은 영영 없을 것이다.

"어, 킹! 어제 집에 다녀왔지? 어땠어?"

제이드가 뒤늦게 부서 사무실로 들어온 사람을 향해 물었다. 킹은 우리 책상 쪽을 지나며 제이드의 머리를 큰 손으로 가볍게 밀어내고 자신의 책상으로 가 앉았다.

"잔소리만 엄청 들었지. 내가 스물일곱 살이 아니라 일곱 살인 줄."

그는 몹시 짜증스럽게 한숨을 쉬며 대답했다.

어제는 일요일이었다. 킹은 내 콘도로 오겠다고 했다가, 갑자기 집으로 불려 갔다. 그가 집에 가야만 했던 이유를 추측하기로는….

"선보는 건? 만났어?"

내내 궁금해하고 있던 것을 제이드가 대신 물어 주었다.

"아직. 여자 쪽에서 답이 오길 기다리고 있어."

나는 컴퓨터 화면으로 고개를 돌렸다. 제이드의 질문에 가슴을 짓누르던 답답함이 조금 해소됐다. 킹이 중매로 여자를 만나야 한다고 말한 이후, 나는 킹의 사적인 일에 간섭할 권리가 없다는 것을 인정하고 싶지 않아서 일부러 그것에 대해 아무것도 묻지 않았다.

킹이 나를 어떻게 생각하는지 여전히 회의적인 입장이라는 건 차치하고도, 나는 진실을 찾으려는 행위 자체를 그만두기로 했다. 설사 그가 나를 좋아한다고 하더라도 킹같이 자유분방한 사람이 나에게 영영 매여 있을 거라고는 믿지 않았다. 게다가 우리 두 사람이 만나는 것은 비단 우리 둘만의 문제가 아니었다. 특히 그의 부모님은 아들이 대를 이을 자식을 낳지 못하는 남자와 만나는 것을 절대 허락하지 않을 것이었다.

"근데 제이드, 우리 엄마가 중매인 번호를 네 어머니한테서 받았다던데."

그의 날카로운 눈이 제이드를 노려보았다. 제이드는 어색하게 웃으며 머리를 긁적였다.

"어… 응. 사실 우리 엄마가 나한테 여자 친구 좀 사귀라면서 알아 온 중매인이었는데, 내가 마이를 만나면서 중매인한테 연락하는 걸 그만두셨거든. 근데 너희 어머니가 마침 연락하셔서 그 중매인을 추천해 주셨대."

"아주 완벽한 타이밍이었네."

킹이 대놓고 빈정거렸다.

제이드는 손에 든 커피잔을 내려놓고 킹에게 다가가 그의 어깨를 두드렸다.

"에이, 그러지 말고 어머님 잔소리 그만 듣고 싶으면 그냥 한번 만나만 봐."

"그럴 거야."

"마음에 안 들면 다시 안 만나면 되잖아. 누구도 네 마음까지 강요할 수는 없으니까. 근데 혹시 알아? 그 자리에서 엄청나게 매력적인 상대를 만나게 될지."

제이드의 말에 작업해야 할 파일을 열던 내 손이 갈 곳을 잃고 말았다. 우울한 표정이 나오지 않도록 무표정을 유지하기 위해 부단히 애를 써야 했다.

그래, 그 여자에게 끌리게 될지도 모르지. 만약 그렇게 된다면, 나는 기쁘게 우리 관계를 끝내자고 말할 것이다. 그리고 다시 각자의 삶을 살아가겠지. 그럼, 나에게 남는 것은… 좋았던 기억 그리고 우리가 한때 느꼈던 감정…. 그거면 충분하다.

뜨거운 한낮의 태양이 점심을 먹으러 나온 직장인들을 무자비하게 태워 버릴 기세로 타올랐다. 제이드는 병원에 있는 친척을 만나러 가기 위해 오후 반차를 내고 떠났고, 킹과 나는 점심을 먹은 후 서둘러 회사로 돌아왔다. 건물 안으로 돌아온 나는 에어컨의 찬 공기를 깊이 들이마시며 휴지로 땀을 닦아 냈다.

"줄까?"

휴지를 한 장 더 꺼내 건넸다. 킹은 내 손에 있는 휴지를 흘긋 보더니 그 검은 눈을 매혹적으로 반짝였다.

"닦아 줘."

"손 없어?"

"있어. 근데 네가 닦아 주면 좋겠어."

그의 말투가 마치 애교를 부리는 것처럼 들려서 나는 황급히 그의 손에 휴지를 쥐여 주고 도망치듯 엘리베이터로 향했다.

요즘 그는 이런 식으로 나를 자주 놀렸고, 감당할 수 없는 환상을 품게 만들었다. 이럴 때마다 내가 진심으로 당황해한다는 것을 들킬까 봐 두려웠다.

"어디서 점심 먹었어요?"

엘리베이터를 기다리는데 뒤에서 단 1초도 같이 있고 싶지 않은 사람의 목소리가 들렸다. 이어진 킹의 대답에 나도 어쩔 수 없이 크릿 씨를 향해 돌아섰다.

"근처에 있는 폰 식당에서 먹었습니다. 매니저님은 식사하셨습니까?"

"배달해서 먹었어요. 살 게 좀 있어서 내려온 거고요."

크릿 씨는 우리를 향해 담배 한 갑을 들어 보였다.

나는 내 옆에 서 있는 또 다른 흡연자를 힐끔거렸다. 이 발암 물질을 도대체 왜들 그리 좋아하는지 이해할 수가 없다.

"배달 주문 좋죠. 밖은 불볕이거든요."

대답은 킹이 하고 있지만, 크릿 씨는 나를 쳐다보았다. 그의 눈은 은밀한 동기로 가득 차 있었다.

"그렇죠. 근데 돈이 많이 드니까 회사 주변에서 먹어 보고 싶기도 하네요. 추천할 만한 곳이 있습니까?"

그의 눈을 보면 마지막 문장이 킹이 아닌 나에게 한 말이라는 것을 알 수 있었다. 내가 잠시 그의 질문을 회피할 방법을 고민하는 사이, 킹이 재빨리 끼어들었다. 그는 내 어깨에 손을 얹고 웃으며 대답했다.

"저희는 보통 건물 주변에서 먹습니다. 그렇게 맛있는 건 없어요. 맛있는 음식을 먹고 싶으시면 파이 선배한테 물어보시죠. 그 분야의 전문가니까요."

"아, 알겠습니다."

태연하게 대답하는 크릿 씨는 솜씨 좋게 온화한 미소를 유지했다. 하지만 급격하게 어색해진 분위기를 어쩔 수는 없었다. 빨리 여기서 벗어나고 싶은 생각뿐이었다.

그때 휴대폰 진동 소리가 들렸다. 마치 신이 내 기도를 들어준 것 같았다. 크릿 씨는 재킷에서 휴대폰을 꺼내더니 사람 좋은 미소로 우리에게 양해를 구한 뒤 전화를 받으러 갔다. 나는 몰래 안도의 한숨을 쉬며 옆 사람을 올려다보았다. 킹은 심각한 표정으로 크릿 씨의 뒷모습을 보고 있었다.

"엘리베이터 왔어."

팔을 쿡 찌르자 킹은 시선을 거두고 다른 사람들과 함께 엘리베이터 안으로 들어갔다.

짐작일 뿐이지만, 킹 역시 크릿 씨를 별로 좋아하지 않는 것 같았다. 킹은 (비록 대부분 여자들에게 여지를 주기 위해서지만) 사교적이고 항상 웃는 얼굴이었기 때문에 싫어하는 사람 앞에서도 곧잘 웃었다. 하지만 나는 그 미소 뒤에 숨겨진 그의 진짜 감정을 읽을 수 있을 만큼 오랫동안 그를 알고 지냈다.

크릿 씨와 이야기를 나눌 때 그의 얼굴에 떠오른 것은 아주 정치적인 미소였다. 그의 눈은 입가에 걸린 미소를 따라 웃지 않았고, 눈빛은 조금 엄해 보이기까지 했다.

"나만 이상하게 느껴? 저 매니저가 하는 짓."

엘리베이터에서 내리자마자 킹이 다소 큰 소리로 말했다. 나는 황급히 주변을 살피고는 두 명의 청소부가 있는 것을 발견하고 그를 비상구로 데려갔다.

비상구 문을 닫고 돌아선 킹은 나를 보며 언짢은 기색을 숨김없이 드러냈다.

"계속 보고 있었어. 그 사람, 너한테 마음 있는 것 같아."

나는 한숨을 푹 쉬고 고개를 살짝 끄덕였다.

"그런 것 같아."

"넌 어떤데?"

"아냐! 난… 싫어."

어린아이가 부모 앞에서 자신을 변호하는 것처럼 말을 더듬을 정도로 급하게 대답했다. 킹이 내가 크릿 씨를 좋아한다고 오해한 것은 아닐까 하는 생각에 불안했다.

"왜?"

"바람둥이 같으니까."

내 솔직한 대답에 킹은 조금 웃었다. 그의 얼굴은 한결 편안해 보였다.

"넌 그런 사람들 진심으로 싫어하는 것 같긴 해."

"언제 배신당할지 모르는 불안에 떨고 싶지 않아. 너도 그랬잖아. 그건 습관이라 쉽게 없어지지 않는다고."

"맞아. 근데, 그건 사람마다 달라."

킹은 내 얼굴을 똑바로 쳐다보며 단호하게 말했다.

그 날카로운 눈매와 새카만 눈동자가 너무 매력적이어서 눈을 뗄 수가 없었다. 저 깊은 눈은 빠져나올 수 없는 블랙홀 같다.

나는 앞에 있는 남자가 아주 매력적이라는 것을 알고 있었다. 동시에 아주 위험한 남자라는 것도 알고 있었다. 인정하고 싶지 않지만, 결국 나도 그의 다정함과 세심한 돌봄에 매료돼 버렸다. 이보다 더 가까이 다가갔다간 그 소용돌이에 빨려 들어가 다시는 헤어날 수 없을까 봐 두려웠다.

"정말 좋아하는 사람을 만나면, 더 이상 다른 사람은 찾지 않을 거야."

그가 가까이 다가오자 특유의 은은한 민트 향이 느껴졌다. 그의 따뜻한 숨결이 내 뺨에 살며시 닿아 왔고, 엷은 미소를 띠고 있는 얼굴에 날카로운 눈매는 평소보다 덜 공격적이고 더 부드러워 보였다.

"그럴 수 있다고… 믿어?"

"…아니."

"….'

"첫 연애라면 믿었을지도 몰라. 하지만 결국에는 돌아가. 많이 봤거든."

나는 억지로 입꼬리를 끌어 올려 웃었다. 킹이 무언가 더 말하려는 듯 입술을 뗐지만 나는 그의 가슴을 뒤로 밀어냈다.

경험에 따르면, 그런 바람둥이들은 스스로를 제어하는 데 한계가 있다. 사랑에 빠졌다고 믿었던 상대를 지루하게 느끼는 순간 마침내 인내심이 한계에 도달하는 거다. 그러면 관계는 손써 볼 수도 없이 끝을 맞이한다. 현실은 소설처럼 낭만적이지 않다.

하지만 킹이라면….

"가자. 덥다."

사실은 나도 그의 말을 믿고 싶었다.

"오늘 밤엔 너한테 갈게."

킹은 잠시 침묵을 지키다가 입을 열었다. 나는 그를 바라보며 눈살을 찌푸렸다.

"하려고? 아니면 그냥 잠만?"

"몰라. 기분에 따라."

나는 더 눈살을 찌푸렸고, 그는 오히려 웃었다.

"왜? 내가 그냥 잠만 자서 실망했어?"

그가 뒤에서 두툼한 팔로 나를 감싸안았다.

"원하면 말해. 일주일에 3일만 할 필요는 없으니까. 나 그렇게 룰에 엄격한 편 아닌데."

"할 생각 없으면 오지 말라고. 너 때문에 생활비 많이 나오니까."

나는 그의 팔에서 벗어나려고 안간힘을 쓰면서 답답함에 한숨을 쉬었다. 내 말을 그렇게 해석하는 게 너무 당황스러웠다. 무슨 실망? 일주일에 3일이면 충분했다. 게다가 킹은 한 번도 할당량을 채우지 않은 적이 없다. 내가 그 이상을 원한다면 나야말로 섹스 중독자일 것이다.

쪽!

"인색하기는. 낼게, 생활비."

그는 내 볼에 입 맞추고는 나를 놓아주었다.

나는 곧장 문을 열고 서둘러 사무실로 들어갔다. 킹에게 붉어진 얼굴을 보이고 싶지 않았다.

"으아 형, 파일 크기 좀 줄여 줄 수 있어요? 너무 커서 업로드가 안 돼요."

"알겠어."

오후 업무 중, 조용한 사무실에 마우스와 키보드를 딸깍거리는 소리만 들리는 가운데 건이 내가 방금 프로그래머 쪽으로 보낸 새 배너 파일의 크기를 조정해 달라고 요청했다. 나는 즉시 파일을 수정해 다시 보내 주었다.

"고마워요!"

"넌 으아한테 얘기할 때는 아주 상냥한 말투다?"

낮고 허스키한 목소리가 끼어들었다.

"문제 있어요? 우리 형, 지금… 질투하는 거?"

건이 우스꽝스러운 표정을 지으며 말을 늘였고, 부서의 다른 사람들이 킥킥거렸다.

"아, 그러고 보니 요즘 너희들 별로 싸우지 않네."

파이 선배가 사무실 앞쪽에서 큰 소리로 말했다. 짙은 아이라이너에 두꺼운 속눈썹이 달린 그녀의 눈이 킹과 나를 번갈아 응시했다.

"코사멧에 다녀온 이후로 너희 둘이 말도 많이 하고…. 사이좋게 잘 지내는 것 같아서 다행이지만, 너희 안 그랬잖아. 우리가 모르는 뭔가 있어?"

그녀가 의심스러운 듯 눈을 가늘게 뜨고 물었다.

나는 무표정을 유지하며 고개를 저었다. 다행히 평소에도 얼굴에 감정을 드러내지 않는 편이어서 남몰래 불안해하고 있다는 것을 누구도 눈치채지 못했다.

"너무 오래 싸워서 지쳤어요. 이제 서로 사랑하려고요. 그렇지, 으아?"

그는 파이 선배에게 대답하며 나를 향해 눈썹을 치켜올렸다.

이 남자는 이 상황을 모면하려는 걸까, 아니면 더 의심하게 만들려는 걸까?

"서로 사랑한다니? 우리 몰래 둘이 사귀어?"

파이 선배의 눈이 커졌다.

"소설 속 주인공들처럼요, 파이 선배. 끊임없이 싸우다가 끝내 사랑에 빠지는 거 있잖아요."

건이 신나서 덧붙였다.

이들의 직감은 왜 이렇게 쓸데없는 데서 뛰어난 걸까.

"와, 지금 이 망할 놈의 말을 믿는 거예요?"

제이드가 끼어들었고, 그는 소름 돋는다는 듯 자기 팔을 쓰다듬었다.

"이 둘이 몰래 사귀고 있다니, 그게 사실이면 난 회사 앞에서 댕이랑 같이 개처럼 짖는다!"

"진심이야, 제이드?"

킹은 유쾌하게 웃었다.

"어!"

"재밌겠네. 으아, 내 남자 친구 할래? 제이드가 회사 앞에서 짖는 모습 보고 싶어."

"엿 먹어!"

제이드가 소리쳤고 모두가 웃음을 터뜨렸다. 나는 심장이

멎을 것만 같았다. 그가 그저 제이드를 놀리기 위해 그런 말을 했다는 것은 알지만 그럼에도 내 가슴은 일일이 반응했다.

그리고 이 증상은 날이 갈수록 점점 더 심해지기만 했다.

나는 한숨을 쉬고 컴퓨터 화면으로 고개를 돌렸다. 더 이상 그들에게 관심을 기울이지 않기로 했다. 그래도 걱정하지 않을 수는 없었다. 파이 선배의 말을 듣고 나니 사무실 사람들의 관찰력이 더 무서워졌다. 물론 내가 그동안 우리의 관계에 죄책감을 안고 살아온 탓에 지나치게 예민한 것일 수도 있다. 하지만 우리는 전부터 꽤 자주 투닥거리는 모습을 보여 왔기 때문에 더 이상 싸우지 않는 것만으로도 충분히 이상해 보였을 거다. 심지어 제이드처럼 관찰력이 꽝인 사람조차 알고 있었으니, 주변 사람들이 이렇게 쉽게 변화를 알아차린 것은 당연했다.

제이드는 우리가 더 이상 싸우지 않는 것이 너무 기뻐서 눈물이 날 지경이라고 말했다. 그리고 우리가 어떻게 사이가 좋아졌는지 궁금해했다. 나는 그의 말에 아무런 대꾸도 하지 못했다. 우리가 해 온 일들을 사실대로 말할 수는 없는 일이었다.

제이드가 이 사실을 알면 충격이 심하겠지…?

퇴근 시간이 되자 빠르게 짐을 챙겨 주차장으로 향했다. 사실 이전까지는 이렇게 퇴근 시간이 되자마자 집에 가려고 서두르는 타입이 아니었다. 하지만 새 매니저가 들어온 이후로는 그가 나를 괴롭힐 틈을 주지 않기 위해 사람이 없는 시간에 사무실에 있지 않으려고 애를 썼다.

"그래서, 내 콘도로 갈 거야?"

나는 함께 걷고 있는 킹에게 물었다.

그는 차의 잠금을 해제하면서 고개를 끄덕였다.

"응. 오늘 새벽 2시 15분에 프리미어 리그 축구 경기가 있어. 같이 보자."

"어디랑 어디가 하는 건데?"

"아스날 대 리버풀."

말을 마친 그는 차에 올라탔고, 나는 불안한 마음을 안고 그의 뒤를 따라갔다.

사무실 동료들은 우리가 싸움을 멈춘 것이 기쁘다고 말했지만, 아마 오늘 밤 킹과 나의 관계가 완전히 끝날지도 모른다.

새벽 2시, 졸린 눈을 비비며 침대에서 일어나 거실로 갔다. 소파에는 내 집의 전기와 물을 잡아먹는 괴수가 다리를 쭉 뻗고 누워 자리를 차지하고 있었다. 그는 TV 화면에 시선을 고정한 채 손에 든 캔맥주를 한 모금 마셨다.

나는 몰래 그의 몸을 훑었다. 그가 정말 근사하다는 것을 인정해야만 하는 순간이었다. 몸에 딱 맞는 흰색 티셔츠와 면바지를 입고 있는 것만으로 집에서 편안하게 휴식을 취하는 컨셉의 잡지 모델을 연상케 했다. 특히 출근할 때와 달리 앞머리를 내려 이마를 덮으니 그의 잘생긴 얼굴이 더 어려 보이기까지 했다.

9년 전, 그를 처음 만났을 때 보았던 모습과 거의 같다.

"일어났어? 깨우려고 했는데."

대충 비키라는 눈짓을 하며 그 옆으로 가 앉았다. 그리고 우리 사이에 쿠션을 놓고는 벽에 걸린 시계를 보았다.

"이제 시간 거의 다 됐어."

킹이 웃으며 말했다.

그 짜증 나는 얼굴을 보려니 한숨이 나왔다. 내가 저녁부터 불안해했던 이유는 오늘 밤 경기가 아스날과 리버풀의 경기였고, 우리가 서로 다른 팀의 팬이었기 때문이다.

나는 고등학교 때부터 축구 보는 것을 좋아하는 평범한 남자였다. 하지만 직장에 다니고부터는 일에 너무 지쳐서 이렇게 새벽에 일어나 경기를 볼 수 없었다. 그럼에도 불구하고 여전히 스포츠 뉴스를 챙겨 보며 내가 가장 좋아하는, 엠블럼에 리버 버드가 있는 팀을 응원했고, 제이드는 맨체스터 유나이티드를 응원했다. 내 옆에 앉아 있는 사람과는 이전까지 그다지 많은 대화를 하지 않았기 때문에 그의 옷장에서 대포가 그려진 엠블럼의 축구팀 티셔츠를 발견하기 전까지는 그가 어떤 팀을 응원하는지 알지 못했다. 아마 킹도 내 옷장에서 리버풀 티셔츠를 봤을 것이다.

어쨌든 그래서인지 그와 함께 보게 된 오늘의 경기는 꼭 세기의 매치인 것만 같았다.

웃는 것 좀 봐.

그는 오늘 경기에서 아스날이 이길 거라고 확신하는 게 분명했다.

"왜 나를 그렇게 봐? 아직 안 졌는데 벌써 화났어?"

그 짜증 나는 목소리에 불쾌감을 느끼며 고개를 돌렸다. 내가 아무리 킹을 좋아해도 이건 절대 양보할 수 없다.

"자러 가도 돼, 으아. 어차피 너희 팀이 질 거니까."

"자러 가야 할 사람은 너야."

"미안한데, 최근 아스날 경기 봤어? 어떻게 봐도 거너스*가 이길 거야."

"대포가 불발에 그칠지도 모르지."

단호하게 대답하자 상대는 낮게 웃음을 터뜨렸다. 그러고는 우리 사이에 놓여 있던 쿠션을 치우고 가까이 다가와 두꺼운 팔로 느슨하게 내 어깨를 감싸안았다.

"우리 내기할까?"

그는 다른 한 손으로 휴대폰을 만지작거리며 말했다.

나는 그의 얼굴을 보고 의아해하며 물었다.

"무슨 내기?"

"오늘 밤 승리한 팀한테 진 팀이 소원 하나 들어주기."

"바보 같네."

"재밌을걸."

"별로."

"아, 리버풀이 질 것 같으니까 재미가 없겠지."

---

* 아스날 축구팀의 선수와 스태프를 지칭하는 별명.

"아니라고!"

상대가 혀를 차는 소리까지 섞어 신경을 긁자 슬슬 약이 오르기 시작했다.

"말은 아니라고 해도 나랑 내기는 못 하겠지? 리버풀이 이길 것 같으면 왜 못 하겠어."

그는 끝내 내가 말싸움을 더 하지 못하고 입을 다물 때까지 계속 말을 이었다. 나는 리버풀이 이길 것이라고 믿었지만, 경기 내내 앞서던 팀이 마지막 순간 패배를 하는 것이 스포츠였으니 마냥 자신할 수는 없었다. 게다가 리버풀이 진다면 킹은 나에게 이상한 짓을 요구할 게 뻔했다.

"네가 이기면 나한테 뭐든 한 가지를 시킬 수 있는데, 해 볼 만한 가치가 있지 않아? 내가 이기더라도 널 창피하게 하지는 않을게."

그는 두 손을 깍지 껴 목뒤를 받치고 소파 등받이에 푹 기대 누우며 능숙하게 도발했다.

"하긴, 전력을 보면 우리 팀이 여전히 우월하긴 하니까 또 쉽게 한다고 하기가⋯."

"좋아, 해."

나는 결국 이 성가신 도발을 끊어 내기 위해 내기에 임하겠다고 말했다. 그의 도톰한 입술에 걸린 미소는 일부러 보지 않았다.

"네가 이기면 네 소원 한 가지, 내가 이기면 내 소원 한 가지를 진 사람이 들어주는 거야."

"그래."

여전히 그의 얼굴을 보지 않고 대답했다.

킹은 잠시 조용해졌고, 곧 조금 전 내기에 합의한 우리의 목소리가 다시 들려왔다. 소리를 따라 고개를 돌리니 그가 우리의 대화를 녹음한 휴대폰을 내 얼굴 앞에 들이밀었다.

"녹음까지 해야 해?"

나는 믿기지 않는 표정으로 물었다.

"증거가 있어야지."

그는 교활한 미소를 지으며 휴대폰 화면을 끄고 맥주를 한 모금 더 마셨다.

나는 짜증을 느끼며 축구 경기가 중계되고 있는 TV 화면으로 고개를 돌렸다.

그는 정말이지 나를 너무 귀찮게 한다. 그냥 볼 수도 있는 건데!

내가 이기면 킹에게 회사 앞에서 '나는 발기부전이다!'라고 열 번을 외치게 할 것이다.

경기가 시작되자 킹과 나는 온 신경을 경기에 집중했다. 스포츠 경기에 승패가 있는 것은 당연한 일이지만, 오늘 밤만은 내가 응원하는 팀이 지지 않기를 온 마음을 다해 간절히 기도했다.

리버풀은 경기 시작부터 압도적으로 공격을 주도했고, 얼마 지나지 않아 한 골을 터뜨리며 아스날보다 한 점 앞서갔다. 나는 여전히 0에 머물러 있는 아스날의 스코어를 보고, 또 옆 사람을 흘끗 쳐다보며 만족스럽게 웃었다.

"기뻐하기엔 너무 일러요, 아논 씨. 경기 시작된 지 20분밖에 안 됐어."

킹이 눈을 찡긋거렸다.

나는 그의 자신감에 관심을 두지 않고 쿠션을 끌어안았다.

패자들은 항상 그렇게 말하지.

하지만 그 기쁨은 얼마 가지 않았다. 10분 뒤 아스날이 득점에 성공했기 때문이다. 킹이 큰 소리로 환호했고, 나는 불만스럽게 숨을 뱉었다.

괜찮아. 리버풀이 다시 득점할 거니까.

화면을 뚫어져라 바라보며 리버풀이 다시 득점하고 아스널을 앞서길 간절히 기도했다. 아스날의 동점 골 이후 리버풀은 재차 득점 기회를 노렸지만, 10분 후 아스날이 한 골을 더 넣으며 2 대 1로 앞서 나갔다.

내 옆에 있던 사람은 소파 등받이에 한쪽 팔을 올리고 다리를 꼬아 발을 까딱거리는 아주 짜증 나는 자태로 맥주를 홀짝였다.

"거봐, 기뻐하기엔 너무 이르다니까."

그가 더 활짝 웃으며 말했다.

"너도 너무 일찍 행복해하지 마."

나는 차가운 목소리로 대꾸했다. 킹은 어깨를 으쓱하고 맥주를 한 모금 더 마셨다. 나는 다시 고개를 돌려 화면을 뚫어져라 응시했다.

제발, 언제든 질 수 있지만 오늘만큼은 안 돼.

전반전은 킹의 팀이 2 대 1로 앞선 상태로 끝났다. 후반전이 시작되고 또 리버풀이 경기를 지배하는 듯한 모습에 내 가슴은 희망으로 가득 부풀었지만, 득점 기회는 좀처럼 쉽게 오지 않았다.

시간이 흐를수록 내 희망은 점점 희미해졌고, 결국 2 대 1로 경기가 끝났다.

무언가를 부숴 버리고 싶을 정도로 답답한 마음에 쿠션을 확 던져 놓았다.

난 왜 이렇게 운이 나쁘지?

"우리 팀이 이겼네."

옆 사람이 웃으며 말하자 나는 더 짜증이 나서 리모컨을 집어 TV를 껐다. 굴욕감을 느꼈고, 부끄럽고, 불쾌했다.

"원하는 게 뭐야?"

나는 마지못해 킹을 향해 돌아섰다. 이미 내기에 응했으니, 약속을 지키지 않는다면 더 겁쟁이처럼 보일 것이다. 게다가 그의 손에 내 목소리가 녹음된 증거도 있어 그냥 지나갈 수도 없었다.

"이리 와서 앉아."

그는 자기 무릎을 툭툭 쳤다.

나는 한숨을 푹 쉬고 그의 무릎에 앉았다.

킹은 엷게 웃으며 두툼한 팔로 나를 부드럽게 마주 안았고, 아주 흥미로운 표정으로 내 얼굴을 응시했다. 나는 부디 터질 듯이 쿵쾅거리는 내 심장 소리가 들리지 않길 바라며 그의 눈을 피하지 않기 위해 노력했다.

"원하는 걸 말해."

부끄러움에 얼굴이 붉어지기 전에 서둘러 그에게 말했다.

킹은 두 팔로 내 허리를 꽉 감쌌고, 오뚝한 코를 내 목덜미에 묻었다. 그 몸짓으로 내 운명을 단번에 알 수 있었다.

아마⋯ 그런 걸 요구하겠지.

뜨거운 숨결이 피부를 스쳤다. 나는 그의 목을 두 팔로 감싸안고 고개를 기울여 이 잘생긴 남자가 더 편하게 내 몸을 달굴 수 있도록 길을 내주었다. 목덜미에 닿아 있던 그 따뜻한 입술이 뺨까지 올라오는 행위는 몹시 부드러웠지만 내 가슴에는 불꽃이 솟아올랐다.

킹은 고개를 들어 나와 눈을 맞추고 몸을 기울여 살며시 입을 맞춘 뒤 곧장 물러났다. 그리 격정적이지 않고 아주 부드러운 키스였는데⋯ 섹스할 때보다도 더 부끄럽고 당황스러웠다.

"아직 모르겠어. 일단 자자."

그가 당황한 나에게 다정하게 말했다.

"새벽 4시야. 한 시간이라도 더 눈을 붙이는 게 좋겠어."

얼굴이 뜨거워졌고, 예상과 다른 상황에 몹시 혼란스러웠지만, 그가 마음을 바꾸기 전에 서둘러 그의 무릎에서 내려와 침실로 갔다.

킹은 거실에 불을 끄고 현관 복도의 불만 남겨 둔 채 나를 따라 침실로 들어왔다.

잠자리에 들기 전 매번 그랬던 것처럼 침대 옆 램프 스위치를 눌렀지만, 불빛이 나오지 않았다.

"으아, 벌써 자?"

킹은 침실 문을 닫고 침대로 걸어와 앉으면서 물었다.

바깥에서 빛이 전혀 들어오지 않자 어둠이 방 안을 가득 채웠다.

"램프에 불이 안 들어와."

불안이 고개를 들면서 가슴이 뛰기 시작했다. 교체할 예비 전구를 찾기 위해 재빨리 침대에서 일어났다.

"뭐 하려고?"

"램프 전구를 갈아야 해."

침실 불을 켜려고 스위치 쪽으로 가는데 커다란 손이 내 손목을 붙잡았다.

"아침에 해도 돼. 일단 자자."

"하지만⋯."

어둠 속에 있는 시간이 길어질수록 더 큰 공포가 스며들었다. 내가 말을 잇기 전에 킹이 나를 침대 위로 끌어당겼다.

"괜찮을 거야."

그는 나를 매트리스 위에 눕히며 부드럽게 속삭인 뒤 꽉 안아 주었다.

"내가 여기 있잖아. 아무 일 없을 거야."

익숙한 장난기 어린 목소리가 그렇게 말하며 두꺼운 팔로 내 허리를 감싸 더 바짝 끌어당겨 안았다. 나는 그의 품 안에서 호흡을 가다듬으려고 노력했다. 그의 커다란 손이 내 머리를 부드럽게 쓸어내리는 동안 두려움이 차차 가라앉았다.

"자자. 한 시간 후면 아침이야."

목이 꽉 막혀서 아무 말도 나오지 않았다. 눈을 꼭 감고 그의 넓은 가슴에 얼굴을 묻었다. 어둠을 향한 불안과 공포가 점차 사라지고, 그 빈자리를 또 다른 떨림이 가득 채웠다.

누구도 나를 이렇게 보살펴 준 적이 없다. 심지어 내 전 남자 친구들도 그랬다. 아무도 내가 두려움을 이겨 내고 어둠 속에 머물 수 있도록 도와주지 않았다. 그런데 킹이 나를 이렇게 안아 주는 동안 나는 어둠을 극복할 수 있었고, 그래서 기뻤다.

나는 그를 믿는다. 그가 괜찮을 거라고 말하는 한 나는 괜찮다.

킹이 알고 있는지는 모르지만, 그 순간은 내 감정에 엄청나게 큰 영향을 미쳤다. 그는 나의 피난처이자 위안이었고, 내 가슴을 뛰게 하는 동시에 아프게 하는 사람이기도 했다. 그를 좋아하지 않을 거라고 자신하지 않았다면, 그에게 FWB가 되어 달라는 말도 안 되는 소리를 하지 않았다면, 그에게 무언가를 느끼기 시작했다는 것을 깨달았을 때만이라도 서둘러 우리 관계를 끝냈다면… 일이 여기까지 오지는 않았을 것이다.

가장 우스꽝스러운 것은 내가 지금 당장 그와의 관계를 끝낼 만큼 강하지 않다는 것이었다.

고등학교 때부터 10년이 넘도록 많은 일을 겪으며 강해졌다고 생각했는데, 어른이 되었어도 여전히 내 것이 아닌 것을 놓지 못하는 겁쟁이라는 것을 오늘에서야 깨달았다.

나는 블랙홀 안에 무엇이 있는지 알고 싶어 하는 과학자였다. 블랙홀의 비밀을 파헤치는 탐험에 매료돼 버린 나는 끊임없이 관찰하고 탐색하며 점점 그것에 가까워졌고, 결국 그 블랙홀에 완전히 빨려 들어가 영영 헤어 나올 수 없게 돼 버렸다.

17
갈망

지난 27년 동안 나는 너무나 많은 일을 겪었고, 그 경험을 통해 내가 썩 운이 좋은 편이 아니라는 것을 깨달았다. 특히 운명처럼 보였던 사랑에 있어서는 더욱 그랬다. 하지만 사랑에만 운이 없는 것이라면 적어도 내 경력과 재정 상황이 순조로운 한 견딜 수 있었다. 그런데 지금은 그 두 가지 상황에 모두 어두운 그림자가 드리웠다.

"안타깝지만, 마케팅 담당자 솜 씨가 부스 컨셉을 바꾸고 싶어 하네요. 그래서 모든 작업을 다시 해야 합니다."

크릿 씨는 나를 부서장실로 불러들여 아주 오랜 시간 동안 업무에 대해 논의한 끝에 부드러운 목소리로 말했다.

나는 스트레스로 말을 잇지 못한 채 지시 내용을 적어 놓은 노트를 바라볼 뿐이었다.

"이전 버전은 얼마나 진행됐죠?"

"80퍼센트요."

"안타깝지만 전부 바꿔야 합니다. 어쨌든 이번 주 안에 끝내야 해요, 으아."

그는 미안한 미소를 짓고 있었지만 그다지 진심이 느껴지지는 않았다.

"네."

나는 불만을 표현하고 싶은 마음을 억누르며 억지로 대답을 뱉었다.

크릿 씨는 의자에서 일어나 내가 앉아 있는 쪽으로 걸어왔다. 그가 커다란 손바닥을 내 어깨 위에 얹었고, 곧 부드럽게 쥐었다.

"이해가 되지 않는 부분이 있으면 언제든지 말해 줘요."

그가 나에게 가까이 몸을 기울이자 온몸에 솜털이 곤두섰다. 온화한 가면을 쓴 악마가 내 얼굴에 침을 흘리고 있었다. 나는 몸을 살짝 굽혀 벗어난 뒤 고개를 숙였다.

"네. 다시 일하러 돌아가도 될까요?"

"그래요."

서둘러 일어나 부서장실을 빠져나왔다. 책상으로 돌아가는 길에 극도의 분노와 절망감을 다스리기 위해 크게 심호흡했다.

"어땠어?"

사무실로 돌아오자 제이드가 물었다. 그의 가느다란 눈이 호기심 어린 눈길로 나를 보고 있었다.

"다 버리고 새로 하래. 변경된 컨셉을 설명하려고 불렀던 거야."

"미친?!"

깜짝 놀란 제이드가 무심코 욕을 내뱉은 뒤 재빨리 입을 가리고 주위를 살폈다. 그는 부서 사람들이 각자의 일에 집중하고 있는 것을 확인하고는 의자를 가까이 옮겨 와 목소리를 낮추고 말했다.

"근데 왜 너한테만 말해? 왜 작업 시작 전에 말하지 않은 거고? 거의 끝났는데 인제 와서?"

"마케팅팀에서 방금 브리핑을 했대. 근데 나 일주일 전에 솜 선배가 그 이야기 하는 걸 들었거든. 크릿 씨가 아무 말 없길래 마케팅 쪽에서 마음을 바꿨나 보다 하고 가만히 있었는데…."

갑갑한 마음에 노트를 책상 위로 던지듯 내려놓았다.

내가 피하자 크릿 씨는 나를 부서장실로 더 자주 불렀고, 몇 가지 작업을 추가로 지시하거나 진행 중인 작업을 수정하게 했다. 특히 한 가지를 반복적으로 수정을 시키거나 아예 폐기하고 처음부터 다시 해야 하는 경우가 많았다.

그래픽 디자이너로 일하면서 컨셉이 바뀌거나 작업을 수정하는 것은 일상적인 일이었지만, 크릿 씨에게는 다른 동기가 있었다. 그는 업무와 사적인 감정을 구분하지 않았다. 오늘처럼 일주일 전에 말했어야 하는 일을 오늘에서야 이야기한 것이 그 예였다. 내가 자신이 원하는 대로 움직이지 않는 것에 불만을 품고 부서장의 지위를 이용해 압력을 가하려는 것 같았다. 이렇게 공사를 구분하지 못하는 상사가 내 최대의 적이돼 버리자 점점 더 출근하기가 싫어졌다.

그는 내가 만난 어떤 유형의 사람들보다도 더 짜증 나는 사람이다.

"내가 도와줄 거 있어?"

제이드가 친절하게 물었지만 나는 고개를 저었다.

그에게는 이미 할 일이 충분히 많았다. 크릿 씨가 온 후 예상대로 몽콘 선배가 그 어느 때보다 자유롭게 자리를 비웠기때문이다. 강력한 뒷배가 생겨서인지 요즘 몽콘 선배는 사무실에 와서 먹고 자고 휴대폰을 가지고 놀고 복권을 긁는 것 외에는 거의 아무 일도 하지 않고 월급만 받아 갔다. 동료들이아무리 비꼬는 말을 해도 그는 결코 책임감을 느끼지 않았다.

"질린다…."

내 중얼거림에 제이드가 안쓰럽게 바라보았다. 나는 일을하면서 이런 말을 거의 하지 않는 사람이었다.

"힘내. 점심 맛있는 거 먹자."

"이 근처에 맛있는 게 있을 리가."

제이드가 머쓱하게 미소 지었다. 나는 다시 컴퓨터 화면으로 고개를 돌려 새롭게 파일을 만들었다.

이런 상사를 내가 얼마나 더 참을 수 있을까?

여느 때처럼 제이드, 킹과 함께 밖에서 점심을 먹었다. 회사 주변 식당의 음식 맛은 원래도 좋지 않았는데, 업무 스트레스와 끓어오르는 태양의 열기로 인해 평소보다 더 심하게 맛이 없는 것 같았다. 그래서 삶은 닭고기와 밥으로 허기만 달랜 뒤 수저를 내려놨다.

"그게 다 먹은 거야?"

킹은 내가 음식을 반도 먹지 않고 수저를 내려놓는 것을 보고 물었다.

"응."

"그것만 먹고는 저녁까지 못 버텨."

"별로 안 먹고 싶어."

"크릿 씨가 또 작업을 엎었어. 아예 다 폐기하고 처음부터 다시 하라 그랬대."

옆에 앉아 있는 제이드가 말했다. 반대편에 앉아 있는 킹의 날카로운 눈은 가만히 나를 쳐다보았다.

"내가 손 좀 봐 줄까?"

그는 입가에 미소를 띤 채 농담 반, 진담 반으로 물었지만, 눈빛은 여느 때보다 매서웠다.

나는 조금 웃으며 되물었다.

"사장님 조카를 때리기라도 하게? 해고당하고 싶어?"

"필요하다면 해야지."

그는 별일 아니라는 듯 어깨를 으쓱였다. 그 또한 사장의 아들이니, 그에게는 직장을 잃는 일이 사소한 일일 수도 있다. 정말로 해고당한다 해도, 어쨌든 그의 가족들은 그를 부양할

재력을 가지고 있기 때문이다. 물론 그가 요즘 같은 때에 다른 직장을 쉽게 구할 수 있을지는 별개의 문제이지만.

"간도 크다. 이런 시기에 새로운 일자리를 또 어떻게 찾으려고? 그런데 크릿 씨가 과한 건 맞아. 왜 그렇게 으아를 괴롭히는지 모르겠어."

"괴롭혀? 으아를 어떻게 한번 해보려고 애쓰는 거지."

"설마, 그런 건 아니겠지."

"제이드, 그렇게 낙관적으로만 보지 마. 모든 상사가 도덕적인 건 아니니까."

킹은 나를 똑바로 보며 진지하게 덧붙였다.

"너, 조심해. 그 사람이랑 절대 단둘이 있지 마."

"알아. 나도 그 사람이랑 있고 싶지 않아."

"너 그 사람이 부를 때마다 가잖아."

"상사가 부르는데 어떻게 안 가?"

나는 눈살을 찌푸렸다. 나도 그 사람과 같은 공간에 있고 싶지 않다. 상사만 아니었다면 이미 한참 전에 심한 말을 하고도 남았을 것이다. 하지만 다달이 주택담보대출 할부금을 갚아야 하는 나는 킹처럼 직장을 쉽게 관둘 수 없다.

"그만, 그만. 싸우지 마. 점심시간에까지 이런 얘기 하지 말자."

점점 분위기가 싸늘해지자 제이드가 중재에 나섰다.

"너희 주말에 뭐 해? 다음 주 연휴잖아."

"아무것도."

제이드의 물음에 나는 여전히 조금 냉랭한 말투로 대답했다.

연애를 안 할 때는 긴 연휴가 있으면 주로 집에서 충분히 자고 푹 쉬었다. 고향에 가족들을 만나러 가는 동료들이 조금 부럽기도 했다. 나도 가족이 있고 집도 있지만, 불행하게도 엄마는 돈이 필요한 경우를 제외하고는 나를 찾지 않았으므로 나에게는 돌아갈 곳이 없었다.

"아직 몰라. 생각 좀 해 보려고."

킹은 제이드의 질문에 대답하면서 내 눈을 똑바로 마주 보았다. 나는 그의 눈을 피해 막 음식을 입에 넣고 있는 제이드를 쳐다봤다.

"마이랑 나는 여행 가려고. 다음 주는 주중에 또 공휴일이 껴 있잖아. 남은 연차를 붙여서 쭉 쉴까 해."

"그러고 보니 나도 올해는 아직 휴가를 한 번도 못 냈네."

"그래, 너 휴가 가는 거 못 봤어. 그 사람이랑 같이 어디 안가? 네 타입이라던 사람."

콜록! 콜록!

물을 마시던 중에 튀어나온 제이드의 말에 나는 깜짝 놀라 기침을 쏟았다. 내 정체가 드러날까 두려워져서 순간 등골이 서늘했다.

"괜찮아?"

제이드는 킹의 대답을 기다리면서 내 등을 문질렀고, 킹은 기침하고 있는 나를 가만히 보더니 싱긋 웃어 보였다.

"맞아. 그 사람한테 물어봐야겠네."

"그래. 그 사람한테 정말로 끌리면 진지하게 만나 봐. 그럼 중매인도 개입할 필요가 없을 거고… 근데 그 사람 사진 있어? 보고 싶은데…."

"넌 마이랑 어디로 가?"

대화의 방향이 나라는 존재에 더 가까워지기 전에 재빨리 끼어들었다. 내가 왜 그러는지 알고 있는 킹은 은은하게 웃었고, 나는 제이드가 물을 마시는 틈을 타 그를 노려보았다.

분명히 우리의 관계를 아무에게도 알리고 싶지 않다고 여러 번 말했지만, 그는 의심스럽게 행동하는 것을 좋아했다. 여기 앉아 있는 사람이 제이드가 아니었다면 이미 뭔가를 의심했을지도 모른다.

후… 저 빙글거리는 얼굴을 확 할퀴어 버릴까 보다.

"푸켓. 이미 호텔도 예약했어."

다행히 제이드는 나의 이상한 반응을 알아차리지 못했고, 내 질문에 착실히 대답해 주었다.

"근데 난 다시 람팡에 가고 싶어. 우리 대학교 3학년 때 너희 이모님 댁에 갔었잖아. 진짜 좋았거든. 다음에 마이 데리고 가려고."

"응, 나도 거기 가고 싶어."

대학에 다닐 때 제이드와 나는 방학을 맞이해 같은 과 친구들 몇 명과 람팡에 갔고, 엄마의 언니인 이모의 식당에 들렀다. 엄마는 람팡 출신이었다. 아빠와 결혼하면서 함께 방콕으로 이사를 온 것이었다. 하지만 몇 년 전, 엄마와 이모가 심하게 말다툼을 했고 그 이후로 이모는 우리 가족과 완전히 연락을 끊어 버렸다. 엄마가 자세한 내용은 말하지 않아서 무슨 일인지는 알지 못했다.

그 뒤로 몇 번 이모를 찾아가려고 했지만, 이모가 여전히 나를 반겨 주실지 확신할 수 없었다.

"기다리는 사람들이 있어."

킹은 점심을 먹기 위해 몇몇 직장인들이 빈자리가 나오기를 기다리고 있는 쪽을 가리켰다. 제이드는 서둘러 밥과 마지막 닭고기를 입에 넣었고, 우리는 주인에게 음식값을 치른 뒤 다른 사람들에게 테이블을 내주었다.

"밀크티 사 올게."

제이드는 식당을 나와 밀크티 노점으로 곧장 걸어갔다.

나는 차들이 지나다니는 도로 위로 멍하니 시선을 던졌다. 사무실로 돌아가서 해야 할 일을 생각하니 다시 가슴이 갑갑해져 왔다. 회사에 다니면서 지금처럼 피곤한 적이 없었던 것 같다.

"언제든지 말해. 야근해야 하면 같이 있어 줄 테니까."

그의 말에 스트레스가 살짝 풀렸다.

나는 고개를 돌려 킹을 바라보았다. 그의 눈빛은 어느 때보다 진지해 보였다.

"그 사람 믿을 수 없어. 또다시 널 부서장실로 부르면, 제이드도 데려가."

"그럴 수 있으면…."

나는 중얼거렸다. 내가 그에게 보살핌을 받고 있다는 느낌이 들자 가슴이 또 쿵쾅쿵쾅 뛰었다.

그때 킹이 다가와 목소리를 낮추고 부드럽게 속삭였다.

"오늘 밤은 우리 집으로 갈래?"

"…응."

나는 조그맣게 웅얼거린 뒤 제이드가 돌아오는 것을 보고는 표정을 정리했다.

"으아, 사무실에서 먹을 것 좀 사 갈래? 너무 조금 먹었잖아."

제이드가 말했다.

"빵이 좀 남아 있어."

"아, 그래. 다들 뭐 살 거 없지?"

"없어. 가자."

제이드는 내 어깨에 한쪽 팔을 두른 채 손에 든 밀크티를 조금 마시며 회사로 걷기 시작했다.

나는 앞서 걷는 킹의 훤칠하고 강인해 보이는 넓은 등을 물끄러미 쳐다봤다. 그의 옆에 있을 때면 보호받고 있다는 느낌이 들어서 편안하고 따뜻하다. 갖고 싶다…. 이런 생각이 들자 나는 황급히 고개를 숙이고 발을 내려다보며 억지로 웃었다.

아무리 좋은 사람이라도 그는 내 것이 아니다.

[킹 시점]

"으아."

웹사이트의 코드를 수정하고 있는데 막 사무실에 나타난 사람이 그의 이름을 불렀다. 으아의 책상에 기대어 서 있는 매니저를 보니 나도 모르게 마우스를 쥐고 있던 손에 핏줄이 불거졌다. 등지고 앉아 있어서 으아의 얼굴은 볼 수 없었지만, 별로 기분이 좋지 않을 거라 짐작했다.

나처럼.

그가 불필요하게 친밀감을 표하는 광경을 목격하는 바람에 좋았던 기분이 허공에 흩어져 자취를 감췄다. 남은 것은 당장 저쪽으로 가서 시시덕거리고 있는 매니저의 얼굴에 주먹을 날리고 싶은 욕구뿐이었다. 나는 크릿이 사무실에 온 첫날부터 그와 맞지 않는다고 느꼈지만, 어쨌든 그는 우리의 상사였고 나서서 화를 내고 일을 저질렀다가 결국 피해를 볼 사람은 으아가 될지도 모르는 일이었다. 그래서 나는 불만스러운 감정을 숨긴 채 그 앞에서 정중하게 행동해야 했다.

하지만 그가 계속 이런 식으로 나를 자극한다면, 나도 언제까지 참을 수 있을지 알 수 없다.

다행히도 이상한 기운을 감지한 제이드가 일에 관해 묻는 척하며 매니저가 있는 곳으로 가 대화에 끼어들었다. 나는 깊게 숨을 내쉬며 분노를 삭이기 위해 노력했고, 답답한 마음을 떨치지 못한 채로 다시 일을 시작했다.

나는 모호한 으아와의 관계만으로도 충분히 머리가 아팠다. 그런데 어디서 굴러먹던 놈인지도 모르는 게 갑자기 튀어나와서는 내 남자에게 눈독을 들이고 있다. 처음부터 그 자식의 눈빛만 보고도 으아를 어떻게 생각하는지 알 수 있었다. 그가 으아에게 수작을 걸 때마다 그 얼굴에 주먹을 꽂고 싶었다. 다만 으아는 그에게 저항할 용기가 없고, 그저 FWB에 불과한 나는 소유욕을 드러낼 수가 없다.

예전에는 이런 헌신적이지 않은 관계를 좋아했지만, 이제는 너무 싫다.

"집에 가?"

사무실 벽에 걸린 시계가 어느새 5시 30분을 가리키자 제이드가 물었다.

으아가 조용히 대답하는 소리와 함께 짐을 챙기는 소리가 들리자 나도 컴퓨터를 종료시켰다. 지금으로서는 무슨 수를 써서라도 으아 혼자 야근을 하게 둘 수 없다. 사무실에 아무도 남지 않은 시간까지 혼자 있게 된다면, 분명 그 자식이 찾아올 터였다.

"조심히 가, 둘 다. 내일 보자."

제이드는 우리에게 손을 흔들고는 전철을 타러 역으로 향했고, 나는 으아를 따라 회사 주차장으로 걸어갔다.

빠른 걸음으로 그 작은 남자를 따라잡았다.

"뭐 먹을래?"

"테이크아웃 어때?"

그는 몹시 피곤한 얼굴로 나에게 다시 물었다.

"좋아. 콘도 옆 시장에서 만나자."

나는 그의 지친 얼굴이 안타까웠다. 그래픽팀에는 늘 일이 넘쳐났지만, 실제로 일을 하는 사람은 두 사람뿐이었다. 몽콘 선배는 누군가 자기 일을 대신해 주기만 기다리는 거머리에 불과했다. 으아가 안쓰러운 것과는 별개로, 그런 행위를 계속해서 눈감아 주고 이런 상황을 방치하는 건 언젠가 회사에 큰 해가 될 거다. 하지만 내 회사도 아니니 그 부분은 개의치 않았다. 회사가 망하면 그저 다른 직장을 찾으면 그만이라고 생각했다.

도로 위는 징그러울 정도로 혼잡했고, 내 콘도 근처 시장에 도착하기까지 한 시간이 넘게 걸렸다. 이후 우리는 차에서 내려 각자의 음식을 사러 흩어졌다. 돼지 다리 찜을 파는 노점으로 걸음을 옮기면서 보니, 으아는 생선 부레로 만든 탕을 파는 노점 쪽으로 향하고 있었다. 잠시 후, 나는 돌아오는 그의 손에 들린 것을 보고 깜짝 놀라 눈을 치켜떴다. 병맥주였다.

"오늘 취하고 싶어?"

"취하고 싶진 않아. 그냥 마시고 싶었어."

단호하게 대답한 그는 앞서 걷기 시작했다.

나는 무기력해 보이는 그의 뒷모습을 보면서 주차장으로 들어가는 그를 따라갔다.

콘도에 들어와서는 조용히 사 온 음식을 먹고 시원한 맥주를 마셨다. 으아는 원래도 말이 많지 않았지만 오늘은 유난히 조용했다. 불합리하게 불어난 업무량과 그 빌어먹을 크릿의 압박 때문에 스트레스를 많이 받는 것 같았다.

"이직해야 할까?"

조용하던 으아가 갑자기 나에게 물었다.

고개를 들어 테이블 맞은편에 앉아 있는 사람과 눈을 맞췄다. 그 아름다운 눈 속에 걱정과 불안이 담겨 있었다.

"더 이상 못 참겠어?"

"그냥 지루해졌어."

그는 맥주를 마시며 초점 없는 눈으로 창밖을 응시했다. 하얀 얼굴이 술기운에 붉어지기 시작했다. 그의 모습이 우리가 클럽에서 처음 만났던 날을 떠올리게 해서 웃을 수밖에 없었다.

그날과 똑같다. 누군가 다가오는 것도, 다가가는 것도 좋아하지 않는 고양이처럼 고자세를 유지하는 것이나 그럼에도 사람을 단번에 매료시키는 매혹적인 눈이 여전하다. 그때와 다른 게 있다면, 단지 외모가 내 타입이어서 끌렸던 그때와 달리 나날이 커진 내 감정일 것이다.

일차원적 욕망은 하루가 다르게 변해 갔다. 나는 정말로 아주 오랫동안 누군가를 이렇게 진지하게 좋아한 적이 없었다.

"지쳤으면 그만둬. 그만두기 전에 그 새끼 얼굴에 주먹 한 번 날리고. 아님, 나 불러. 내가 해 줄게. 나도 그 자식 싫거든."

내가 눈을 찡긋거리며 말하자 그가 희미하게 미소 지었다.

"너까지 해고될지도 몰라."

"그러라고 해."

나는 망설임 없이 대답했다.

으아는 가볍게 웃으며 맥주를 한 모금 마셨다. 우리를 둘러싸고 있던 긴장된 분위기가 좀 더 편안해졌다.

"오늘 괜찮아? 너 피곤하면 안 해도 돼. 가서 먼저 자."

부엌에서 설거지하는 동안 그의 가느다란 허리를 흘금거리며 물었다.

"괜찮아."

"확실해?"

"응."

"그럼, 오늘 밤은 좀 늦게 재워도 되려나."

뒤에서 여린 몸을 안아 바지 속에 넣어 둔 셔츠 자락을 잡아당겨 올렸다. 그대로 셔츠 안으로 손을 넣어 매끄러운 피부를 어루만지자 예리한 팔꿈치가 대번에 명치를 가격했다.

몸을 숙이고 괴로움에 신음하는 동안 뒤로 돌아선 그가 단호하게 말했다.

"샤워부터 해."

"알았어, 알았어."

나는 웃으며 시키는 대로 화장실로 들어갔다. 내 파트너는 끈적이는 것을 아주 싫어했기 때문에 종일 밖에 있던 몸으로 샤워도 하지 않은 채 자신을 껴안는 것을 불쾌해했다.

이 관계에서 나는 그가 좋아하는 것 일부를 제외하고는 아무것도 할 수 없는 편이지만, 이렇게 명치를 가격당할지라도 그를 품에 안는 것은 확실히 그 이상의 가치가 있었다. 물론 안는다는 건 그와 섹스를 한다는 것이 아니라 포옹을 의미한다. 이 정도만 말해도 내가 무슨 말을 하려는지, 아마 다 알 것 같다.

샤워기에서 나온 차가운 물줄기가 몸 위로 빈틈없이 쏟아졌다. 거실에 있는 사람을 생각하며 젖은 머리를 쓸어 올렸다. 나는 으아와 반년 넘게 FWB로 지냈다. 이제 우리 관계를 그이상으로 만들고 싶다. 그를 너무 좋아해서 다른 사람을 만날기회 같은 건 주고 싶지 않을 정도다. 문제는 으아도 나와 같은 생각을 하고 있느냐는 것이었다.

지난 몇 달 동안 많은 것들이 바뀌었다. 나는 으아도 나에게 어느 정도 마음이 있을 것이라고 믿는다. 이전까지는 절대허용하지 않았지만, 이제 그는 잠자리에 들 때 안는 것을 허락해 준다. 또 내가 그를 놀리면 이전처럼 짜증이나 화를 내는대신 얼굴을 붉히는 경우가 많아졌다. 물론 비상구에서 잠시이야기를 나누었을 때를 떠올리면, 그는 여전히 바람둥이는바뀔 수 없다고 믿고 있었다. 그래서 내 마음에 대한 답도 같은 맥락일 거라는 두려움에 더 직접적으로 말하지 못했다. 나에게 기회가 오기도 전에 그가 마음의 문을 닫아 버릴지도 모르기 때문이다.

지금은 우선 좋은 친구 관계를 유지해야 했고, 그러면서도계속해서 그에게 대시해야 한다. 그런데 그 빌어먹을 크릿이끼어드는 바람에 또 다른 장애물이 생겼다. 게다가 웬 중매인이 주선한 선 자리에 나가야 한다. 부모님의 사업 파트너에게딸을 바람맞히는 굴욕을 선사했다간 어떤 불편한 상황이 생길지 모르기 때문에 차마 끝까지 무시할 수가 없었다.

정말 끔찍한 타이밍이다.

"으아, 화장실 써도 돼."

샤워를 마친 뒤 허리에 수건을 두르고 화장실에서 나와 여전히 거실에서 맥주를 마시고 있는 그에게 말했다. 그의 얼굴은 아까보다 더 붉어져 있었다. 맥주잔을 테이블 위에 내려놓고 천천히 소파에서 일어나 움직이는 모습이 마치 꼬리를 살랑살랑 흔들며 걷는 하얀 페르시아고양이 같다.

고양이…?

순간 머릿속에서 무언가 번뜩였다. 나는 곧장 침실로 들어가 종이봉투를 꺼내 옷장에서 가운을 챙기는 으아에게 건넸다.

"이게 뭐야?"

가녀린 손으로 봉투를 가져간 그는 안에 든 물건을 확인하고는 깜짝 놀랐다.

으아가 그렇게 반응하는 것도 당연했다. 봉투 안에 든 것은 윤활유와 고양이 귀가 달린 머리띠, 고양이 꼬리 모양의 장난감과 가죽 초커였으니까. 그것들은 이미 지난주부터 내 방에 있었던 것으로, 내가 일전에 우연히 해외사이트에서 발견해서 인체에 어떤 해도 끼치지 않을 만한 것을 엄선해 구매해 둔 거였다.

"입어 줘."

그동안 섹스를 하면서 이런 장난감들을 사용한 적은 없지만, 나는 내내 으아가 고양이를 닮았다고 생각해 왔기 때문에 한 번만이라도 그가 매혹적인 고양이로 변신한 모습을 보고 싶었다. 고양이 귀와 꼬리가 달린 하얀 몸이 내 몸을 어루만지는 것을 상상만 해도 온몸에 불꽃이 튀고 피가 거꾸로 솟았다.

으아는 그저 가만히 서서 무슨 생각을 하고 있는지 짐작할 수 없을 만큼 무표정한 얼굴로 봉투 안 물건들을 쳐다보고 있었다.

"이게 네 소원이야?"

"그건 아니야."

사실 내기를 핑계 삼아 이것들을 입어 보라고 할까 생각하기는 했다. 하지만 아무리 으아가 고양이로 변신한 모습이 보고 싶어도 그가 하고 싶지 않아 한다면 강요하고 싶지 않았다. 그런 섹스는 그를 불행하게 만들 테니까. 게다가 나는 내기에 이겨 얻은 소원권을 더 중요한 것을 위해 남겨 두어야 했다.

"싫다고 해도 괜찮아."

으아가 아무 말도 하지 않는 것을 보고 덧붙였다. 그런데 그는 봉투를 가지고 화장실로 들어갔다.

그것들을 내던지듯 돌려주거나 짜증을 내거나 뭐 그런 식을 결말을 예상했는데….

이렇게 순순히 허락한다고?

나는 화장실 문이 닫히는 소리에 정신을 차렸다. 그리고 침대에 앉아 휴대폰 게임을 하며 시간을 보냈다. 상상만 하던 일이 몇 분 후면 현실이 될 것이라는 생각에 기분이 아주 좋았다.

달칵!

잠시 후 화장실 문이 열렸고, 나는 게임 앱을 종료하고 휴대폰을 껐다. 그리고 막 화장실에서 나온 사람을 올려다보았다.

으아는 목욕 가운으로 몸을 가리고 있었지만, 검은 머리 위에 쓴 고양이 귀가 달린 머리띠와 하얗고 매끄러운 목에 맨 초승달 로켓이 달린 가죽 초커만은 또렷이 보였다. 잘 어울릴 것 같아서 고른 것이었는데 역시였다.

그의 하얀 뺨이 매력적으로 붉어졌다. 술을 마셔서 그런 것인지 부끄러워하는 것인지는 알 수 없었다.

그는 천천히 침대로 다가왔다. 그러고는 나에게 등을 보인 채로 목욕 가운을 풀어냈다. 가운이 그의 하얗고 동그란 어깨를 지나 잘록한 허리를 스치고 바닥으로 미끄러지는 광경에 나는 침을 꿀꺽 삼켰다. 눈앞에 드러난 맑고 하얀 피부를 보자 흥분한 심장이 날뛰기 시작했고, 마침내 그의 엉덩이에 눈이 닿자 내 아들이 곧장 반응했다.

푹신한 꼬리가 두 개의 둥근 살덩어리 사이로 하얗고 가느다란 다리를 따라 늘어져 있었다. 나는 몹시 만족스러운 미소를 지었다. 으아는 고개를 돌려 나를 보더니, 내 시선이 자신에게 붙박인 것을 보고는 옅게 웃었다.

젠장, 존나 섹시해.

"이런 게 좋아?"

내 얼굴에 드러난 주체할 수 없는 흥분을 읽은 으아가 웃음을 머금은 채 물었다. 나는 날씬한 허리를 잡아당겨 바디워시 냄새가 풍기는 동그란 엉덩이에 코를 대고 문지르며 즐거워했다.

"어. 진짜 잘 어울려."

방금 샤워를 해서인지 다소 차가워진, 예쁘고 동그란 엉덩이에 입을 맞췄다. 이로 부드럽게 그 살덩이를 깨물자 그의 입에서 낮게 신음이 흘렀다.

곧 으아가 나를 향해 돌아섰다. 내 무릎 위로 올라와 앉았다. 그러고는 가느다란 두 팔을 들어 내 목을 감싸안았다.

"아빠나 아들이나 다 인내심이 부족하네."

그는 아랫도리를 감싼 수건을 밀어 올리며 잔뜩 성이 나 있는 내 아들을 엉덩이로 부드럽게 비비며 놀려 댔다.

"네가 이렇게 유혹하고 있잖아. 오히려 발기가 안 되면 문제가 있는 거겠지."

으아의 허리를 들어 올려 수건을 치웠다. 무릎 위에 앉은 남자는 내 아들이 위용 있는 모습으로 엄마를 맞이할 준비를 마치고 꺼떡거리는 모습을 내려다보며 장난스럽게 미소 지었다.

나는 나도 모르게 그 미소를 뚫어지게 바라보았다. 그의 미소는 정말로 지나치게 고혹적이었다. 어쩌면 그가 마신 맥주가 그를 이렇게 어느 때보다도 섹시하고 요염하게 행동하도록 만들었을지도 모른다.

이 사람에게 깊이 빠져 있다고 생각은 했지만, 이 모습을 보니 생각한 것보다 내가 그에게 훨씬 더 깊이 빠졌다는 걸 깨달았다.

그의 작은 손이 뒤쪽의 푹신한 꼬리를 잡아 끄트머리로 내 물건을 살살 쓸었다. 깃털처럼 가볍고 부드러운 촉감이 너무 간지러워서 아랫배가 잔뜩 긴장됐다. 자제하려고 애쓰는 나를 처다보는 으아의 달콤하고 동그란 눈이 기쁨으로 반짝였다.

"아들한테 인사해."

으아는 내 요구대로 순순히 몸을 숙였다. 오늘따라 손을 탄티를 내는 하얀 고양이에게 시선을 고정한 채 사나워지려는 정신을 가다듬었다. 따뜻하고 촉촉한 혀끝이 내 페니스에 부드럽게 닿아 스며들기 시작했다. 그가 마치 좋아하는 음식을 탐닉하는 것처럼 내 것의 뿌리부터 기둥을 타고 귀두까지 천천히 핥아 올리는 모습에 이를 꽉 물었다.

"하아…."

도톰한 입술이 열리고 따뜻한 입안으로 내 일부가 삼켜지자 신음이 흘러나왔다. 스펀지 같은 혀끝이 정점을 찌르고 세게 빨아올리는 황홀경에 점점 숨이 가빠 왔고, 나는 그의 머리를 아래로 밀어 내리는 동시에 엉덩이를 들어 올려 더 깊이 그의 입안으로 파고들었다. 그러자 그가 콜록거리더니 그 아름다운 눈으로 노려보며 불만을 표했다.

"이리 와."

무릎을 가리키자 그는 내 페니스를 놓고 일어나 다시 내 무릎 위에 앉았다. 찡그린 표정을 보니 조금 전 일로 내 작은 고양이의 기분이 상했다는 걸 알 수 있었다.

"미안. 너무 흥분해서."

그 붉은 입술에 부드럽게 키스하고 동그란 어깨를 따라 내려와 얼굴을 묻고 애원했다. 누군가의 기분을 좋게 하려고 이렇게 노력해 본 적이 없었는데… 으아는 예외였다.

"다시는 그러지 마."

"안 그럴게."

바로 그러겠노라 약속하고 그에게 키스했다. 으아도 다시 내게 키스해 주었다. 우리의 혀는 육감적으로 얽히며 달콤함을 자아냈고, 타액이 흘러내릴 정도로 깊숙이 그의 입안을 탐하는 동안 나는 으아의 숨결에서 알코올 냄새를 맡았다. 곧 숨이 모자라진 그가 내 어깨를 세게 움켜쥐었고, 나는 입술을 떼어 내고 그의 가슴 위 엷은 붉은 색의 돌기로 대상을 바꿨다. 그러자 무릎 위에 있는 사람이 다시 신음했다.

"으아."

"으응…?"

"내가 너보다 몇 달 먼저 태어난 거 알아?"

나는 콧날로 그의 하얀 어깨를 쓸고 동시에 그의 부드러운 엉덩이를 양손 가득 세게 움켜쥐며 물었다.

우리는 같은 해에 태어났지만 나는 5월에 태어났고, 으아는 10월에 태어났다. 그리고 올해 내 생일은 지났고, 으아의 생일은 아직이다. 그러니 지금 나는 으아보다 나이가 많다.

"그래서?"

"너 스스로를 '으아'라고 불러 봐. 날 '형'이나 '아빠'라고 부르고."

으아가 눈썹을 높이 치켜떴다. 내 구릿빛 피부와 대조되는 하얀 손이 내 가슴을 짚었다가 그대로 피부를 쓸어내리며 탄탄한 복부까지 닿았다. 그가 미소 지었다.

"왜? 킹 형은 으아의 아빠가 되고 싶어요?"

하, 미친. 이거 위험하다.

"응, 불러 줘."

나는 어렸을 때부터 늘 나와 함께였던 제이드가 듣는다면 정말 큰 충격을 받을 법한 목소리로 그에게 애원했다. 살면서 누구에게도 이런 식으로 애원해 본 적이 없었다.

"꼭 해야 돼?"

나를 정말 미치기 일보 직전까지 몰아가고 있는 남자가 놀리려는 기색이 역력한 얼굴로 웃었다.

나는 눈을 가늘게 뜨고 그의 장난기 가득한 얼굴을 보며 손을 뻗어 이불 밑에 숨겨 두었던 것을 꺼냈다.

"아!"

"이걸 원하는 거지?"

나는 그를 향해 리모콘을 들어 보였다. 으아가 쾌감을 느끼며 내 허벅지에 스스로 엉덩이를 비비는 모습을 보니 나도 미칠 것만 같은 기분에 자꾸만 마르는 입술을 핥았다. 버튼을 눌러 꼬리에 연결된 바이브레이터의 진동 세기를 높이고 겉에 드러난 꼬리를 잡아 앞뒤로 움직이자 달콤한 목소리가 파르르 떨리며 크게 신음했다.

"아…! 으응!"

가슴 위 옅은 색의 단단한 돌기를 한쪽씩 번갈아 가며 애무하자 그가 더욱 크게 신음했다. 욕정은 이 냉담한 사람을 내게 가슴을 들이밀며 쾌락을 갈구하는 용감한 사람으로 바꾸어

놓았다. 나는 그 단단한 돌기를 혀끝으로 꼼꼼하게 휘감으며 갈증을 해소했다. 그를 만족시킬 수 있어서 너무 기뻤다. 으아는 몹시 흥분한 듯 움찔거리며 몸을 배배 꼬았고, 가느다란 손으로 내 어깨를 움켜쥐고서 손톱을 박아 넣었다. 또 다른 손으로는 내 머리를 자신의 가슴 쪽으로 끌어당기며 욕망을 솔직하게 내보였다. 그 모습이 너무 섹시해서 이대로 그의 가슴에 코를 묻고 죽어도 여한이 없을 것 같았다.

나는 붉게 부어오르기 시작한 젖꼭지에서 입술을 떼고 손을 아래로 내려 그의 것과 내 것을 함께 잡고 빠르게 문질렀다. 곧 앞과 뒤로 동시에 자극당한 남자가 절정에 이르렀고, 하얗고 탁한 액체를 우리의 배 위에 뿜어냈다. 작은 고양이는 내 어깨에 얼굴을 얹고 숨을 헐떡거렸다.

"더 해?"

바이브레이터의 진동 세기를 바꾸기 위해 버튼을 누르려는데 으아가 고개를 흔들었다.

"후으… 아니."

"음?"

"더는 안 돼."

문득 으아를 너무 힘들게 한 건 아닌지 걱정스러워지려는데, 이어진 다음 문장에 나는 그만 어금니를 꽉 물었다.

"그거… 이제 싫어. 킹 형의 것을 원해. 으아 몸에 넣어 줘요…."

그 유혹적인 말과 헐떡이는 숨소리가 섞인 떨리는 목소리,

갈망으로 가득 찬 달콤한 눈빛에 조급해졌다. 그는 마치 내 약점이 무엇인지 알고 있는 것처럼 매일 점점 더 매혹적으로 행동했고, 의도적으로 그것을 이용해 날 유혹하고 완전히 빠지게 했다.

정말 앙큼하다.

초박형 콘돔 한 상자를 집어 그에게 건네자 으아는 콘돔 한 개를 꺼내 포장을 찢고 내 것에 씌웠다. 나는 그의 허리를 들어 올려 한동안 그의 안을 차지하고 있던 하얗고 푹신한 꼬리를 빼냈고, 주름진 구멍 내부를 매만지며 부드럽게 풀려 있는 통로를 확인하고 만족스러운 미소를 지었다.

나는 내 물건을 잡고 입구에 맞춘 뒤 천천히 밀어 넣었다. 익숙한 부드러움과 따뜻함이 나를 에워쌌다. 안쪽이 가볍게 경련하며 내 페니스를 세게 조이자 순간적으로 치솟는 쾌감에 나도 모르게 잇새로 숨을 들이켰다. 내 무릎 위의 흰 고양이는 그릉거리며 신음했고 내 가슴을 밀어 침대에 눕힌 뒤 스스로 엉덩이를 위아래로 움직이기 시작했다. 초커에 달린 은빛 초승달 로켓이 그의 움직임을 따라 흔들리며 방 안의 불빛을 머금고 반짝거렸다.

나는 으아가 이렇게 위에서 하는 게 정말 좋았다. 누워서 그의 얼굴을 보는 것만으로도 갈 것 같았다.

손으로 그의 엉덩이를 받치고 꽉 움켜쥐었다. 그리고 그의 움직임에 맞춰 엉덩이를 들어 올려 더 깊이 삽입했다. 방 안을 가득 채운 살과 살이 부딪히는 야릇한 소리가 내 원초적 본능을 더욱 자극했다.

한동안 으아가 원하는 대로 움직이게 두었다가 그를 붙잡아 몸을 뒤집으며 속삭였다.

"엉덩이 좀 더 들어 봐."

음욕에 사로잡힌 늘씬한 몸매가 순순히 엉덩이를 들어 올렸다. 나는 다시 뜨거운 기둥을 그의 안으로 집어넣고 빠르게 움직이기 시작했다.

"아웃!"

내 것을 좁은 통로에서 완전히 빼냈다가 다시 끝까지 빠르게 집어넣자 내 밑에 있는 사람이 베개를 세게 움켜쥐고 신음하며 바들거렸다. 나는 으아의 엉덩이를 더 위로 끌어 올리고 몸을 숙여 그의 하얗고 매끄러운 등 곳곳에 키스했다. 동시에 쉴 새 없이 허리를 움직였고, 페니스가 구멍 안을 더 깊이 파고들수록 신음이 커졌다. 내 허릿짓에 맞춰 그의 몸도 거칠게 흔들렸다.

"아! 너…."

"형이라고 불러."

"혀, 형. 거기, 으응! 거기…. 더, 세게요…!"

"여기?"

"으응, 아! 아…! 웅!"

그의 구멍 안, 어느 한 부분을 찌르자 으아가 날카롭게 신음했다. 그 부분을 끊임없이 찔러 대며 그의 몸을 욕망의 폭풍 속으로 몰아넣자, 압도적인 쾌감에 휩싸인 그의 엉덩이가 내 움직임에 맞춰 꿈틀거렸다.

나는 으아와 할 때마다 정말 행복했다. 육체적 쾌락, 그 이상이었다. 이때만큼은 으아가 벽을 낮추고 내가 조금 더 가까이 다가갈 수 있도록 허락해 주는 것 같았지만, 그것만으로는 여전히 충분하지 않았다. 나는 그를 영원히 나만의 사람으로 만들고 싶다.

나는 그를 진심으로 좋아한다.

"혀, 형…! 킹 형… 훗…!"

연분홍빛 기둥이 다시 한번 몸을 떨며 절정에 다다랐고, 좁은 통로도 주인을 따라 경련하며 내 것을 꽉 물었다. 나는 어금니를 꽉 깨물고 으르렁거렸다. 절정이 얼마 남지 않았다는 것을 깨닫고 그의 안에서 몸을 빼내 콘돔을 벗겨 냈다. 그리고 기둥을 잡고 그의 엉덩이 둔덕, 갈라진 틈에 대고 희뿌연 액체를 뿜어낼 때까지 문질렀다.

곧 그의 하얀 피부가 온통 얼룩이 질 때까지 한 방울도 남김없이 뿜어냈다. 내 정액이 그 새하얀 몸 위로 쏟아지는 모습이 너무나 야해서, 언제라도 볼 수 있게 사진이라도 찍고 싶었다. 물론 그랬다면 지쳐 헐떡이고 있는 사람이 벌떡 일어나 내 것을 물어뜯겠지만 말이다.

"콘돔은 왜 뺀 거야? 지저분해졌잖아."

그가 불평했다.

"닦으면 되지. 네가 더 지저분하게 만들었어도 난 뭐라고 안 했어."

그러면서 그가 뿜어낸 액체로 얼룩진 침대 시트를 향해 눈짓했다. 그 얼룩의 근원인 남자가 부끄러움에 귓불을 붉혔다. 나는 유쾌하게 웃으며 그의 동그란 엉덩이를 가볍게 토닥이고는 휴지를 가져와 그의 몸에 묻은 얼룩을 닦아 주었다.

으아는 일어나 머리띠와 초커를 벗었고, 나는 누워서 날씬한 몸을 다시 끌어안았다.

"네가 형이라고 부르는 거 다시 듣고 싶어."

나는 품에 안긴 사람의 관자놀이 근처 머리카락을 따라 부드럽게 얼굴을 쓰다듬으며 중얼거렸다.

"안 할 거야."

그 완고한 목소리에는 졸음이 섞여 있었다.

고개를 숙여 그의 얼굴을 보니, 아름다운 눈이 천천히 감기고 있었다.

"으아."

"응."

"연휴에 나랑 어디 갈래? 방콕 근처 방샌이나 사타힙 같은 곳이라도."

그의 반응이 너무 듣고 싶었지만, 한참 동안 아무런 대답이 없어 잠이 들었나 보다 싶었다.

내일 다시 물어봐도 되니까.

"…좋아. 알려 줘…. 어디로 가고 싶은지."

불을 켜려고 자리에서 일어나려는 순간 웅얼거리는 소리가 들렸다. 그 사랑스러운 행동에 나도 모르게 얼굴 가득 미소를 지었다. 그를 살며시 안고 침대 위에 제대로 눕혀 준 뒤, 일어나 방의 불을 끄고 침대 옆 스탠드의 불빛만 남겼다.

다음 주는 언제 올까?

[으아 시점]

휴대폰 알람 소리에 눈을 떴다. 아래가 살짝 쓰리고 허리가 묵직했다. 두꺼운 팔로 밤새 나를 안고 있었던 사람의 숨소리는 여전히 일정한 리듬으로 계속되고 있었다. 나는 가만히 누워서 킹의 숨소리를 들으며 한숨을 쉬었다. 아무리 침대에서 일어나기가 싫어도 일을 하러 가야 했다.

나는 문어처럼 내 몸을 꽉 감싸고 있던 팔을 천천히 떼어 내고 샤워를 하기 위해 일어났다. 바닥에 흩어져 있는 목욕 가운과 수건, 그 외 기타 등등의 도구들을 보자 얼굴이 화끈거렸다.

어젯밤의 선명한 기억들이 머릿속을 스쳐 지나갔다. 고양이 귀와 꼬리를 달고 그를 '형'이라고 불렀던 것은 맥주를 많이 마신 탓도 있지만 킹이 원했기 때문에 동의한 거였다. 그의 눈이 반짝이는 것을 보고 하길 잘했다는 생각이 들었다.

나는 내가 꽤 고집스럽다는 것을 알고 있다. 하지만 킹은 그런 내 말을 항상 참을성 있게 들어 주었다. 그러니 어젯밤의 일은 그의 배려에 대한 보답 같은 거였다. 하지만 그가 이 사실을 알면 최소 몇 년은 놀려 댈 것이기 때문에 결코 솔직하게 말할 수 없다.

서둘러 샤워를 하고 집주인을 깨웠다. 일어나자마자 키스하려는 킹을 밀어내고 그를 화장실로 가게 하기까지는 시간이 좀 걸렸다. 킹이 옷을 입는 것을 기다리는 동안에는 어젯밤에 나눈 대화가 떠올랐다. 그때는 거의 잠이 든 상태였는데, 킹이 연휴에 어딘가 같이 가자고 했던 것 같다. 그리고 나는 동의했다.

오랜만에, 그것도 단둘이 떠나는 여행이라니···. 그러면 안 된다는 것을 알면서도 이번 연휴가 기대되는 건 어쩔 수 없는 일이었다. 결국 조만간 그와 헤어져야 한다면, 그 전에 좋은 추억을 만들 수도 있을 거라 생각했다.

그렇게 이상하지 않잖아···? 친구랑 여행을 갈 수도 있는 거니까.

킹이 어디로 가고 싶은지 다시 물었고 결국 사타힙 같은 방콕 근처로 가기로 했다. 일주일 내내 업무가 넘쳐났지만 휴가를 떠난다는 생각에 몹시 들떠 있었다. 일을 하면서도 책상 위에 놓인 달력을 보며 빨리 연휴가 오기만을 기다렸다. 남은 근무일이 며칠인지를 여러 번 세어 보기도 했다.

하지만 역시. 늘 그래 왔던 것처럼, 내가 기대하고 기다리던 것들은 이루어지지 않았다.

"으아."

연휴 전 마지막 근무일인 금요일 오후, 킹이 갑자기 비상구에서 이야기를 하자고 메시지를 보내왔다. 그곳에서 킹의 침울한 얼굴을 본 순간 직감적으로 내일 사타힙으로 여행을 갈 수 없게 됐다는 것을 알았다.

"정말 미안해. 집에 가야만 해서, 여행을 갈 수가 없게 됐어. 이번 일요일에 중매인이 소개한 여자를 만나야 해."

그래, 내 예감은 늘 정확했다.

"괜찮아."

킹은 몹시 미안해하며 나를 바라봤지만 나는 괜찮다고 재차 말하고는 공허한 가슴을 안고 책상으로 돌아왔다.

나는 감정이 없는 바보가 아니다. 많이 기대했고, 크게 실망했다. 킹이 그 일을 피할 수 없다는 걸 알고 있고 부모님과 갈등을 일으키는 것도 원치 않지만, 그런 기분을 느낄 권리조차 없음에도 불구하고 상처를 받았다.

사무실에는 마우스 클릭 소리와 키보드를 누르는 소리만 울리는 가운데 책상 위 달력이 다시 눈에 들어왔다. 나는 한숨을 내쉬고 다시 컴퓨터 화면으로 고개를 돌려 나머지 작업을 계속했다.

긴 연휴 동안 여느 때와 같이 혼자 집에 있어야 한다. 그 이상 기대할 것도 없다.

18
꿈에서 깨어나다

나의 연휴는 조용히 지나갔다. 연휴 내내 집안일을 하고, 밥을 해 먹고, 운동을 가고, 가능한 아무 생각도 하지 않기 위해 계속해서 할 일을 찾아 헤맸다. 하지만 내 머리는 킹이 중매인이 소개한 여자를 만나야 한다는 사실만을 계속해서 생각하고 또 생각했다.

그 만남이 있고 난 뒤, 킹은 일요일 해 질 녘에 전화를 걸어왔고 다음 날 영화를 보러 가자고 했다. 그가 몹시 미안해하고 있다는 것을 알고 있었지만 피곤해서 혼자 조용히 쉬고 싶다고 말하고 거절했다. 정말로 너무 지쳐 있었기 때문에 그에게 거짓말을 한 것은 아니었다.

가장 좋아하는 미국 드라마가 재생되고 있는 노트북 화면을 초점 없이 바라보며 깊은 한숨을 쉬었다. 벌써 몇 시간 동안이나 영상을 틀어 놓고 있었는데도 생각이 너무 많아서 내용을 거의 파악하지 못했다.

애초에 욕심내면 안 되는 것을 멋대로 기대한 것은 내 잘못이었다…. 그러니까 나에게는 상처받을 권리도, 그의 인생에 간섭할 권리도 없다.

나는 처음부터 어떤 권리도 갖고 있지 않았다.

우리는 FWB라는 용어를 단순히 서로의 욕구만을 충족시키는 관계로 명확하게 정의했다. 따라서 킹은 누구와도 자유롭게 이야기하고, 무엇이든 할 수 있다. 그리고 그것은 나도 마찬가지다. 하지만 처음 관계를 맺기 전 내가 제안했던 엄격한 규칙 때문인지 나는 킹이 다른 사람을 만나는 것이 익숙지 않았다. 아이러니하게도 나를 보호하기 위해 세운 규칙들이 결국 나를 상처 입혔다.

짙은 회색과 붉은색 구름으로 뒤덮인 바깥 하늘이 무섭게 보였다. 반대편 건물의 불빛도 시간이 지나면서 하나둘 꺼져 갔다. 나는 노트북 화면의 시계를 보고 자정이 넘었다는 것을 깨닫고는 노트북을 껐다. 침대 옆 램프를 켜고 방의 불을 끈 뒤 희미한 빛 속에서 침실을 둘러보았다.

내 콘도는 고작 36제곱미터에 불과했고, 침실이 그렇게 넓지도 않지만 오늘은 유난히 텅 빈 것 같다는 느낌이 들었다. 기분이 울적해서 그런 걸까, 아니면 평소처럼 다른 누군가와 함께 있지 않아서일까.

침대에 웅크리고 누워 이불을 턱 끝까지 끌어 올렸다. 내 옆에 누워 있던 그 커다란 몸도, 따뜻하게 안아 주던 사람도 없으니 침대가 넓게만 느껴졌다.

스스로에게 내일은 출근을 해야 한다는 사실을 상기시켰다. 그리고 잠을 청했지만 여전히 마음이 너무 심란해서 도무지 잠을 잘 수가 없었다.

제발, 네 주제를 알고 이 미친 짓 좀 그만둬…!

"형! 으아 형!"

"어?"

평소처럼 회사 건물 1층에 있는 카페에서 커피를 사기 위해 줄을 서 있던 중 누군가 어깨를 치는 바람에 깜짝 놀라 뒤를 돌아보았다. 청바지 위에 흰색 티셔츠를 입고 체크무늬 셔츠를 걸친 프로그래머 후배가 내 뒤에 서 있었다. 오토바이로 출근한 탓인지 그의 머리는 조금 지저분했다. 우리 회사에는 복장 규정이 없었기 때문에 함께 일한 지난 3년간 건이 남들처럼 슬랙스에 셔츠를 입는 모습은 한 번도 본 적이 없다.

"안녕."

건은 손을 모아 인사를 하고 내 얼굴을 살폈다.

"모처럼 긴 연휴였는데 왜 그렇게 피곤해 보여요? 형, 졸려요?"

"조금."

나는 짧게 대답했다. 오랜 시간 같은 부서에서 일했는데도 건과 단둘이 이야기할 기회는 거의 없었다. 하지만 말수가 적은 나에게 매번 그가 먼저 말을 걸어 주었기 때문에 어색한 순간은 없었고 이번에도 다르지 않았다.

"하긴, 휴일은 항상 너무 빨리 지나가는 것 같아요. 벌써 출근이라니. 연휴 때 어디 다녀왔어요?"

"그냥 집에서 쉬었어."

"저도요. 어디 갈 기분이 아니었어요. 저 또 차였거든요. 올해만 세 번째예요. 아니, 내가 그렇게 매력이 없어요?"

그는 눈살을 찌푸리고 자신을 내려다보며 말했다. 건은 못생기지 않았다. 성격도 활기차고 다정다감한 아이였는데, 차였다는 이야기를 자주 하는 걸 보면 어쩌면 건도 나처럼 사랑에 있어서는 운이 없는 건지도 모른다.

"아직 맞는 상대를 만나지 못해서 그런 걸 거야."

"저도 그렇게 생각해 왔는데, 이제 지쳤어요. 도대체 그 사람은 언제 만날 수 있는 거래요?"

그는 계속 투덜댔고, 나는 조용히 그의 말을 들으며 우리 차례가 되어 커피를 받을 때까지 그가 답답함을 토로하도록 내버려두었다. 그런 다음 엘리베이터 줄을 서기 위해 걸어갔지만, 막상 엘리베이터 앞에 도착해서는 카페로 돌아가고 싶어졌다.

"어, 크릿 씨. 좋은 아침이에요."

"안녕하세요, 건. 좋은 아침이에요, 으아."

회색 정장을 입은 크릿 씨가 돌아보고 미소 지으며 내 얼굴을 뚫어져라 응시했다. 나는 손을 들어 그에게 인사를 건넸고, 키 큰 후배의 등 뒤로 숨어 버리고 싶은 마음에 무의식적으로 한 걸음 물러섰다.

이렇게 이른 아침부터 운이 나쁘다니….

"우와, 크릿 씨는 매일 회사에 일찍 오시네요! 연휴에는 어디 다녀오셨어요?"

건은 옆에 서 있는 내 기분을 눈치채지 못한 채 수다스럽게 말을 걸었다. 크릿 씨는 다른 직원들 앞에서 의심스러운 행동을 한 적이 없었기 때문에 내가 그를 불편해한다는 사실을 건이 모르는 걸 탓할 수는 없었다. 그와 나 사이에 무슨 일이 일어나고 있는지 아는 건 제이드와 킹뿐이었다.

"저는 방콕에 있었어요. 오랜만에 미국에서 돌아온 친구들을 만났죠. 두 사람은요?"

"전 아무 데도 안 갔어요. 으아 형도, 저도 외롭게 집에 있었어요."

"푹 쉬었으면 됐죠."

크릿 씨는 부드러운 미소를 띠고 나를 보았다. 그 찰나의 순간에도 그의 눈에서 추파를 담은 빛이 번쩍여서 소름이 돋았다.

"그건 그렇고, 크릿 씨는 여기 사시는 거예요? 매일 일찍부터 회사에 계시던데."

"아, 교통 상황에 따라 달라요. 전 팟타나칸에 살고 있거든요. 으아는… 아, 잊어버렸네요. 어디 살아요?"

할 말을 잃고 불편한 표정을 짓고 있는 나를 향해 건이 고개를 돌렸다. 솔직히 나는 크릿 씨에 대한 편견과 더불어 내 사적인 영역을 침해당하는 듯한 느낌을 지울 수 없었기 때문에 내가 사는 곳을 말하고 싶지 않았다. 하지만 상사의 질문에 대답을 하지 않으면 무례하게 보일 것이고, 더 나아가 어떤 의심을 받게 될지도 모른다.

"아… 전…."

"제 콘도 근처에요."

그때 뒤에서 익숙한 목소리가 들려왔고, 거의 동시에 묵직한 팔 하나가 어깨 위에 올라와 우리의 친밀함을 과시했다. 그의 몸에서 풍기는 친숙한 민트 향이 급격하게 치솟고 있던 스트레스를 점차 완화해 주었다. 하지만 그래서 오히려 마음이 아프기도 했다.

나는 크릿 씨를 향해 아무렇지도 않게 웃고 있는 킹을 올려다보았다. 표면적으로 보면 상사와 부하 직원 사이의 일상적인 잡담처럼 보였지만, 킹은 말을 하면서 내 어깨를 더 꽉 끌어안았다.

"가끔 같이 출근하기도 합니다. 연료비를 아낄 수 있으니까요."

"오, 진짜요? 둘이 그렇게 가까워졌어요?"

놀란 건의 눈이 커졌다.

"우리 원래 친했어. 네가 몰랐던 거지."

킹은 그의 후배에게 윙크를 한 뒤 그보다 높은 직위의 인물을 돌아보았다. 크릿 씨의 얼굴에는 여전히 미소가 가득했지만, 킹에게 고정된 눈빛이 이전처럼 우호적이지 않았다. 그는 무언가를 꿰뚫어 보고 있었다.

내가 할 수 있는 일은 가만히 그 자리에 서 있는 것뿐이었다. 어떻게 해야 할지를 알 수가 없었다. 한편으로는 킹이 나 때문에 곤란해질까 봐 걱정되기 시작했다. 킹은 능력이 출중해서 사장님이 가장 아끼는 직원이었지만 감히 당신의 조카와 사이가 나빠져도 그를 감싸 줄지는 알 수 없다.

다행히 엘리베이터가 딱 맞는 타이밍에 도착한 덕에 대화는 그렇게 끝났다. 우리는 엘리베이터를 타고 15층으로 올라갔고, 이후 크릿 씨는 부서장실로, 킹과 건 그리고 나는 IT 부서 사무실로 향했다.

아직 푸껫에서 휴가를 보내고 있을 친구의 비어 있는 책상을 힐끔거리며 바로 옆 내 책상에 가방을 내려놓았다. 제이드가 없으니 사무실이 훨씬 조용하게 느껴졌다.

"형, 중매인한테 여자 소개받았다면서요! 진짜예요?"

조금도 알고 싶지 않았던 것에 대해 묻는 건의 목소리가 컴퓨터를 켜려던 내 손을 허공에 얼어붙게 했다. 일부러 더 바쁘게 업무 준비를 하며 그들의 대화 소리에 귀를 기울이지 않으려고 노력했지만, 듣지 않을 수가 없었다.

"도대체 어디서 들었어?"

"제이드 형한테 칠리 딥 사다 달라고 연락했다가 이런저런 이야기를 좀 했죠. 그때 형이 말해 줬어요. 사실이에요? 요즘에도 그런 걸 해요?"

"응, 엄마가."

대답하는 목소리는 감정이 전혀 느껴지지 않을 정도로 밋밋했지만, 나는 이미 숨을 쉴 수 없을 정도로 불편한 기분을 느꼈다. 친구가 드디어 한곳에 정착해서 안정적인 삶을 살게 될지 모른다는 소식에 기뻐야 하는데 나는 왜 행복하지 않을까.

내가 이렇게 이기적일 수도 있다는 것을 이제야 깨달았다.

"우와! 어땠어요? 마음에 들어요? 예뻐요?"

"예쁘긴 한데 별로 관심 없어."

"아, 형. 너무 까다로운 거 아니에요? 그러다 진짜 혼자 남게 될지도 모른다고요."

건은 웃으면서 그를 놀렸다.

나는 그 대화를 더 이상 듣지 않기 위해 물병을 들고 정수기로 가려고 했다. 막 프로그래머 쪽 책상을 지나가는데 익숙한 목소리가 들려왔다.

"나한텐 선택권이 없어. 지금도 상대가 날 선택해 주기만 기다리고 있거든."

"…"

"근데 그 사람이 날 선택할지는 모르겠네."

"아니, 누가 형을 선택하지 않겠어요? 잘생기고 돈도 많고 물건도… 큼! 아니 제 말은, 몸도 좋다고요. 심지어 요즘 진중해지기까지 했잖아요. 저랑 클럽 가면 술만 마시고 예전처럼 이 사람 저 사람이랑 술잔 부딪치거나 여자 데리고 사라지지도 않고. 이렇게 좋은 사람을 누가 안 고르겠어요?"

"너 이 새끼, 지금 나 돌려 까냐?"

"악! 아뇨, 안 그랬어요!"

숨은 뜻이 있는 듯한 킹의 말에 아프고 떨리는 가슴을 안고 사무실 뒤편으로 걸어가는 동안 뒤에서 건의 비명이 들렸다.

그의 말은 아무 의미가 없었을 수도 있다. 그리고 내가 아닌 다른 사람을 염두에 둔 말일 수도 있다. 설령 정말로 나를 두고 한 말이었다고 해도 그의 가족은 우리 관계를 절대 받아들이지 않을 것이다. 부모가 나서서 아들의 중매를 선다는 것은 그들이 가문의 대를 이을 상속자를 원한다는 의미이고, 그것은 내가 절대로 줄 수 없는 것이다.

"으아, 물이 넘치고 있어."

갑자기 가까이에서 들린 킹의 목소리에 깜짝 놀라 손에 든 병을 놓쳤다. 그의 커다란 손이 재빨리 물병을 붙잡았다. 서로 맞닿은 손 사이로 전해지는 온기에 내 심장이 다시 쿵쿵거렸다. 너무 멍하니 있는 바람에 그가 언제 왔는지 전혀 눈치채지 못했다.

서둘러 손을 떼고 바닥을 내려다보니 온통 물바다였다. 나는 한숨을 쉬며 바닥을 닦을 걸레를 가지러 창고로 갔다.

"너 나한테 화났어?"

킹은 나를 따라 창고로 들어와 물었다.

나는 그와 눈을 맞추고 고개를 저었다.

"화 안 났어."

난 그냥… 가슴이 아파.

"미안해. 너와의 약속을 어길 생각은 없었어."

"이해해."

나는 짧게 대답했다. 정말로 그에게 화가 난 게 아니었다. 나에게는 화를 낼 권리가 없다. 그와의 FWB 관계에 지나친 의미를 부여한 것은 모두 내 잘못이었고, 킹에게는 아무 잘못이 없다.

"다시 날 잡자. 다음 주도 괜찮아. 내가 약속 깬 거니까 경비도 내가 다 낼게."

나는 아무 말도 하지 않았지만, 마음속으로 다음은 없을 거라고 생각했다. 지난번 일은 기대하지 말아야 할 것을 기대했던 내 잘못이다. 이제는 정말로 꿈에서 깨어나 현실로 돌아갈 때다.

"오늘 밤에 네 콘도로 가도 돼?"

킹이 조심스럽게 물었다. 그러나 그 부드러운 목소리는 좁은 창고 안에서 유난히 공허하게 울려 퍼졌다.

"아니. 피곤해. 그럴 기분이 아냐."

나는 지친 표정으로 대답했다.

"그냥 잠만 잘게. 너한테 아무 짓도 안 해."

"킹."

그의 눈을 똑바로 마주 봤다. 최근에는 감히 쳐다보지도 못했던 눈인데… 그 날카로운 눈은 곧고 진지해 보였다. 나는 한숨을 쉬고 말을 이었다.

"이번 주에는 제이드가 없잖아. 일이 좀 많아. 피곤해서 퇴근하면 혼자 조용히 쉬고 싶어. 미안해."

말을 마치자 작은 창고 안이 더욱 어두워진 것 같았다. 침묵이 우리를 덮쳐 왔고, 킹의 눈은 공허하고 무감각했다. 그는 한참 동안 대답하지 않았다. 나는 여러 가지 감정이 밀려들어 걸레 자루를 더 꽉 쥐었다. 더 이상 이 불편함을 견딜 수 없어 먼저 자리를 떠나기 직전, 그가 나직하게 대답했다.

"알겠어."

"…."

"야근해야 하면 알려 줘. 같이 있을게."

키가 큰 남자는 그렇게 말하고 뒤를 돌아 창고에서 나갔다. 그곳에 혼자 남겨진 나는 막 창고를 빠져나가는 사람의 뒷모습을 가만히 바라보았다. 수백 번은 봤지만, 이번만큼 공허하고 우울한 마음으로 본 적은 없었다.

진작 이랬어야 하는데…. 이대로 조금씩 멀어지는 게 옳은 일이다.

킹은 계속 자신의 인생을 살아가야 하고, 나도 마찬가지다. 손에 쥐고 있던 것을 놓아야 할 때가 오면 생각만큼 쉽사리 놓을 수 없는 것이 정상이다. 하지만 어쨌든, 그래도 놓아야만 한다. 그동안 고집을 부리는 건 좋지 않다는 것을, 그럴수록 더 아픈 결말만 초래한다는 것을 배워 왔다. 킹을 좋아하지만 주변의 모든 상황이 우리를 쉽게 이어 주지 않을 것 같았다. 그게 아니더라도 어느 날 그와의 관계에서 실망하게 된다면 이전처럼 상처를 믿고 다시 나아갈 수 없게 될 것 같아서 두려웠다.

내가 과거의 그 어떤 사람보다도 킹에게 더 큰 감정을 느끼고 있기 때문이다.

이 감정을 여기서라도 멈추지 않는다면, 결국 비참해지는 것은 나일 것이다. 적어도 지금 물러나면 언젠가는 그를 다시 똑바로 마주 보며 한때 내 옆에 있어 줘서 고마웠다고 말할 수 있을 것 같았다. 나는 이 관계를 산산조각 내서 끝내고 싶지 않았다. 너무 지쳤고, 또 이전처럼 상처받고 싶지 않았다.

혐오스러운 감정이 뜨겁게 치솟아 시야가 흐려졌다. 눈물이 걷잡을 수 없이 흘러내리기 전에 서둘러 닦아 내고 심호흡하며 마음을 다잡으려고 노력했다. 항상 나의 나약함을 경멸했지만 이번에도 그 나약함에 굴복해 버렸다.

왜 내 인생은 이렇게 모든 것이 힘들고 어려워야만 할까?

스트레스를 가득 품은 채 일주일 동안은 일에만 집중했다. 몽콘 선배는 당연하게도 전혀 도움이 되지 않았기 때문에 제이드가 없는 동안 일이 두 배였고, 크릿 씨도 계속해서 나를 압박했다. 그는 새롭게 수정해야 할 내용을 설명한다는 이유로 나를 불러낸 다음, 5분이면 될 내용으로 날 정말 오랫동안 붙들어 놨다. 그 탓에 나는 근무 시간을 완전히 낭비하게 됐고 결국 매일 밤 8~9시까지 야근을 해야 했다. 내가 할 수 있는 유일한 일은 인내심이 언제 바닥날지 모르는 상태로 꾸역꾸역 일을 계속하는 것뿐이었다.

내가 야근할 때면 크릿 씨도 늦게까지 사무실에 머물렀다. 하지만 나는 혼자가 아니었기 때문에 그가 나를 건드릴 기회는 없었다. 약속한 대로 킹이 계속 함께 있어 주었기 때문이다.

창고에서 대화를 그렇게 마무리한 뒤에도 우리는 평소처럼 이야기를 나누었다. 다만, 우리를 둘러싼 분위기는 조금 달라졌다. 마치 우리 사이에 보이지 않는 벽이 생긴 것 같았고 그것이 우리를 점점 더 멀어지게 만들고 있었다. 나는 이것이 옳은 일이라고 스스로에게 계속해서 말했지만 가슴은 찢어지는 것같이 아프고 괴로웠다.

나는 사랑이 정말 싫다.

새롭게 한 주가 시작되고 첫 근무일의 아침, 나는 기운 없이 사무실 책상에 앉아 있었다. 같이 자고 같이 일어나 같이 출근하는 사람이 없어진 지 일주일이 지났다. 그것이 너무 낯설어서 나를 둘러싼 모든 것이 텅 비어 버린 것 같았지만, 이대로 조금만 더 버티면 킹과 FWB가 되기 전의 관계로 돌아갈 수 있을 거라고 믿었다.

꼭, 그렇게 되길 바랐다.

"안녕, 여러분! 제이드가 돌아왔⋯. 아, 다들 아직 안 왔네?"

내 가장 친한 친구는 사무실 입구에서부터 너무나 반갑게 인사를 건네고서 사무실에 사람이 없는 것을 보고 조금 머쓱해했다. 월요일 아침은 특히 교통 상황이 좋지 않았으니 직원들이 대부분 지각하는 것은 평범한 일이었다.

"어떻게 이렇게 일찍 왔어?"

나는 양손에 기념품 가방을 들고 있는 친구에게 물었다.

"마이가 출근하는 길에 태워다 줬어. 7시 전에 출발한 게 다행이었지, 안 그랬으면 아직도 길 위였을 거야. 나 없는 동안 일 많았어?"

"괜찮았어."

괜히 그를 속상하게 하고 싶지 않아서 말을 아꼈다. 어쨌든 모든 일을 마쳤고, 제이드가 자신의 연차를 사용해 휴가를 다녀온 것은 그의 잘못이 아니니까. 잘못을 따지자면 자기 일에 책임이라고는 눈곱만큼도 없는 사람에게 있었다. 일을 도울 인턴이라도 있었다면 이렇게까지 피곤하지는 않았을 텐데, 아쉽게도 올해는 인턴이 없다.

"휴가는 잘 보냈어? 마이 인스타그램에 사진 올라온 건 봤어."

"응, 마이가 진짜 하루 종일 사진 찍고 업로드하고 그랬어. 마이 친구들이 마이를 차단하지 않은 게 다행일 정도였다니까. 근데 바다 진짜 예뻤어. 호텔도 좋았고. 유일한 단점은 햇볕이 너무 뜨거워서 증발할 뻔했다는 거야."

투덜대고는 있지만 그의 눈은 너무나 반짝여서 나도 모르게 웃어 버렸다. 마이는 인스타그램에 자주 사진을 올렸는데, 거의 제이드와 함께 찍은 것들이었다. 제이드는 마이와 사귀면서 한 번도 그에 대해 불평한 적이 없었고 나는 친구가 좋은 사람을 만난 것 같아서 너무 행복했다.

"여기, 네 거야."

제이드가 큰 종이 가방을 내밀었다. 안에 들어 있는 것을 꺼내 보니 현지 간식과 함께 큰 건새우 칠리 딥 한 병이었다.

"너무 많은데…. 다른 사람도 주게 따로 덜어 놓을까?"

"다른 사람 것도 사 왔으니까 네 건 그냥 가져가면 돼. 칠리 딥은 오래 보관할 수 있잖아. 간식은 여기 사무실에 두고 틈틈이 먹어도 되고. 많이 좀 먹어, 으아. 점점 더 마르는 것 같아."

제이드가 나를 바라보며 살짝 얼굴을 찌푸렸다.

나는 그에게 억지로 미소를 지어 보이고는 기념품 가방을 서랍 맨 아래 칸에 넣었다. 최근에 살이 좀 빠지긴 했다. 생각이 너무 많아서인지 입맛이 별로 없었다.

다른 직원들이 사무실에 도착하기 시작했고, 나는 자리에 앉아 제이드가 한 사람 한 사람에게 기념품을 나누어 주는 모습을 구경했다. 그때 누군가의 목소리가 울렸다.

"오, 왔네? 일주일 내내 남자 친구랑 달라붙어 있더니."

"꺼져! 넌 칠리 딥 안 줘!"

"좀 놀린 거 가지고 뭘 그래? 뭐라고 한 것도 아니고 사실을 말한 건데. 부끄러워?"

"조용히 해!"

제이드는 살짝 붉어진 얼굴로 소리쳤고, 다른 동료들은 웃음을 터뜨렸다. 킹은 이른 아침부터 누군가를 성공적으로 놀려 먹고는 기분 좋게 웃었다. 하지만 그 날카로운 눈이 나에게 닿고 눈을 마주치자 그 미소는 점점 사라졌고, 곧 진지해졌다.

킹만 그런 것이 아니었다. 나 역시 그를 보면 어떻게 반응해야 할지 알 수가 없었다.

우리의 따분한 평일은 여느 날처럼 계속됐다. 그래픽팀의 작업량은 여전히 엄청나서 점심시간에도 빨리 밥만 먹고 돌아와 다시 일을 해야 했다. 그렇게 휴식 시간에도 일을 하고 있는데 갑자기 제이드가 이야기를 꺼냈다.

"아, 맞다. 킹, 선본 건 어땠어? 말 안 해 줬잖아."

"할 말 없어."

"정말? 어제 집에 기념품을 가져다드렸는데, 네 어머니가 전화를 해서 몇 시간이나 얘기하는 바람에 난 엄마랑 얘기를 거의 못 하고 돌아왔거든. 근데 할 말이 없다고?"

"다 사업 얘기지. 난 관심 없어."

"그래? 그럼, 여자는? 예뻤어?"

"어, 예뻤어. 근데 관심 없어."

나도 모르게 입술을 꾹 깨물었다. 더 이상 그들의 대화를 듣지 않으려고 이어폰을 끼려는데, 마케팅팀 솜 선배의 자그마한 몸이 내 책상으로 곧장 다가섰다.

"으아, 쉬는 시간에 귀찮게 해서 미안한데, 우리 부서에서 얘기 좀 할 수 있어? 급해."

"네."

나는 일어나 그녀를 따라갔다. 작업 방향 변경에 대해 10

분 정도 논의한 후, 사무실로 돌아왔을 때는 점심시간을 마치고 돌아온 직원들로 가득 차 있어야 할 사무실이 반쯤 비어 있었다.

"다들 어디 갔어?"

"크릿 씨가 프로그래머들 회의를 소집했어. 너에 대해서도 물었는데, 솜 선배 만나러 갔다고 했어."

제이드는 욕을 하려는 듯 입을 벌렸다가, 곧 옆에서 유튜브로 축구 경기 하이라이트를 즐겁게 시청하고 있는 몽콘 선배를 보고는 입을 다물었다. 나 또한 몽콘 선배처럼 사소한 일도 징징거리며 큰 소리로 말하길 좋아하는 사람 앞에서 그의 친척을 험담하는 것은 좋지 않다고 생각했다.

"아, 혹시 킹이 말했어? 어머님이 이번 일요일에 그 여자랑 다시 밥 먹자고 했는데, 간다고 했대. 관심 없다고 하더니, 마음이 바뀌었나?"

순간 심장이 멎는 것 같았다. 너무 혼란스러워서 아무 말도 나오지 않았고, 온몸이 마비된 것처럼 손가락 하나도 움직일 수가 없었다. 처음은 그가 피할 수 없는 일이라 생각하고 이해했지만 두 번째라면… 피할 수 없는 것인지, 아니면 피하고 싶지 않은 것인지 알 수 없다.

처음부터 이러려고 했던 거야?

"모르겠네."

나는 중얼거리듯 대답했다. 뒤이어 제이드가 한참 무언가를 말했지만 무슨 말인지는 듣지 못했다. 내가 느낄 수 있는 것은 실체가 없는 무언가가 목구멍을 틀어막은 듯한 느낌뿐이었다. 내 머리는 계속해서 '너에겐 그 어떤 권리도 없어'라는 말만 반복했지만, 내 마음은 반대였다.

이것이 운동경기였다면 벌써 백기를 들고 기권했을 만큼 너무 힘들었다.

어른이 된다는 것은 정말 어려운 일이다. 내 모든 행동 하나하나에 책임이 따르기 때문이다. 게다가 직장인이라면 내가 어떤 일을 겪었고 그래서 마음이 상해 일에 집중할 수가 없거나 더 이상 일을 할 기분이 아니라고 해도 쉽게 그만둘 수는 없다. 내 순간의 결정이 나뿐만 아니라 동료들에게까지 영향을 미치기 때문이다.

그래서 나는 어리석은 짓을 하게 될까 봐 남은 하루 동안 최대한 킹을 보지 않고 컴퓨터 화면에만 집중하려고 부단히 애를 썼다. 그리고 오늘 하루가 빨리 끝나기만을 기다렸다. 한시라도 빨리 퇴근하고 혼자만의 시간을 보내며 마음을 다잡을 수 있길 바랐다.

"으아, 오늘 야근해?"

"아니. 이것만 끝나면 갈 거야."

제이드에게 대답하고 하고 있던 레이아웃 작업을 빠르게 마무리했다. 벌써 5시 30분이었다. 동료들은 하나둘 짐을 싸고 사무실을 떠나기 시작했고, 나도 앞으로 5분이면 일을 끝낼 수 있을 것 같았다.

"응. 그럼 난 먼저 갈게."

제이드는 내 어깨를 가볍게 두드리며 사무실을 나갔다. 마저 서둘러 일을 끝내고 컴퓨터를 종료하려는데, 크릿 씨가 사무실로 들어섰다.

"으아, 미안한 말을 해야겠네요."

젠장….

"정말 긴급한 일이에요. 마케팅팀 요청인데, 오늘 당장 필요합니다."

"하지만 오늘 점심에 솜 선배와 협의했습니다. 분명히 이번 주까지는 시간이 있다고…."

"내일 아침에 표지를 업체로 보내야 합니다. 부탁할게요."

"…알겠습니다."

나는 마지못해 대답하고 책상 밑에서 주먹을 꼭 쥐었다. 이건 정말 미친 짓이었다. 그 표지를 만드는 데는 이틀이면 되었고, 지금 당장 서두를 이유도 없었다. 그는 단지 나를 이곳에 매어 두고 싶은 것이다.

"오늘 종일 시간이 있었는데 왜 지금 말씀해 주시는 겁니까?"

그때 뒤쪽 책상에 앉아 있던 사람의 낮고 거친 목소리가 울렸다. 킹은 자신의 말에 눈썹을 치켜올리는 크릿 씨에게 웃어 보였다.

"마케팅 담당자들 정말 형편없네요. 이렇게 시간 개념이 없는 걸 보면."

"그렇네요."

크릿 씨는 킹의 말에 동의를 표했다. 그의 얼굴을 보니 킹이 자신에게 한 말임을 알고 있지만, 침착함을 유지하려는 것 같았다. 그러고는 킹에게서 시선을 거두고 어쩐 일인지 아직도 사무실에 남아 있는 몽콘 선배를 향했다. 그는 제이드의 의자에 다리를 올리고는 휴대폰 속 유튜브 영상을 뚫어져라 보고 있었다.

"몽콘 씨."

"네?"

"으아 좀 도와주세요."

"아, 네. 네, 물론이죠."

그는 이 상황을 전혀 이해하지 못한 채 당황스러운 얼굴로 서둘러 대답했다. 그리고 크릿 씨가 사무실을 나가자 나에게 다가와 내 어깨를 두드렸다.

"미안, 으아. 오늘은 집에 빨리 가야 해서. 우리 강아지 레몬이가 몸이 안 좋거든. 병원에 데려가야 해."

"레몬은 작년에 죽지 않았어요?"

나는 그에게 차갑게 되물었다.

몽콘 선배는 눈을 몇 번 깜빡이더니 금방 웃는 얼굴로 대답했다.

"다른 강아지야. 일부러 같은 이름을 지어 줬거든."

나는 짜증스럽게 고개를 돌렸다. 이렇게 무책임한 사람과 더 이상 그 어떤 대화도 하고 싶지 않았다. 몽콘 선배는 내가 말이 없는 것을 보고 서둘러 가방을 챙겨 사무실을 나갔다.

"변하질 않네."

킹의 냉소적인 목소리가 들렸다. 아직 남아 있던 다른 프로그래머들 역시 사무실을 빠져나가는 선배를 보며 수군거렸다.

"먼저 가도 돼."

나는 내 뒤에 앉아 있던 남자를 잠시 보다가 조그맣게 말했다. 오늘은 적어도 서너 명이 함께 야근하고 있었기 때문에 크릿 씨도 나를 쉽게 건드릴 수 없을 것이었다.

"괜찮아."

하지만 그의 단호한 대답에 나도 더 이상 아무 말 하지 않고 일을 시작했다.

오늘은 다른 프로그래머들도 야근을 해서 다행이었다. 사무실에 킹과 단둘이 있어야 했다면 그 어색함을 도저히 견딜 수 없을 것 같았다.

그 이후로는 오로지 일에만 집중했다. 그리고 마침내 '저장' 버튼을 누르고는 크릿 씨에게 파일을 보냈다. 시계를 보니 벌써 여덟 시 반이라는 사실에 깜짝 놀라서 컴퓨터를 끄고 뒤를 돌아보았다.

함께 야근하던 다른 프로그래머들은 이미 퇴근하고 없었다. 킹의 자리도 비어 있었지만, 컴퓨터가 켜져 있는 걸로 보아 그가 아직 남아 있다는 것을 알 수 있었다.

"으아."

곧바로 사무실에 나타난 크릿 씨가 나에게 손짓했다.

"잠시 와 주세요."

지금 사무실에는 나와 크릿뿐이었고, 그가 나를 괴롭히기에는 최적의 타이밍이었다. 상황이 꽤 의심스러웠지만 나는 그의 말을 따를 수밖에 없었다. 결국 그가 정말로 나에게 무슨 짓을 하려고 한다면 맞서 싸우겠다고 생각하며 부서장실로 향했다.

"또 수정할 게 있을까요?"

나는 부서장실로 들어가며 그에게 물었다. 문은 열어 둔 채였다.

"아뇨. 이렇게 야근하게 해서 사과하고 싶었어요."

그는 정말로 미안하다는 말투였다.

"그리고 몽콘 씨에 대해서도 제가 대신 사과를 드리겠습니다. 정말로 일이 있었나 봐요."

"…크릿 씨, 솔직하게 말해도 될까요? 지금 제이드와 저는 마감일을 거의 지키지 못하고 있습니다. 가능하다면 팀에 다른 그래픽 디자이너를 채용해 주시거나, 몽콘 선배에게 제대로 일을 하라고 말씀해 주세요. 일을 하든 하지 않든 똑같은 월급을 받는 저희에겐 너무 불공평한 일입니다."

끝내 참지 못하고 말해 버렸다. 제이드와 나는 오랫동안 그의 만행을 참아 왔다. 누구도 이용당하는 것을 좋아하지 않는다.

"약속할게요. 몽콘 씨에게 주의를 주겠습니다."

나는 그가 여전히 정중한 태도인 것에 고마웠다. 사실 몽콘 선배가 주의를 받는다고 해서 변할 거라고는 기대하지 않지만, 최소한 우리 팀에 새로운 그래픽 디자이너를 채용해 줄지도 모른다고 생각했다.

"그럼, 전 이만 퇴근해 보겠습니다."

인사를 하고 부서장실을 떠나려는데 크릿 씨가 다가왔다. 그는 묘한 미소를 띠고 내 눈을 똑바로 바라보며 말했다.

"좋아해요, 으아."

"…"

"당신은 정말 좋은 직원이에요. 이번 인사 평가에서 가산점을 주겠습니다."

그의 눈빛과 미소는 그가 말한 내용이 다만 내가 좋은 직원이기 때문만은 아니라는 의미를 숨김없이 드러냈다.

그에게서 시선을 떼어 내고 다시 한번 인사를 한 뒤 재빨리 부서장실을 나왔다. 막 사무실로 돌아왔을 때, 몹시 화가 난 얼굴로 서 있는 킹을 마주쳤다.

우리는 잠시 아무 말 없이 서로의 눈을 바라보았다. 이후 내가 먼저 고개를 돌리고 짐을 챙겨 사무실을 나왔다. 킹이 뒤를 따라 나왔고, 이윽고 주차장에 도착하자 그가 입을 열었다.

"거긴 왜 들어간 거야?"

"날 불렀으니까."

나는 돌아서서 그를 마주했다. 주차장의 어슴푸레한 불빛이 우리 주변의 공기를 더욱 무겁게 만들었다.

"그 사람이 너한테 무슨 짓을 할지 무섭지도 않아? 문을 잠그기라도 하면 넌 그냥 그 자식 먹이가 되는 거라고! 내가 분명히 조심하라고…!"

"상사가 부르는데 내가 어떻게 안 가?"

"그냥 밖에서 얘기하자고 하면 되잖아!"

"말은 쉽지. 상사한테 그런 식으로 얘기하는 게 가능할 것 같아?!"

나는 불만스러운 마음에 언성을 높였다.

왜 내 잘못인 것처럼 말하는 거야?

나도 그 사무실까지 들어가고 싶지 않아. 하지만 일 때문이라잖아! 내가 어떻게 상사의 지시를 거부할 수 있겠냐고!

"나한테 화내는 거야?"

킹이 눈을 치켜떴다.

"네가 먼저 날 비난했잖아."

"내가 어떻게 널 비난해? 걱정되니까, 네가 그 자식이랑 단둘이 있지 않았으면 하니까! 그래서 이 시간까지 네 옆을 지켰는데, 넌 네 발로 그 자식 사무실까지…!"

이제 완전히 나를 질책하는 것 같은 목소리에 나는 이성의 끈을 놓아 버렸다.

"그건 불가능하다고 했잖아! 왜 나한테 화를 내? 도대체 뭐가 문젠데!"

인내심이 완전히 바닥난 나는 그에게 소리쳤다. 격해진 감정에 몸까지 떨렸다. 우리의 관계는 이미 충분히 불편했다. 마음을 다잡고 이성적으로 행동하려고 애썼는데, 지금 그는 내 잘못이 아닌 일로 나를 비난하고 화를 낸다.

이 지경까지 이르니 모든 불쾌한 감정과 상처받은 마음을 그 어떤 논리로도 억누를 수 없었다.

내 외침이 그치자 어두컴컴한 주차장에 고요함이 내려앉았다. 킹은 내 눈을 가만히 쳐다보기만 했다. 그 잘생긴 얼굴에는 차가운 미소만 희미하게 걸려 있었다.

"그래, 내가 미쳤었네. 미안해."

킹은 나를 지나쳐 그대로 자신의 차를 몰고 떠났다. 나는 그의 검은색 혼다 시빅이 더 이상 보이지 않을 때까지 같은 자리에 망부석처럼 한참을 서 있었다. 그의 모습이 완전히 사라지고 나서야 두 손을 들어 입을 가렸다. 온 힘을 다해 흐느끼는 소리를 틀어막았지만, 결국 새어 나가고 말았다.

공허한 주차장 한가운데에 홀로 서 있던 나는 바닥에 주저앉아 버렸다. 모든 것이 무너져 내렸고, 그 파편이 나를 덮쳐 올 것을 깨닫자 뜨거운 눈물이 뺨을 타고 흘러내렸다.

또다시 혼자 남았다.

이번에는 내가 겪었던 그 어떤 이별보다도 더 고통스러웠다.

19
지푸라기

주차장에서 서로의 감정을 터뜨린 후 킹과 나는 아무 말도 하지 않았고, 그 상태로 열흘이 지났다. 점심시간이 되면 킹은 우리가 아닌 프로그래머들과 식사를 하러 나갔다. 그의 얼굴에서는 이제 호시탐탐 사람을 놀려 먹을 기회를 노리며 반짝이던 장난기를 찾아볼 수 없었다. 그의 강렬한 시선을 마주 본 적도 그날 이후 한 번도 없었다. 우리 사이의 분위기는 동료들이 모른 척할 수조차 없게 싸늘해졌다. 특히 그가 내 책상 쪽을 지나갈 때면 더욱 그랬다. 다른 사람들이 우리에 대해 이야기하는 것을 듣긴 했지만, 제이드를 제외하고는 아무도 우리에게 무슨 일이 있었는지 묻지 않았다. 나는 제이드에게도 조금 싸웠다고만 했을 뿐 자세히 이야기하지는 않았고, 제이드 또한 늘 그랬듯 내가 말하지 않는 것에 대해 더 이상 묻지 않았다.

싸웠을 당시에는 킹이 너무 미웠지만 시간이 흐르고 마음이 진정될수록 미안한 감정이 커졌다. 킹이 언성을 높였던 이유는 나를 걱정해서였는데, 그에게 나쁜 말을 해 버렸으니 반쯤은 내 잘못이었다. 나라도 걱정하고 있던 사람이 면전에 대고 그렇게 소리를 지른다면 진심으로 마음이 상할 것 같았다.

킹과 싸운 것이 처음은 아니었다. 작년에 마이의 환영회가 있던 날 밤에 저지른 실수를 비롯해 크고 작은 문제로 여러 번 싸웠는데 이번만큼 슬픈 적은 없었다. 우리 둘 중 누구도 말하지 않았지만 나는 이 싸움이 우리 관계의 끝을 의미한다고 생각했다.

복합기가 종이 부족을 알리는 소리를 울리자 나는 정신을 차렸다. 새 종이 한 묶음을 가져와 기계에 넣는 동안 제이드가 왔다.

"으아."

나는 제이드를 향해 돌아섰다.

"무슨 일이야?"

"크릿 씨가 채팅방에서 널 불렀어. 작업 수정 관련해서 세부 사항에 대해 얘기해야 한대."

"알겠어."

나는 무감각하게 대답했다. 그는 여전히 나를 괴롭혔고 업무를 핑계 삼아 나를 압박했다. 난 그런 사람을 정말 싫어하지만, 동시에 내게 그 사람에게 반기를 들 만한 힘이 없다는 것 역시 잘 알고 있다.

이 모든 성가신 일을 단숨에 제거할 완벽한 해결책을 생각해 놓았지만 정말로 더 이상 참을 수 없는 지경에 이르지 않는다면 사용하고 싶지 않았다.

"으아."

제이드의 부름에 다시 돌아서서 그를 바라보았다.

그는 주위를 살피며 동료들이 모두 일에 집중하고 있는 것을 확인하고는 목소리를 낮춰 물었다.

"너랑 킹은 아직도 말 안 해?"

고개를 살짝 끄덕였다. 그가 나와 말을 하고 싶기는 한지조차 확실히 알 수 없었지만, 지난 며칠 동안 목격한 그의 무관심이 그 답이라고 생각했다.

"너 괜찮아?"

복합기에서 문서를 꺼내던 중 들려온 제이드의 질문에 잠시 멈춰 섰다.

"왜?"

"괜찮지 않아 보여서. 혹시 내가 들어 줬으면 하는 말이 있어?"

지금 내 얼굴이 어떤지는 알 수 없었다. 나를 바라보는 제이드의 눈빛에는 분명 걱정이 가득했다. 1년 전 킹과 싸웠던 때가 생각났다. 그때도 제이드는 이렇게 물었고, 내 대답은⋯.

"괜찮아."

나는 침을 삼키며 어렵사리 대답을 뱉어 냈다.

"걱정 마. 곧….'

끝이니까.

마지막 말이 혀끝을 맴돌았다. 차마 말로 하기엔 너무 고통스러웠다. 나는 그의 눈을 똑바로 쳐다보지 않고 인쇄에 집중하는 척했다. 제이드가 깊은 한숨을 쉬더니 하얀 손을 내 어깨에 가만히 올렸다.

"무슨 일인지는 모르겠지만, 말하고 싶어지면 언제라도 말해 줘. 나 항상 여기 있으니까. 음… 내 말은, 난 항상 진심으로 들을 준비가 되어 있다는 뜻이야. 네 개인적인 일을 캐물으려는 건 아니니까 오해하지는 말고."

그의 진심 어린 목소리가 나를 미소 짓게 했다.

"고마워."

나는 부드럽게 대답했고, 제이드는 내 어깨를 두드리고 자신의 책상으로 돌아갔다. 그런 친구의 뒷모습을 눈으로 좇았다. 대학에 입학한 첫날, 그가 나에게 먼저 다가와 인사를 건네주었던 것이 늘 고마웠다. 그가 그러지 않았다면 나 같은 성격으로는 이렇게 좋은 친구를 만나지 못했을 것이다. 그리고 제이드를 만나지 못했다면… 킹을 만날 기회도 없었을 것이다.

또다시 떠오른 그 이름에 종이를 쥐고 있는 손이 파르르 떨렸다. 사실 나는 지난 며칠 동안 미안한 감정을 넘어서 죄책감을 느끼고 있었다. 그래서 그와 이야기하고 싶었다. 하지만 여전히 화가 나 있을까 봐, 나를 보는 그의 눈에서 이전 같은 온기가 느껴지지 않을까 봐 두려웠다. 그날처럼… 나를 두고 멀어져 갈까 봐 무서웠다.

나는 그 모습을 다시는 보고 싶지 않았다.

하루 종일 죄책감과 두려움에 시달리느라 일에 집중을 할 수가 없었다. 혼란스러운 생각만 거듭한 끝에 결국 근무 시간이 거의 끝나갈 무렵, 퇴근 후 킹과 직접 이야기를 나눠 보기로 용기를 내 결심했다. 며칠이 지났으니 킹이 조금은 진정되었을지도 모른다고 생각했다. 아니, 그렇게 생각하고 싶었다. 설령 그가 여전히 나에게 화를 낸다고 해도, 적어도 그에게 사과를 하는 것만으로 미안한 마음의 무게를 줄일 수 있을 것 같았다.

벽에 걸린 시계가 5시 30분을 가리켰다. 나는 재빨리 컴퓨터를 끄고 뒤돌아 뒤쪽에 있는 사람을 바라보았다. 그는 나를 등지고 서서 가방에 물건을 넣고 있었다. 나도 모르게 입술을 꽉 물었다. 걱정과 불안으로 가슴이 심하게 뛰었다.

용기를 내어 그를 막 부르려는 순간 킹의 책상 위에 있는 휴대폰에 진동이 울렸다.

"네, 엄마."

그는 전화를 받으면서 차 키를 쥐고 나를 지나쳐 빠르게 사무실을 나갔다.

"으아, 왜 안 가고 거기 서 있어?"

막 화장실에서 돌아온 제이드는 가만히 서 있는 나를 의아하다는 눈으로 바라보았다.

나는 가방을 챙겨 들고 깊은 한숨을 쉬었다.

괜찮아. 월요일에 얼굴 보고 사과하면 되지.

토요일 내내 집 청소를 하면서 시간을 보냈다. 일요일 아침에 눈을 떴을 땐 기분이 좋지 않았다. 너무 늦게 일어나는 바람에 요리를 하기는 귀찮아서 아래층 편의점의 간편식을 사와 멍하니 TV를 보며 밥을 먹었다. 그러다 너무 지루해서 TV를 끄고 신선한 공기를 마시기 위해 발코니로 나갔다.

하늘은 지금 내 기분과 다르지 않게 우울해 보였다. 제이드가 킹이 그 여자를 다시 만나기로 했다고 말해 준 이후 나는 계속 그것을 생각하고 있었다. 그는 관심이 없다고 말했지만, 다시 그녀와 만나기로 동의했다는 사실이 나에게 많은 것을 말해 주었다. 내가 헤어 나올 수 없는 공허함에 빠져 허우적거리는 동안 킹은 가족들의 지지를 받으며 안정적인 삶을 영위할 수 있을 것이다.

오랜 시간 킹을 보면 짜증만 났는데, 그에 비해 터무니없이 짧은 시간 만에 나는 그의 곁에서 편안하고 따뜻한 감정을 느끼게 됐다. 그리고 또 결국 상처를 입었다. 수없이 많은 연애를 해 봤지만 이렇게까지 고통스러운 사랑이 있는 줄은 몰랐다. 시간을 되돌릴 수 있다면 결코 위험을 감수하지 않았을 것이다. 인간이 통제할 수 없는 감정을 가지고 장난을 친 대가가 너무 컸다.

그와 내가 예전처럼 친한 친구의 친구로만 남았다면 이렇게까지 되지는 않았을 것이다.

그리고 그러지 못한 것은 내 잘못이다. 처음부터 내 잘못이었다.

지잉-.

거실 테이블 위에 놓인 휴대폰이 진동하며 정적을 깨뜨렸다. 발코니에서 거실로 돌아가 휴대폰을 집어 들었다. 발신자의 이름을 본 순간 하루 중 처음으로 입가에 작은 미소가 떠올랐다.

"안녕, 새내기."

"오빠아아아아, 잘 지내?"

통화 너머의 톤카오가 명랑하게 말했다.

여동생 톤카오는 방콕에서 그리 멀지 않은 대학교의 순수 응용 예술 학부 커뮤니케이션 디자인 프로그램의 신입생이 되었다. 엄마와는 연락이 끊겼지만 여동생과는 라인 앱으로 계속 연락을 주고받았고, 종종 용돈을 보내 주기도 했다.

"응, 괜찮아. 넌 어때? 대학 생활 힘들진 않아?"

"꽤 힘들어. 할 게 너무 많아. 밤 8~9시쯤 끝나기도 하는데 기숙사로 돌아오면 너무 지쳐서 아무것도 못 하겠어."

앓는 소리를 내는 여동생의 말을 들으며 조금 웃었다. 내가 신입생이었을 때도 정말 할 일이 많았다. 아마 대부분의 신입생이 그럴 것이다.

"지금 어디 있어? 집이야, 기숙사야?"

"기숙사로 돌아가려고, 방금 집에서 나왔어. 아, 오빠. 지금 엄마를 만나러 온 남자가 있어."

"누군데?"

순수하게 궁금하기만 했던 나는 톤카오의 다음 말을 듣자마자 너무 화가 나서 손에 들고 있던 휴대폰을 부러뜨릴 것처럼 꽉 움켜쥐었다.

"오빠의 상사라던데, 동네에 볼일이 있어서 왔다가 인사를 하고 싶어서 들렀대. 엄마가 그분과 얘기하게 나가라고 해서 기숙사로 돌아가는 길에 전화했어. 그 사람이 진짜 상사인지도 모르겠고…. 사기꾼이면 어떡해?"

"이름 알려 줬어?"

"크릿이라고 했어."

나는 주먹을 꽉 쥐고 극도로 치솟는 분노에 몸을 떨었다.

그는 너무 멀리 나갔다. 선을 넘어도 너무 심하게 넘어 버렸다.

"내가 가 볼게. 넌 얼른 기숙사로 돌아가. 도착하면 메시지하고."

"알겠어."

전화를 끊고 재빨리 옷을 갈아입은 뒤 곧바로 차를 몰아 집으로 향했다.

그가 직장에서는 원하는 대로, 원하는 만큼 나에게 압력을 가할 수 있을지 몰라도, 이건 도를 넘었다. 그는 내 사생활을 완벽하게 침해했다. 내 가족이 어디에 살고 있는지 알 유일한 방법은 입사 지원서를 보는 것뿐이었다. 게다가 우연히 동네에 왔다가 갑자기 부하 직원의 가족이 그 근처에 살고 있다는 사실을 기억하고 인사하고 싶었다니. 그것은 말도 안 되는 핑계다.

액셀러레이터를 밟아 속도를 올렸다. 일요일이라 차가 막히지 않았기 때문에 의붓아버지의 집까지는 10분밖에 걸리지 않았다. 집 앞에 주차된 크릿 씨의 은색 볼보가 보였고, 차 주인이 몹시 기쁜 얼굴의 엄마와 기분 좋게 이야기하며 집을 나서는 모습에 욕설이 나올 뻔했다.

"엄마!"

나는 키가 큰 상사를 노려보고서 엄마를 불렀다. 크릿 씨는 나를 보더니 살짝 눈썹을 치켜올리고 가식적인 미소를 지었다. 그 덕에 나는 더 차갑게 식었다.

"아, 마침 왔네. 네 상사가 오셨어. 동네에 일이 있어서 왔다가 네 집이 근처에 있다는 게 생각나서 인사를 한다고 과일까지 사서 오셨더라. 정말 고마워요, 크릿 씨."

엄마는 그를 향해 아주 달콤한 미소를 지었다.

그는 평소처럼 부드럽게 가짜 미소를 지었다.

"천만에요, 부인."

"그만 가 주세요. 가족들과 할 이야기가 있습니다."

나는 최선을 다해 분노를 억누르면서 말했다. 그가 역겨울 정도로 혐오스러웠다. 내 동의 없이 우리 엄마를 만날 권리는 그에게 없다. 아무리 친한 친구라도 이런 짓을 한 적은 없었다.

"알겠어요. 전 이만 가 보겠습니다, 부인. 으아, 내일 사무실에서 봐요."

아무것도 할 수 없어 무력하게 격렬한 불쾌감에 시달리기만 하는 내 모습이 기쁜 듯 승리감에 도취한 그의 눈이 빛났다. 나는 속으로 그에게 저주를 퍼부으며 차로 걸어가는 크릿 씨의 뒷모습을 노려보았다.

미친 새끼.

"정말 네 상사야? 남편 아니고?"

크릿 씨의 차가 출발하자마자 엄마는 흥분한 목소리로 물었다.

"저 사람 부자야? 차 좀 봐. 아주 고급스러워!"

"상사예요."

언성이 높아지려는 것을 가까스로 억누르며 퉁명스럽게 대답했다.

"너한테 관심 있는 것 같더라. 느껴졌어. 빨리 잡아."

엄마의 말에 경악했다. 도저히 내 귀를 믿을 수가 없어서 엄마를 가만히 쳐다보기만 했다.

"내가 남자를 좋아하는 게 수치스럽다면서요?"

"하! 그래서 네가 그 짓을 그만뒀어? 이젠 상관없어. 변태든 정신 나간 동성애자든 네 마음대로 해. 대신 저런 부자는 반드시 잡아 와, 바보처럼 굴지 말고. 내 말 알겠어? 네가 부자가 되면 우리 가족도 돈 걱정 없이 살 수 있으니까."

가슴이 찢어지는 것 같았다. 이미 알고 있었지만, 이젠 정말로 내가 엄마에게 아무 의미도 없는 존재라는 것이 분명해졌다. 나는 그저 가족을 위해 돈을 벌어 오는 것만이 유일한 존재 이유인 정신 나간 변태일 뿐이었다. 나는 그녀가 언제든, 어디에든 내던질 수 있고, 무엇이든 하라는 명령을 내릴 수 있는 존재다.

"난 엄마한테 그런 것밖에 안 돼요?"

내 입에서 나온 목소리는 나도 놀랄 정도로 떨리고 있었다.

"엄마한테 전 도대체 뭐예요? ATM이요?"

"또 뭐가 문젠데?!"

그녀는 나를 노려보며 소리쳤다.

"무슨 소릴 지껄이는 거냐고!"

"내가 엄마한테 도대체 뭐냐고요!"

엄마에게 소리를 지른 것은 이번이 처음이었다. 엄마는 잠시 머뭇거리더니 곧 정신을 차리고 되레 윽박질렀다.

"너 지금 나한테 소리 질렀어?! 난 네 엄마야!"

언성이 높아지자 지나가던 사람들이 멈춰 서서 우리를 쳐다봤다. 이웃 사람들도 놀라서 무슨 일인지 보러 나왔지만, 나는 완전히 이성을 잃었고 더 이상 다른 사람들의 시선을 신경 쓰지 않았다.

"내 말이 틀려요? 돈 필요할 때 말고는 날 찾은 적도 없으면서!"

"진정해, 으아. 우선 들어가자. 들어가서 차분히 이야기하자."

막 집에서 나온 의붓아버지가 우리 사이를 중재하려고 했다. 나는 그를 힐끗 쳐다보고 차갑게 말했다.

"조용히 해 주세요. 당신이랑 할 말은 없으니까."

"어딜 감히 아버지한테 버릇없이 굴어!"

엄마가 곧바로 나를 꾸짖었다.

나는 나를 낳아 준 여자를 가만히 응시했다. 그러다 문득 나 자신이 너무나 한심해져서 웃음이 나왔다.

아무리 슬퍼해도, 아무리 화를 내도 엄마는 나에게 관심을 두지 않았다. 하지만 엄마가 내 앞에서 이 남자를 옹호하는 모습을 보는 것에 비하면 그 정도는 아무것도 아니었다.

"아버지…?"

눈물이 고이기 시작했다. 나는 이 비참하고 억울한 감정을 주체할 수 없어 어금니를 꽉 물었다.

"이 사람은 당신 남편이지, 내 아버지가 아니야."

"어떻게 그딴 말을 할 수가 있어?! 네 학비도 대 줬잖아, 이 배은망덕한 새끼야!"

엄마는 곧장 달려들어 사정없이 내 몸을 내리쳤고, 의붓아버지가 엄마를 붙잡아 끌어냈다. 두들겨 맞은 어깨에서 통증이 느껴지는 듯하더니 이내 마비가 된 것처럼 감각이 없어졌다. 눈물이 뺨을 타고 천천히 흘러내렸다. 그 눈물은 맞은 어깨가 아파서 흐르는 눈물이 아니었다.

"그래요, 난 배은망덕한 새끼예요! 그리고 엄마는 항상 아들을 성추행한 이 남자만 옹호할 뿐이고요!"

내 외침은 거의 울부짖는 것에 가까웠다. 의붓아버지를 향해 고개를 돌렸지만, 그는 나와 눈을 마주치지 않으려고 고개를 돌렸다.

"나한테 한 짓, 죄책감 느껴 본 적 없어요?"

"무슨 소리야?! 그 입 다물어!"

엄마가 소리쳤다. 그녀는 사람들이 이 이야기를 듣고 소문을 낼까 봐 두려운 듯 초조하게 주위를 두리번거렸다.

"사실을 말한 것뿐이에요. 엄만 어때요? 나한테 안 미안해요? 나에 대해 생각해 본 적은 있어요? 도대체 내 뭐가 그렇게 싫은데요?!"

이 다툼을 지켜보는 수많은 시선 속에서 엄마에게 소리쳐 물었다. 사방에서 수군거리는 소리가 들리자 초조함과 불안에 시달리던 엄마는 아예 정신을 놓아 버렸다.

"그래! 네가 싫어! 너무 싫다고! 너도, 네 아빠도 싫어!"

그녀는 떨리는 손가락으로 내 얼굴을 가리키며 비명에 가깝게 소리쳤다.

"내가 왜 널 싫어하는지 알아? 넌 내 인생 최악의 실수야! 오점이라고! 네 아빠는 그냥 게으른 놈이었어. 변변한 직장도 없이 감히 나에게 아내가 되어 달라고 했다고! 난 네 아빠랑 결혼할 생각도 없었는데, 억지로…! 그래 놓고… 나를 사랑한다고 실컷 떠들어 놓고는 돈 많은 여자랑 바람을 피웠어! 혼자 편하게 살겠다고 널 나한테 떠넘기기까지 했고! 너만 없었으면 내 인생이 이렇게 힘들었겠냐고!"

나는 온몸이 마비되어 손가락 하나 움직일 수가 없었다. 엄마의 눈은 원망과 증오로 새빨갛게 충혈됐고, 멈출 수 없는 듯 입에서는 악에 받친 소리가 튀어나왔다.

"그 새끼만 아니었으면 내 미래는 더 밝았을 거야. 너만 없었으면 이렇게 힘들게 일할 필요도 없었을 거라고! 근데 넌 호모 자식으로 커 버렸고, 나에게 모욕과 수치만 안겼어! 내가 널 자랑스러워할 이유가 없잖아!"

그 비난이 온 동네에 울려 퍼졌다. 엄마는 하고 싶은 말을 다 한 것인지 말을 멈췄고, 의붓아버지에게 붙들린 채 헐떡이며 숨을 골랐다.

"…그래요?"

엄마의 한마디 한마디가 내 가슴을 갈기갈기 찢어 놓았다. 엄마에게 나를 자식으로 생각하는 마음이 조금이라도 남아 있기를 바랐지만, 그렇지 않다는 것을 깨달았다.

어쩌면 애초부터 없었을지도 모른다.

"왜 날… 지우지 않았어요? 왜… 날 낳았어요…?"

나는 꺼질 것만 같은 희미한 목소리로 물었다.

"날 사랑할 생각도 없었으면서, 왜… 왜 날 태어나게 내버려뒀어요?"

엄마에게서는 침묵 외에는 아무 소리도 나오지 않았다. 나는 날 낳아 준 사람을 외면하고 떨리는 목소리로 말했다.

"내가 엄마의 실수여서 죄송해요. 걱정하지 마세요. 이제 그 실수는 사라질 테니까."

말을 마친 후 다시 차로 돌아와 뒤도 돌아보지 않고 차를 몰고 집을 떠났다. 엄마가 내 말을 어떻게 느낄지는 전혀 상관하지 않았다. 이 순간, 나는 그 어떤 것도 신경 쓰지 않았다.

가슴이 미어졌다.

억지로 눈물을 참으며 콘도로 돌아왔지만 결국 차를 세우자마자 눈물을 쏟아 냈다. 엄마의 한마디 한마디가 아직도 귓가에 또렷이 맴돌았고, 그 말들 하나하나가 아물지 않은 상처를 계속해서 쑤셔 댔다.

지금까지는 엄마가 내 나약한 모습에 실망했다고 알고 있었다. 그래서 엄마가 날 자랑스럽게 여길 수 있도록 열심히 공부했고, 좋은 성적을 받아 우등생으로 졸업했다. 그리고 엄마의 부담을 덜어 주기 위해 늘 일을 하고 돈을 모으며 내가 하는 일들이 엄마의 실망을 어느 정도 보상해 주길 바랐다. 하지만 내가 아무리 노력해도 엄마는 결코 그 가치를 알지 못한다는 것을 오늘 완전히 깨달았다. 엄마는 그냥 처음부터 나를 싫어했다.

그랬다. 내가 태어난 게 문제였다.

한참을 흐느껴 울다 눈물을 닦아 내고 떨리는 손으로 휴대폰을 꺼내 들었다. 통화기록을 열고 눈에 띈 이름 하나에 또다시 눈물이 터졌다.

지난번에는 킹이 나를 위로해 주었지만, 지금은 미래의 약혼자와 저녁 식사를 하고 있을지도 모른다. 그러니까… 그에게 전화할 수 없다.

다시는 그 따뜻한 품 안에서 위로받을 수 없다. 더는… 안 된다.

"여보세요."

"제이드…."

나는 흐느낌을 삼키며 목소리를 겨우 짜냈다.

"지금… 시간 괜찮아?"

"응, 그냥 쉬고 있어. 아무것도 안 해. 근데 너 목소리가 왜 그래?"

나는 크게 심호흡하고 말을 이었다.

"네 콘도로 가도 돼? 나, 더 이상… 못 견디겠어."

목소리가 떨리지 않도록 온 힘을 다해 억눌렀지만, 말이 끝나기도 전에 또다시 눈물과 함께 흐느낌이 새어 나왔다.

"으아, 무슨 일이야? 너 어디야?"

"나, 집에 다녀왔어. 이제, 콘도로 왔는데, 나… 혼자 있고 싶지 않아."

"거기 있어. 내가 바로 갈게."

몹시 당황한 것 같은 제이드가 다급하게 말했다.

나는 알겠다고 희미하게 대답한 뒤 전화를 끊고 내 집으로 올라왔다.

"으아!"

30분 뒤, 나는 눈이 퉁퉁 부은 채 콘도 로비로 제이드를 데리러 내려갔다. 내 얼굴을 보자마자 깜짝 놀란 제이드가 황급히 나에게 달려왔고, 소파에 함께 앉아 있던 마이는 일어나서 가만히 손을 모으고 인사했다.

"괜찮아? 일단 올라가자."

"전 여기서 기다릴게요."

마이가 부드럽게 말했다.

제이드는 남자 친구에게 고개를 끄덕이고는 내 어깨를 감싸안은 채 함께 엘리베이터를 타고 집으로 올라왔다.

"무슨 일이야? 누가 너한테 무슨 짓이라도 했어?"

방에 발을 들자마자 제이드가 물었다.

나는 그에게 킹과 싸운 이유가 크릿 씨 때문이었다는 것과 크릿 씨가 엄마를 만나러 집에 왔고, 그 뒤에 내가 엄마와 싸우면서 들은 말들을 털어놓았다. 그리고 킹과의 관계 외에 혼자 감추고 억눌러 온 모든 것을 제이드 앞에서 터뜨렸다. 말을 하면 할수록 가슴이 아팠지만, 그래도 누군가에게 말하는 것만으로 숨통이 트이는 것 같았다. 그리고 그 누군가가 온전히 내 마음을 내보일 수 있는 제이드여서 다행이었다.

"미친! 완전히 선을 넘었잖아! 사장님께 알려야 해!"

제이드는 화가 나서 소파를 주먹으로 내리쳤다. 그는 어느 날 갑자기 나타나 바스 선배 대신 부서장 자리를 차지한 크릿 씨를 처음부터 경멸했다. 그리고 그 사람 때문에 이 지경에 이른 내 상황을 알고 더 분노했다.

"사장님이 누구 편에 서겠어. 아무 상관 없는 일개 직원보단 자기 조카겠지."

제이드는 한숨을 깊게 내쉬었다.

"네 말이 맞아. 하지만⋯ 젠장, 진짜 질이 너무 나쁘잖아!"

"내가 직접 얘기할게."

"그래, 우선은 직접 말해 보는 게 최선일지도 몰라. 뭔가 깨닫고 널 괴롭히는 일을 바로 멈춰 주면 정말 좋겠지만⋯ 네 어머니는⋯."

제이드가 말을 멈췄다.

나는 억지로 입꼬리를 끌어 올리고는 괜찮다는 의미로 고개를 조금 끄덕였다.

"괜찮아. 이제라도 알아서 다행이지. 명확해졌으니까 그 문제에 대해 더 이상 감정을 소모할 일은 없을 거야."

"정말⋯ 아무렇지 않을 수 있겠어?"

제이드가 조심스럽게 물었다. 엄마는 여전히 내 엄마였기에 내가 말한 것이 불가능하다는 것은 나 자신도 잘 알고 있다. 당연히 언제까지고 이 문제를 생각할 때마다 마음이 아플 것이다.

"언젠가는⋯ 괜찮아질 수도."

나도 그렇게 말하는 것으로 스스로를 위로했다.

그래, 난 상처받는 것에 익숙하니까. 진실을 조금 더 안다고 해서 죽진 않는다.

언젠가는 극복할 수 있겠지. 적어도 오늘보다 더 나쁘진 않을 거야.

"내가 항상 여기 있을게."

제이드는 진지한 얼굴로 말하면서 내 어깨를 가볍게 쥐었다. 그의 얼굴을 보니 문득 죄책감이 들었다.

"귀찮게 해서 미안해."

오늘은 일요일이었고, 제이드는 남자 친구와 함께 집에서 편안하게 휴식을 취했어야 했는데, 내가 그 시간을 빼앗아 버렸다.

"그런 말이 어딨어. 넌 내 친구야. 당연한 거라고."

그가 하얀 손으로 내 머리를 가볍게 쓰다듬더니 따뜻하게 미소 지었다.

"그나저나, 여기서 좀 더 너랑 같이 있을까? 마이는 먼저 가라고 하면 돼."

"괜찮아, 이제 좀 나아졌어. 집에 가. 안 그럼 오늘 밤 네가 없어서 외롭다고 마이가 날 욕할지도 몰라."

나는 마이가 침대에서 제이드를 껴안고 있던 인스타그램 스토리를 기억해 내고 그를 놀렸다. 그때 동료들이 너무 놀려서 그의 얼굴이 터질 듯이 새빨개졌는데, 지금도 그랬다.

"씨… 다시는 내 사진 못 찍게 할 거야."

제이드가 소파에서 일어서며 투덜거렸다.

"아래층까지 데려다 줄게."

"괜찮아, 넌 좀 쉬어. 혼자 갈 수 있어. 내일 보자."

문 앞에서 그를 배웅했다. 그가 콘도를 떠나자마자 침묵이 찾아왔다. 창밖을 보니 해가 막 지고 있었다. 부엌으로 가서 저녁으로 태국식 오믈렛을 만들어 먹고 샤워를 한 다음 침실로 갔다.

머릿속에는 최근에 겪었던 여러 가지 일들이 마구잡이로 떠올랐다. 킹과 싸우고, 직장에서 일 외적인 일로까지 스트레스를 받고, 엄마가 나를 얼마나 미워하는지 알게 됐다.

이 정도의 일을 겪는데도 아직 미치지 않은 나는 그만큼 강해졌다고 해야 할지도 모른다.

한동안 침대 옆 테이블 위에 놓인 휴대폰을 응시했다. 지금 내가 하려는 일은 분명 내 커리어에 영향을 미치겠지만, 이대로 도망치는 것은 소용이 없다. 게다가 더 이상 참고 싶지도 않다. 나는 앞으로 벌어질 일은 상관하지 않기로 결심했다. 그리고 곧장 이 사달을 일으킨 장본인에게 전화를 걸었다.

"반가워요, 으아."

상대가 바로 전화를 받았다.

나는 숨을 가다듬고 냉랭한 목소리로 말했다.

"오늘 우리 집에는 왜 가신 거예요?"

"그 동네에서 볼일이 있었는데, 근처에 당신 가족이 살고 있다는 게 생각나서 인사를 하러 들렀어요."

"제집이 어딘지 어떻게 아셨는데요? 제 입사 지원서를 보셨어요?"

"부하 직원에 관한 건 뭐든 알아 둬야죠."

그는 직접적으로 인정하지는 않았다. 하지만 그는 매니저이자 사장의 조카였으니 인사 담당자가 그의 개인 정보 열람 요청을 거부하기 어려웠을 것이다.

"그건 명백한 사생활 침해예요. 도대체 원하시는 게 뭡니까?"

그는 가늘게 웃었다.

"으아, 내가 원하는 게 뭔지 이미 알고 있잖아요."

"…."

"어려운 게임을 하려고 하지 마요. 내가 당신을 더 높은 자리로 올라가게 도와줄 수 있어요."

그는 토하고 싶을 정도로 다정한 목소리로 나를 설득하려고 했다. 마침내 본성을 드러낸 것이다. 처음엔 내일 출근해서 얘기하려고 했지만, 지금 당장 너무 역겨워서 참을 수가 없었다.

오늘 그는 우리 집에 찾아갔고, 엄마를 만났다. 언젠가는 내 콘도 앞에도 찾아올지 모른다. 그는 내가 그에게 굴복할 때까지 압력을 가할 것이고, 나는 결코 그런 일이 일어나도록 놔두지 않을 것이다.

"알겠습니다."

짧게 대답하고 전화를 끊었다. 그리고 침대에서 일어나 노트북을 켰다.

나는 더 이상 이런 상사 밑에서 일할 수 없다.

태국의 수도 방콕의 겨울은 추운 날이 많지 않았다. 태양이 지평선 너머로 떠올라 빛을 발하기까지 오랜 시간이 걸린다는 것이 겨울을 알리는 유일한 신호였다. 오늘 택시에서 내렸을 때가 7시 30분이었는데, 그제야 하늘이 막 열리고 태양이 완전히 도시를 비추었다.

주위를 둘러보니 많은 사람이 여행 가방을 끌고 바삐 움직이고 있다. 평소라면 여느 때처럼 도로 위에 갇혀 갑갑함을 느끼는 중이겠지만, 오늘은 평소보다 더 일찍 일어난 데다가 콘도에 차를 두고 택시를 탔다. 그리고 사무실이 아닌 돈무앙 공항으로 왔다.

나는 이제 더 이상 그곳에 갈 필요가 없다.

내 비행기는 두 시간 후에 출발할 예정이었고, 아직 남은 문제를 정리할 충분한 시간이 남아 있었다. 나는 자리에 앉아 제이드에게 전화를 걸었다.

"으아, 어디야? 나 사무실인데 아직 아무도 안 왔어. 얼른 와, 나 심심해."

"제이드, 내 책상 서랍 좀 열어 봐."

"뭐?"

"내 책상 서랍. 열어 봐."

나는 조금 더 명료하게 다시 말했다.

"알겠어. 잠시만."

잠시 후 달그락거리는 소리가 들렸다.

"응, 열었어."

"흰 봉투 보여?"

"응."

"인사팀에 가져다줘."

이어진 내 말에 상대는 완전히 조용해졌다.

"…이 봉투 안에 든 게 뭔데?"

제이드가 진지한 목소리로 다시 물었다.

"사직서."

"…."

"이미 어젯밤에 툰 선배에게 메일을 보냈어. 그 서류 좀 전해 줄래? 미리 말하지 못해서 미안해. 그래도 잔업은 다 끝내 놨어."

전화 너머의 상대에게서는 아무 대답이 없었다. 제이드는 정말 충격을 받은 것 같았다.

사실 이 일에 대해 오랫동안 고민했다. 매달 갚아야 할 대출금이 있었기 때문에 퇴사는 가장 선택하고 싶지 않은 최후의 수단이었다. 이런 경제 상황에 실직자가 되고 싶지는 않았지만, 크릿 씨의 만행이 날이 갈수록 심해지고 있었기에 만일의 경우를 대비해 사직서를 작성해 놓았다. 하지만 그것을 실제로 제출할 일이 생길 것이라고까지는 생각하지 못했다.

"전해 줄 거지?"

"젠장. 아니, 잠깐만. 으아, 진심이야?"

"응. 어젯밤에 크릿 씨와 통화했는데, 그 사람이 날 어떻게 생각하는지 분명하게 들었어. 그리고 난 그거 싫어. 제이드, 나 그런 사람 밑에서 일 못 해. 언제 나를 추행할지 모른다는 두려움에 떨면서 일하고 싶지 않아. 내 말, 이해해?"

그의 착잡한 마음이 통화 너머로도 전해졌다. 물론 나도 퇴사를 결정하는 것이 쉽지는 않았다. 그곳에서 일하는 것이 좋았고, 동료들도 좋았다. 무엇보다 제이드가 있어 항상 든든했다. 그는 늘 내 안전을 살피고 걱정하고 보살펴 줬으니까.

"…이미 마음 정한 거지?"

"응."

"그럼, 이제 어떻게 하려고?"

"잠시 여행을 하려고. 그리고 방콕으로 다시 돌아와서 직장을 구해야지. 나 지금 공항이야. 두 시간 후면….."

"잠깐, 잠깐. 잠깐만. 너 어디로 가려고?"

제이드가 다급하게 끼어들었다. 나는 다시 비행 정보가 떠 있는 전광판을 바라보았다. 이 질문에는 어떻게 대답해야 할지 알 수가 없었다. 마음에 둔 곳은 있었지만 환영받지 못할까 봐 무서웠다. 만약 그렇게 된다면, 새롭게 머물 곳을 찾아야 한다.

"머무를 곳이 확실히 정해지면 다시 연락할게."

그렇게만 말하고 전화를 끊었다. 제이드가 두세 번 더 전화를 걸어왔지만 받지 않았다.

나는 옷과 몇 가지 생활용품이 담긴 가방을 보며 쓰게 웃었다. 결국 나는 여전히 겁쟁이이고 패배자였다. 내가 할 수 있는 일은 이것뿐이었다. 나 같은 일개 직원은 회사 사장의 조카를 이길 수 없고, 실수로 태어난 아들이 엄마의 마음을 얻을 수도 없으며, 사랑은 드라마처럼 모든 것을 극복하지 못했다.

너무나 많은 일이 동시에 밀려들었다. 너무 지쳐 버려서 이곳에서 잠시라도 벗어나고 싶었다. 그게 그렇게 잘못된 생각도 아닌 것 같았다.

다시 라인 앱을 켜서 메시지를 적었다. 지금, 이 순간 한 가지 후회되는 것은 시간을 너무 많이 흘려보냈다는 것이다. 아직 시간이 남아 있다고 생각해서 킹에게 빨리 사과하지 못했다. 그의 얼굴을 보고 직접 사과할 기회도 날아갔다. 우리가 다시 만날 때쯤이면 우리 사이의 모든 것이 이미 영원히 묻혀 버린 뒤일지도 모른다.

손가락이 화면 속 자판을 두드리는 동안 그 한 글자 한 글자가 점점 목을 조여 왔다. 복잡한 감정들이 한꺼번에 터져 나오려는 것을 견디며 단어 하나하나를 입력하는 데 집중했다. 킹은 뒤끝이 지저분한 타입은 아니니까, 언젠가 나를 이해하고 다시 친구가 되어 줄지도 모른다.

'킹, 심하게 말해서 미안해.'

'네가 날 걱정하고 있다는 걸 알면서도 화를 내 버렸어.'

'걱정해 줘서, 옆에 있어 줘서 정말 고마웠어. 미안해.'

나는 메시지를 입력하고 한참 동안 그 글자들을 쳐다봤다. 그에게 하고 싶은 말이 너무 많지만 전할 수 없다. 아니, 전해서는 안 된다. 후회를 남기고 떠나고 싶지는 않다.

이번에는 끝내야 한다. 아니, 이미 오래전에 끝내야 했다. 그런 일은 처음부터 일어나지 말았어야 했다.

하지만 그 시간 동안 정말 행복했다는 사실은 부정할 수 없다.

'우리 이제 그만하자, FWB.'

20
기회를 주다

[킹 시점]

월요일 아침, 나는 미칠 것 같은 기분에 시달리며 선배들에게 인사를 하지도, 후배들의 인사를 받지도 않은 채 곧바로 사무실로 향했다.

'우리 그만하자, FWB.'

라인 앱에 수신된 그 짧은 문장 하나가 나를 걷잡을 수 없이 불안하게 만들었다. 우리가 꽤 심하게 싸웠던 그날, 으아에게 화를 낸 건 순전히 내 잘못이었다. 으아가 그곳에 갔다는 사실을 알고 너무 걱정한 나머지 무의식적으로 소유욕을 드러내 버렸다. 그곳에서 힘들었을 으아의 감정은 미처 생각하지 못했다. 흥분이 조금 식고 나서야 죄책감을 느꼈고, 그에게 사과하고 싶었다.

하지만 지난번 마이의 환영회 밤에 있었던 사고가 떠올라 주저했다. 화해하기 위해 성급히 대화를 시도한 것은 결과가 별로 좋지 않았기 때문에 이번에는 그때처럼 서두르지 않으려고 했다. 우리 둘 다 진정이 될 때까지 기다렸다가 좀 더 이성적인 상태에서 이야기를 나눌 생각이었는데, 또 잘못된 판단을 한 것이다.

사무실에 도착한 나는 으아가 보이지 않자 몹시 스트레스를 받는 모양새로 책상에 앉아 있는 제이드에게 따지듯 물었다.

"제이드, 으아 어디 있어? 아직 안 왔어?"

"보다시피."

그는 깊은 한숨을 쉬었다. 심하게 스트레스를 받는 얼굴이었다.

휴대폰을 꺼내 으아에게 전화를 걸었다. 음성메시지함으로 연결됐다.

"오늘 으아한테 연락 왔어?"

그는 머뭇거리며 대답하기를 주저했다.

"그게…."

"제이드."

그때 바스 선배의 목소리가 끼어들었다. 선배는 심각한 얼굴로 사무실로 들어오고 있었다.

"밑에서 툰을 만났어. 으아가 퇴사 메일을 보냈다는데, 이게 무슨 일이야?"

퇴사…?

"그게… 개인적인 일이 좀….'

제이드의 대답이 들렸지만, 뇌가 감전된 것같이 마비돼 아무 생각도 할 수 없었다.

믿을 수 없다. 퇴사라니.

너무 늦어 버렸다. 으아는 더 이상 나를 기다려 주지 않고 떠났다.

"으아가 갑자기 그럴 리 없어요. 제이드, 말해 봐. 이유가 뭐래?!"

나는 다소 격양된 목소리로 대답을 강요했다. 으아 성격에 사규를 어기고 사전 통보도 없이 직장을 그만두는 것은 있을 수 없는 일이었다. 그리고 제이드는 그 이유를 알고 있을 거라고 확신했다.

"그래, 맞아."

바스 선배가 내 의견에 동조했다.

제이드는 눈만 깜빡거리며 망설이다가 마침내 결심한 듯 내 팔을 그러쥐고 말했다.

"잠깐만요, 선배. 다시 돌아올게요. 넌 일단 나 따라와."

말을 마친 그는 나를 사무실 밖으로 끌고 나와 비상구 계단을 통해 옥상 정원으로 갔다. 이 정원은 건물주가 녹지 공간으로 만들려고 했지만 결국 나를 포함한 수많은 직원의 흡연 공간이 된 곳이었다.

"말해. 무슨 일인데? 으아가 왜 그만둔다는 건데!"

나는 담배 연기를 크게 들이마시고 그에게 물었다. 제이드는 주변을 살피며 문이 닫힌 걸 한 번 더 확인하고는 크게 한숨을 쉬었다.

"크릿 씨, 그 미친놈이 어제 으아 엄마를 만나러 집까지 찾아갔어. 으아의 입사 지원서에서 주소를 봤나 봐. 으아가 그걸 알고 집에 가서 엄마랑 크게 싸웠고, 그 뒤에 나한테 연락이 와서 내가 콘도로 갔어."

나도 모르게 주먹을 터뜨릴 것처럼 꽉 쥐었다. 지금 그 새끼가 앞에 있었다면 분명 주먹을 날렸을 것이다. 그는 으아를 괴롭히는 일을 결코 멈추지 않았고, 결국 완전히 선을 넘었다.

"크릿 씨 일로 너랑 싸웠던 일도 말해 줬어. 젠장, 넌 왜 그렇게 성격이 급해서는. 걱정하는 건 알겠는데 좋게 좋게 얘기했어야지!"

제이드는 내가 내뿜는 연기가 자기 쪽으로 피어오르자 나를 노려보며 오랫동안 설교를 계속했다.

"나도 알아, 내가 잘못한 거. 근데 나도 그땐 걱정돼서 미치는 줄 알았다고!"

나는 늘 쉽게 화를 냈고, 단 한 번도 좋은 결과가 없었다. 그리고 이번 일은 그 성질머리를 진작 고치지 못한 걸 가장 크게 후회하게 했다.

"근데 왜 으아가 그만둬야 하는데?"

"더는 그런 상사 밑에서 일할 수 없대. 나도 그렇게 생각해. 나였어도 그만두고 다른 직장을 찾았을 거야."

제이드의 말을 들을수록 마음이 더 저몄다. 으아의 잘못은 아니지만 그 끔찍한 놈이 회사에 남아 있는 한 그 모든 일을 견뎌야 하는 사람은 으아였다. 세상은 그에게 너무나 잔혹했다.

"으아가 오늘 아침에 전화 와서 작성해 둔 사직서를 툰 선배에게 전해 달라고 했어. 잠시 여행을 하면서 쉬고 싶대. 그다음에 새로운 직장을 찾겠다면서. 지금 공항에 있다더라고."

그 말이 끝나자마자 당장 문으로 달려가려는데 제이드에게 붙잡혔다.

"잠깐, 잠깐! 너 어디 가려고?"

"찾으러."

나는 일말의 망설임도 없이 단호하게 대답했다. 으아에게 화를 내고서 내내 너무 불안했다. 그에게 사과를 하지도 못했고, 어떤 이야기도 나누지 못했다. 절대로 우리 사이가 이렇게 끝나도록 두지는 않을 것이다.

"미안하지만, 이 시간에 어딜 어떻게 가려고? 여긴 세계 최악의 교통지옥인 거 몰라? 돈무앙 공항에 도착하면 정오는 될 거야. 비행기는 한참 전에 떠났을 거고."

"씨발! 그래서 이대로 손 놓고 보고만 있으라고?!"

나는 극도의 좌절감에 절규했다. 제이드는 아무 말도 하지 않았지만, 가느다란 눈이 내 얼굴을 가만히 응시했다.

"킹, 하나만 묻자. 넌 왜 이렇게까지 화를 내는 거야?"

그가 마침내 뭔가를 눈치챈 것 같다.

"네가 으아를 찾으러 가려는 생각까지 하는 건 이상해. 으아가 충분히 시간을 갖고 돌아오면 그때 사과해도 돼. 아니면 그래야만 하는 다른 뭔가가 있는 거야?"

나는 고개를 돌려 그를 외면했다. 제이드는 여러모로 느리지만, 유치원 때부터 알고 지낸 나에 대해서는 너무나 잘 알고 있었다. 그래서 누구에게도 이 정도로 관심이나 애정을 갖지 않는 내가 이런 반응을 보이는 것을 의심할 수밖에 없었을 것이다.

"대답이 없는 거 보면, 뭔가 있는 게 맞는 거지?"

"…."

"킹. 대답해, 제발."

"그래, 있어."

결국 대답하고 말았다. 더 이상 숨겨도 소용없었다. 게다가 이제는 정말로 더 이상 으아와의 관계를 비밀로 하고 싶지 않았다. 나는 이미 오래전부터 그가 내 것이라고 모두에게 선언하고 싶었다.

"그게 뭔데?"

"연인들 간의 문제야."

"아, 연인들 간의 문제…. 뭐?!"

그의 가느다란 눈이 몹시 커졌다.

제이드는 내 머리에 악마의 뿔이라도 솟아난 것처럼 충격에 휩싸인 얼굴로 나를 바라보았다. 입이 다물어지지 않는 듯 뻐끔거리기를 반복하는 그는 말하는 법을 잊어버린 것 같았다.

"너…너희 사귀고 있었어?!"

"아니."

"어…?"

"파트너였어."

나는 답답한 마음에 한숨을 쉬었다. 그 관계가 으아와 가까워진 계기였지만, 궁극적인 장애물이기도 했다.

"자, 잠깐만. 뭐라고?"

제이드는 말을 더듬었다.

"파트너라니? 그게 무슨…."

"섹스 파트너라고. 1년 동안 그래 왔어. 됐어?"

"미친!"

그의 입에서 큰 소리로 욕설이 튀어나왔다. 동시에 눈알도 튀어나올 뻔했다.

"지금 장난하는 거야? 난 진지해!"

"넌 내가 지금 농담하는 걸로 보여?"

나는 그에게 진지하게 되물었다.

제이드는 벙찐 얼굴로 벤치에 주저앉았고 손으로 머리를 짚었다.

"말해 봐. 어떻게 그럴 수가 있어? 다 말해 보라고!"

나는 마이 환영회 날의 실수와 이후 화해를 하고 함께 혈액 검사를 받았던 것, 으아가 FWB를 제안했던 것과 내가 그를 정말로 좋아한다고 확신했던 일들을 그에게 말해 주었다. 제이드는 가만히 내 이야기를 듣다가 크게 한숨을 쉬었다.

"으아라면, 네가 중매를 받아들였을 때 너와의 관계를 끝낼 생각이었을 거야. 빌어먹을, 머리가 너무 아프네. 너희들은 문제를 일으키는 걸 즐기는 거야? 후….”

제이드는 몹시 의심스러운 표정으로 나를 바라보며 덧붙였다.

“그럼, 너… 으아를 정말 좋아하는 거야?”

“어.”

나는 주저 없이 인정했다. 제이드는 아마 내가 누군가를 좋아하고 이렇게까지 매료될 수 있다고는 생각하지 못했을 것이다. 나 또한 내가 누군가를 이렇게나 좋아할 수 있을 거라고는 상상도 못 했지만, 어쨌든 나는 으아와 사랑에 빠졌다.

“으아는?”

“몰라. 하지만 으아도 그럴 거야.”

“그건 네 생각이지. 으아는 바람둥이 싫어해. 그런 으아가 널 좋아할 것 같아?”

제이드의 얼굴에 나를 향한 불신이 드러났다. 이렇게 감정적인 사람과 논쟁하고 싶지는 않지만, 나는 내 직감을 믿었고, 내가 본 것을 믿었다. 으아의 달라진 눈빛과 행동을 보면 그도 나와 다르지 않다는 것을 알 수 있었다.

“좋아한다면서 도대체 왜 선 자리에 나간 거야?”

“엄마 때문에 도저히 피할 수가 없었어. 부모님 사업 문제도 걸려 있으니까. 난 그냥 그 일을 깨끗하게 정리하려고 갔을 뿐이야.”

“근데 또 만나러 갔잖아.”

“가고 싶지 않았어. 처음 나갈 때부터 엄마 부탁이니까 딱

한 번만이라고 분명히 말했고. 가족 사업 때문에, 한 번만 엄마 뜻대로 해 주면 포기하실 줄 알았는데, 아니었어. 그래서 그 여자와 직접 이야기하고 끝내려고 다시 만나러 간 거야. 이미 좋아하는 사람이 있다고 말했고, 그 이후에 가족들하고도 이 문제를 완전히 정리했어."

나는 깊은 한숨을 내쉬었다. 어제는 정말 바빴다. 앞으로 더 이상 이런 일이 일어나지 않도록, 그리고 으아와의 관계를 최대한 이어 갈 수 있도록 다른 장애물들을 깨끗이 정리하려고 했다. 하지만 그 하루로 이렇게 완전히 늦어 버릴 줄은…. 아주 끔찍한 타이밍이었다.

"그 여자는 뭐랬는데?"

"이해한다고 했어. 나처럼 가족들 압박에 못 이겨 나온 것 같았거든."

"너희 부모님은 괜찮으시대? 어머님은… 별로 괜찮으시지 않을 것 같은데."

제이드가 조심스럽게 물었다. 그는 우리 가족을 잘 알고 있었기 때문에 우리 엄마의 반응을 짐작할 수 있었다.

"부모님이 마음에 안 들어 하셔도, 이건 내 인생이야. 사랑하지도 않는 사람과 결혼해 수십 년씩이나 함께 살아갈 순 없어."

어제 부모님과 이야기를 할 때는 정말 불편했고, 불안했다. 엄마는 나이를 먹을수록 고집만 세진다며 아주 못마땅해하셨지만, 그나마 아빠와는 꽤 무난하게 대화할 수 있었다. 나는 이런 일을 말없이 따르는 것이 부모님의 은혜에 보답하는 것과는 전혀 상관이 없다고 믿었다. 단지 내가 선택한 삶을 살고 싶을 뿐이다.

어차피 엄마의 눈에 나는 늘 당신의 뜻에 순종하는 법이 없는 집안의 골칫거리였다. 그러니 한 번 더 엄마의 뜻을 거스르는 것이 새삼스럽게 문제가 되지는 않았다. 내 삶이니까, 인생의 동반자는 내가 결정하는 것이 당연하다.

그런 생각이 들자 더 불안해져서 이를 꽉 물었다. 휴대폰을 꺼내 다시 으아에게 전화를 걸었다. 다시 한번 음성사서함으로 연결된다는 안내를 듣고 욕설을 내뱉었다. 너무 답답해서 뭐라도 집어 던지고 싶은 기분으로 휴대폰을 꽉 쥐고 계속해서 전화를 걸었다.

"어디로 가는지 알아?"

제이드에게 물었다.

"확실하지는 않지만, 짚이는 곳은 있어."

"어디?"

"킹, 전화 그만해. 휴대폰 꺼 놨을 거야."

제이드는 내 질문에 대답하지 않았다. 대신 내가 분을 이기지 못하고 휴대폰을 던져 버리기 전에 내 손에서 휴대폰을 빼앗으려고 했다.

"꺼 놓지 않았더라도 네 전화는 안 받을 것 같으니까, 그만해."

"그럼 내가 도대체 뭘 할 수 있는데?!"

나는 답답한 마음에 목소리를 높였다.

"우선, 진정 좀 해."

그가 내 머리를 가볍게 밀었고, 나는 그 작은 힘에도 비틀거렸다.

"지금은 할 수 있는 일이 없지만, 좀 이따 내가 다시 전화해 볼게. 지낼 곳이 정해지면 알려 준다고 했어. 알게 되면 바로 알려 줄게, 됐지? 일단 머리 좀 식히고, 그때도 여전히 으아를 따라가고 싶다면, 그때 가."

나는 해소되지 않는 갑갑함에 혀를 찼다. 어쨌든 그의 말대로 하는 것이 옳다는 것을 받아들여야 했다. 당장은 할 수 있는 게 아무것도 없다. 심지어 나는 그가 어디로 갔는지조차 모른다.

아니면 설마….

'나도 사람 많은 곳은 별로야. 추천할 만한 곳 있어?'

'람팡이 경치가 좋아. 국립공원이랑 폭포가 있거든. 다른 곳보다 붐비지 않아서 좋아.'

'가 봤어?'

'이모가 계셔. 어렸을 때는 방학 때마다 이모랑 지냈는데, 지금은 거의 연락 안 해.'

회사에서 코사멧으로 여행을 갔을 때 나누었던 대화가 불현듯 떠올랐다. 고통 속에 쪼그라들었던 내 왼쪽 가슴의 살덩어리가 실낱같은 희망으로 다시 뛰기 시작했다. 으아가 람팡에 이모님이 계신다고 말했었다. 그리고 그는 그곳을 좋아하는 것 같았다.

혹시 그곳에 가지 않을까 하는 생각이 들었지만, 확실치 않다. 결국 으아가 제이드에게 연락해 주길 기다려야만 한다.

"제이드, 으아 사직서 제출했어?"

"아직. 툰 선배한테 직접 주려고 기다리고 있었어. 나도 으아가 그런 개자식 밑에서 고통받는 거 싫어."

그는 아주 맹렬한 기세로 이를 갈며 말했다.

"아직 내지 마. 그냥 가지고 있어."

그는 눈살을 찌푸렸다. 눈에는 걱정이 가득했다.

"킹, 으아가 그만두는 걸 원치 않는 건 알아. 나도 그렇지만, 이 방법 말고는 으아가 그 자식한테서 벗어날 방법이 없어. 그 자식 절대 쉽게 포기 안 할 거야. 맞설 수도 없을 거고."

"나도 그런 쓰레기 같은 새끼는 못 참아."

내가 그렇게 말하자 제이드가 눈을 크게 떴다.

"잠깐만. 너까지 그만두겠다고 하지는 마!"

"내가 왜? 그 새끼보다 먼저 여기서 일했던 건 나야. 근데 왜 내가 그만둬?"

나는 입꼬리를 비틀어 올렸다.

다시 생각해 보니 아직 할 수 있는 일이 남아 있을지 모른다는 생각이 들었다. 아무 잘못도 없는 사람이 피해를 봐야 하는 상황을 용납할 수 없었다. 다른 선택지가 아예 없다고도 믿지 않았다.

"떠나야 할 사람은 그 새끼야."

[으아 시점]

멀리서 새가 지저귀는 소리가 어렴풋이 귀에 닿았다. 나는 천천히 눈꺼풀을 들어 올려 짙은 색 나무로 만들어진 천장을 잠시 보다가 눈을 몇 번 깜빡여 졸음을 떨쳐 내고 일어나 앉았다.

이불을 걷자 가장 먼저 느껴지는 것은 얼음장 같은 추위였다. 이곳의 겨울은 방콕처럼 시시하지 않았다. 느껴지지도 않을 만큼 미약하게 선선해지는 대신, 소름이 돋을 만큼의 한기가 찾아들었다. 창문도 열지 않았고 선풍기를 켜지 않았음에도 찬 기운이 집 안으로 스며들어서 몸을 웅크렸다. 그리고 이내 수건과 옷을 챙겨 작은 침실을 나와 화장실로 향했다.

"5시밖에 안 됐는데, 좀 더 자지 그러니?"

내가 막 화장실에 들어가려는 순간, 집주인의 인자한 목소리가 들렸다.

"아니에요. 얼른 씻고 나와서 도울게요."

"아, 아냐. 그러지 않아도 돼. 곧 직원들이 와서 할 거란다. 넌 이곳에 쉬러 왔으니 푹 쉬기만 하렴."

"괜찮아요. 제가 돕고 싶어서 그래요. 할 일도 없어서 심심하거든요."

나는 하나뿐인 친척에게 엷게 미소를 지어 보이고 화장실 문을 닫았다.

온수기에서 나오는 따뜻한 물줄기에 추위를 달래고 재빨리 샤워를 마친 뒤 옷을 갈아입고 거울 앞에 섰다. 얼굴은 여전히 지쳐 보였지만, 눈빛은 훨씬 더 평온했다.

회사를 그만두고 람팡에 와 이모와 함께 지낸 지 사흘째였다.

나름대로 고민할 만큼 하고 사직서를 냈다고 생각했지만, 여전히 너무 갑작스러운 결정이었다는 기분은 지울 수 없었다. 처음에는 타지로 온다는 생각도 하지 못했는데, 그날은 정말로 도저히 견딜 수가 없어서 방콕을 떠나 조용하고 평화로운 곳에서 아무 생각도 하지 않고 쉬고 싶었다. 그때 가장 먼저 떠오른 곳이 이곳이었다.

몇 년 전 엄마와 싸우고 연락이 끊긴 이모가 나를 반겨 주실지 걱정됐지만 위험을 무릅쓰고 비행기를 탔다. 다행히 이모는 식당 앞에서 기웃거리는 나를 한 번에 알아보고 달려와 반갑게 안부를 물으셨다. 그래서 엄마와 있었던 일과 회사의 일을 말씀드렸고, 이모는 방콕으로 돌아가고 싶어질 때까지 이곳에서 지낼 수 있도록 배려해 주셨다.

이모와 엄마는 너무 달랐다. 우리 엄마는 참을성이 없고 다혈질에 변덕스러웠지만, 이모는 늘 차분하고 따뜻했다. 생각해 보면 엄마에게서도 이런 보살핌을 받아 본 적이 없는데, 이모가 나를 이렇게 다정하게 대해 주신다는 것이 참으로 아이러니했다. 물론 엄마는 날 사랑하지 않았기 때문에 그것이 놀라운 일은 아니었다.

지난 사흘간 이곳에 머물며 이모의 식당 일을 도왔다. 이모는 과부였고, 그녀의 남편은 10년 전에 세상을 떠났다. 자녀가 없었기 때문에 이모는 혼자 살면서 남편과 함께 시작한 사업을 이어 가고 있었다.

이모의 식당은 길가에 있는 큰 태국 음식 식당으로, 이모의 집은 그 뒤편에 있었다. 대학 시절 친구들과 이곳에 왔을 땐 식당이 그리 크지 않았는데, 지금은 관광객들이 자주 들르는 명소가 되었고 이모가 사업을 확장하며 식당을 더욱 넓혔다.

이곳에서의 생활은 수도 방콕에 있을 때와는 완전히 달랐다. 모든 것이 평온했고, 문득문득 숨통을 조이는 압박감이 느껴지지도 않았다. 오염이 적어 공기도 맑았다. 여기에서 지내는 동안 나는 마음이 한결 편해졌고, 많은 것을 내려놓을 수 있게 되었다. 그래서 조금씩 내 선택이 옳은 것이었다는 확신도 생겼다. 하지만 요즘 같은 경제 상황에는 채용도 얼어붙기 때문에 새로 직장을 구하는 일에 대한 고민은 여전했다. 다행히 앞으로 너덧 달 정도는 콘도의 할부금을 무리 없이 낼 수 있었고, 만약 그때까지도 직장을 구하지 못한다면 당분간 프리랜서로 활동하면 될 것 같았다. 하늘이 무너져도 솟아날 구멍은 있다고 했으니, 생계를 유지할 방법도 분명히 있을 것이다.

이런저런 걱정을 떨쳐 내고 식당 직원들의 영업 준비를 돕기 위해 집을 나왔다. 식당은 오전 11시부터 오후 10시까지 영업을 했고, 성수기여서인지 매일 손님이 꽤 많았다. 나는 아무것도 하지 않고 그냥 가만히 있기가 싫어서 주문을 받거나 서빙을 하거나 장부를 정리하는 일을 도왔다. 시간이 생기면 계속 다른 생각을 하게 되었기 때문에 최대한 바쁘게 지내고 싶었다.

"으아, 오늘은 직원이 많아서 정말로 식당 일을 거들 필요가 없어."

멍하니 있는 내 어깨 위에 예순여섯 이모의 주름진 손이 놓였다.

"넌 쉬러 왔으니 나가서 이곳저곳 둘러보기도 하고, 맛있는 것도 먹고 그랬으면 좋겠구나."

"그럼, 오늘 하루만 더 도와드리고 내일 나갈게요."

나는 이모를 안심시키기 위해 돌아서서 부드럽게 대답했다. 이모는 내 대답에 기뻐하며 식당 문을 열기 전 마지막 점검을 위해 돌아갔다. 나는 의자에 앉았고 다시 멍해졌다.

비록 많은 것을 내려놓았다고 말했지만, 정말로 다 내려놓은 것은 아니었다. 일단 내가 퇴사하고 나서 제이드가 더 많은 짐을 떠맡게 되었을까 봐 걱정됐다. 그는 매일 전화를 걸어 내 안부를 물었다. 그는 괜찮다고 말했지만 그래도 미안한 것은 어쩔 수 없었다. 물론 제이드가 내게 어디에 있는지 물었을 때는 솔직히 대답했다. 이미 충분히 그를 난처하게 했으니 걱정까지 더 끼치기는 싫었기 때문이다. 그는 사무실 동료들의 이야기도 전해 주었는데, 킹을 포함해 모두가 내 퇴사 소식에 큰 충격을 받았다고 했다.

그가 킹을 언급할 때마다 나는 대개 조용히 있다가 무례하지 않은 선에서 화제를 바꾸곤 했다. 그가 어떻게 지내는지 알고 싶지 않은 것은 아니었다. 나는 여전히 그의 소식을 듣고 싶고, 보고 싶었다. 내가 방콕을 떠나던 날, 킹으로부터 셀 수 없이 많은 전화와 메시지가 쏟아졌지만 그날 이후론 뚝 끊긴 참이었다. 무슨 이야기를 해야 할지 몰라 곤란했는데 오히려 다행이었다. 지금의 나는 그와 아무렇지 않게 이야기를 나눌 만큼 강하지 않았다.

여전히 그를 좋아했고, 이 감정을 털어 내리면 시간이 좀 더 필요했다. 그래서 그의 소식을 듣지 않으면 이런 감정을 더 쉽게 포기할 수 있을 거라고 생각했다.

제발 그렇게 되기를 바랐다.

시계가 정확히 오전 11시를 가리켰다. 나는 의자에서 일어나 모든 잡념을 떨치고 식당으로 들어오기 시작한 손님들을 맞을 준비를 했다. 점심시간은 가장 바쁜 시간이었고, 오늘도 예외는 아니었다.

"실례합니다. 자리 있나요?"

그 목소리는 이상하게 낯익었지만, 카운터에서 장부를 정리하느라 바빠서 미처 신경 쓰지 못했다. 그래서 그저 웃으며 고개를 들고 대답하려 했다.

"네, 있어요. 이쪽으로…."

손님의 얼굴을 제대로 본 순간 얼굴에서 미소가 서서히 사라졌다. 볼 때마다 내 심장을 두근거리게 했던 그 날카로운 눈빛이 나를 바라보고 있었다.

킹은 카운터에 기대어 그 위로 팔을 얹었다. 그의 도톰한 입술이 예의 그 짜증을 부르는 미소를 지었다.

"안내해 주세요."

"…내가 여기 있는 건 어떻게 알았어?"

충격에 빠져 한동안 말을 잃었던 내가 물었다. 웃음소리가 들리더니 사무치게 그리웠던 낮고 허스키한 목소리로 대답했다.

"나 대단하지?"

"제이드야?"

나는 담담한 목소리로 되물었다. 킹이 혼자서 알아냈을 리가 없다. 내가 여기서 지낸다는 것을 아는 사람은 제이드뿐이었다. 그는 이모네 식당 위치를 보내 달라고 하면서 이모의 음식이 너무 맛있었던 기억에 마이를 데려오고 싶다고 덧붙였다. 그래서 아무런 의심 없이 위치를 보냈는데 누군가가 나를 찾으러 이곳까지 올 것이라고는 생각도 못 했다.

근데 왜 하필 킹이….

"여긴 왜 왔어?"

킹은 숨을 크게 내쉬었다. 잘생긴 얼굴에 만연했던 장난기 가득한 표정이 진지함으로 바뀌었다.

"너한테 사과하고 싶어."

나는 그의 눈을 차마 마주 보지 못하고 고개를 돌렸다. 그때 이모가 이쪽으로 걸어왔다.

"으아, 누가… 누구니?"

이모는 카운터에 기대어 있는 킹과 나를 번갈아 쳐다보며 의아한 얼굴로 물으셨다.

"이쪽은…."

"으아 이모님이시죠? 안녕하세요."

킹은 다소 혼란스러워 보이는 노부인에게 매력적인 미소

를 지으며 손을 들어 공손하게 인사했다.

"전 킹이라고 해요. 으아의 남…."

"친구예요. 회사 동료."

나는 그가 이상한 말을 하기 전에 재빨리 끼어들었다. 이모는 킹을 바라보며 인자하게 미소 지었다.

"오, 으아의 친구구나. 어떻게 여기까지 왔어요? 휴가 오신 건가요?"

"네, 휴가 중인데 으아가 여기 있다는 소식을 듣고 왔어요. 이모님을 뵈니 으아가 잘생긴 이유를 알겠네요. 가족 내력인가 봐요."

그는 평소 말 한마디로 사람들을 기분 좋게 해 주던 사람답게 싹싹한 말투로 노부인을 완전히 제 편으로 만들었다. 이모마저 금세 다른 사람들처럼 그의 매력에 빠져 호호 웃었다.

"방콕 사람들은 정말 말을 잘하나 봐요. 여기까지 오느라 피곤했을 텐데 앉아서 편히 얘기 나눠요. 음료나 음식이라도 좀 가져다줄까요?"

"괜찮습니다. 이미 먹었어요."

"그럼, 필요하면 부담 없이 말해 줘요. 으아, 친구랑 정자에 다녀오렴. 거긴 바람이 잘 통하잖니."

"알겠어요."

나는 어쩔 수 없이 킹을 식당 옆에 있는 커다란 나무 정자로 데려갔다. 킹은 우리 둘 다 정자에 들어가 자리를 잡을 때까지 조용히 나를 따랐다.

"휴가? 이렇게까지 할 필요는 없잖아. 사과라면 전화 한 통으로도 충분한데."

나는 반대편에 앉은 사람에게 말했다. 람팡은 방콕에서 그리 가까운 곳이 아니었다. 비행기를 타면 어렵지 않게 오갈 순 있지만, 어쨌든 나를 만나러 오려면 연차를 사용해야만 했다.

"내 전화 안 받을 거면서."

그의 말에 조금 당황했다. 사실 그 말이 맞았다. 킹이 다시 전화했더라도 나는 받지 않았을 것이다.

"별거 아니었어. 너 보고 싶어서 온 거야."

이어진 말에 순간 숨을 들이켰다. 킹은 내 얼굴을 똑바로 마주 보며 조금 더 부드러운 목소리로 말했다.

"으아, 미안해. 내 감정에만 사로잡혀서 너한테 화를 내 버렸어. 정말 미안해. 이렇게 늦게 말하는 것도 미안해. 그냥 네가 좀 진정이 될 때까지 기다리려고 했던 건데…."

"괜찮아. 나도 잘못했으니까. 나쁘게 말해서 미안해."

나는 담담하게 말했다. 그를 보고 직접 사과를 하니 마음속 불편함이 조금 가라앉는 것 같았다.

"사실 그날, 난 단순히 널 걱정했던 것만은 아니었어."

묵직한 목소리가 다시 말을 이었다. 킹이 내 눈을 지그시 바라보았고, 나는 다시 긴장하기 시작했다.

"질투가 나서 미칠 것 같았던 거야. 알아?"

나는 말문이 막혀 가만히 앉아 있었다. 킹이 나에 대해 어떻게 생각하는지는 항상 궁금했다. 짐작할 수는 있었지만, 우리 관계에서는 그런 일이 불가능해 보였고, 상처받기 싫어서 애써 부정했다. 그럼에도 불구하고 상대가 나에게 진실을 털어놓았다. 나는 이제 그것을 더 이상 외면할 수 없게 됐다.

"널 좋아해. 너도 같은 마음이라는 거 알아, 그렇지? 난 내 감각을 믿어."

그의 검은 눈동자는 조금도 흔들림이 없었다. 반면 내 가슴은 심하게 두근거렸다. 감히 그의 눈을 똑바로 볼 엄두도 내지 못했다.

"내가 같은 감정인지 아닌지는 중요하지 않아. 결국 넌 다른 사람과 결혼해야 하니까."

"진정하세요, 아논 씨. 누가 결혼한다는 거야?"

그 목소리에 다시 장난기가 섞여서 혼란스러워졌다.

"네 부모님이…."

"그 문제는 이미 다 정리했어. 난 내가 원치 않는 사람과는 결혼하지 않을 거야. 나 같은 사람이 순순히 정략결혼 같은 걸 할 것 같아?"

그는 웃으며 말했다.

나는 고개를 돌려 정자 밖을 바라보며 중얼거렸다.

"모르겠어. 너에 대해… 난 하나도 몰라."

내 앞에 있던 사람이 갑자기 조용해졌다. 그는 심경이 복잡해 보였다. 나는 내 목소리가 꽤 우울하고 투정 부리는 것처럼 들렸다는 것을 깨달았다. 원래 이런 성격이 아니었는데, 킹은 늘 나를 진짜 모습과 다르게 행동하게 했다.

"그래서 너랑 얘기 좀 하려고 왔어."

키가 큰 남자는 자리에서 일어나더니 옆으로 와 앉았다. 나는 재빨리 그에게서 멀어지려고 했지만, 그가 더 빠르게 내 허리를 팔로 단단히 감싸안았다.

"어디 가려고?"

"놔…! 누가 볼지도 몰라."

나는 불안한 마음에 서둘러 식당 쪽을 살폈다.

"싫어."

그는 그렇게 대답하고 내 얼굴 쪽으로 몸을 기울여 키스했다. 내가 그의 어깨를 세게 두들기자 그는 고통에 찬 비명을 지르는 시늉을 했다.

"안 놓으면 너랑 말 안 해."

나는 최후통첩을 날렸고, 킹은 불만스럽게 혀를 차고 나를 풀어 주었다. 나는 곧장 그에게서 멀어졌다.

"FWB는 그만두고 새로운 관계를 시작하자. 네가 날 얼마나 믿어 줄지 모르겠지만, 너와 진짜 연애를 하고 싶어서 모든 걸 정리하고 왔어. 진심이야."

"네 부모님이 허락하지 않으면?"

"그건 부모님의 사정이지."

"신경 쓰지 않는다고?"

"부모님이 날 위하신다는 건 알아. 하지만 그건 또 다른 문제야. 내 인생은 내 것이고, 내 길은 내가 선택할 거야."

그는 내 손을 조심스럽게 감싸 쥐었다. 그의 따뜻한 손길에 가슴이 다시 떨렸다.

"으아, 우리 내기 기억나? 리버풀이 지면 내 소원 하나 들어주기로 한 거."

"…응."

"나 오늘 그거 쓸 거야."

그의 새카만 눈이 너무 진지하게 빛나서 긴장할 수밖에 없었다.

"나한테 뭘 해 달라고 하려고…?"

"기회를 줘, 으아. 나한테 마음을 열어 줄 수 있어?"

나는 또다시 말을 잃었다. 여러 가지 감정이 뒤섞여서 너무 혼란스러웠다. 내가 좋아하는 사람이 나를 좋아하고, 나와 진지하게 사귀고 싶어 한다는 사실에 기뻤지만, 마음 깊은 곳에서는 여전히 겁이 났다.

"네가 그동안 어떤 일을 겪었는지 알아. 그래서 바람둥이를 좋아하지 않는다는 건 알지만, 날 다른 놈들과 똑같이 생각하지는 말아 줘. 난 달라."

"…."

"네가 당장 나를 믿기 어렵다는 것도 알아. 그래서 증명할 기회를 달라고 부탁하려고 왔어. 그래 줄래? 널 정말 좋아해, 으아. 이대로 널 놓치고 싶지 않아."

그 애원하는 목소리가 마음을 울렸다. 내가 아는 킹은 늘 자신감이 넘쳤지만 지금은 전에 없이 아주 조심스럽고 몹시 긴장한 모습이었다.

정자에는 바람이 지나가는 소리가 들릴 정도로 고요한 적막만 맴돌았다. 나는 가만히 앉아 혼란스러운 마음으로 바닥을 내려다보았다.

이것이 킹의 선택이다. 그럼 나는…? 나는 다시는 실망하기도, 상처받기도 싫어서 누군가에게 마음을 다하는 것이 무서웠다. 게다가 킹의 가족이 어떨지도 알 수 없었다. 앞으로의 길에 장애물이 가득 놓여 있는 게 보여서 두려웠다. 그럼에도 불구하고….

"난…."

그를 잊으려고 노력했지만 나는 여전히 그를 좋아한다.

"기회를 줄게."

결국 두려움을 극복하기로 결심했다. 그의 검은 눈동자가 자신의 귀를 믿을 수 없다는 듯 멍한 표정을 짓더니 잘생긴 얼굴에 서서히 미소가 피어났다. 그의 손이 내 손을 너무 꽉 쥐어서 나도 모르게 입술을 꼭 물었다.

"대신, 우린 그냥 썸이야. 알아 가는 사이일 뿐, 어떤 헌신도, 책임도 요구하지 않을 거야."

킹은 하고 싶은 말은 다 하라는 듯 가만히 나와 눈을 마주쳤다. 나는 크게 숨을 들이마시고 말을 이었다.

"킹, 너나 나나 네가 이전에 어떻게 살아왔는지 알고 있잖아. 다른 사람을 만나지 않겠다고 말해도 지금은 말뿐이야. 난 아직 널 믿지 못해. 네가 영원히 나만을 사랑할 거라고 믿지 않아. 나는 아직… 언젠가 네가 지루함을 느끼고 내가 만났던 사람들처럼 또 다른 사람을 찾아갈지도 모른다는 생각을 해.
난… 다시는 그런 일 겪고 싶지 않아.”

목이 조이는 듯한 느낌이 들었다. 그런 일이 일어날 수도 있다는 것을 생각하는 것만으로도 마음이 아팠다.

“그러니까, 기회는 줄게. 하지만 언젠가 날 좋아하는 마음이 다하면… 날 떠나도 좋아. 대신 나를 몰래 배신하기 전에 먼저 말해 줘.”

“좋아.”

킹은 활짝 웃으며 쉽게 대답했지만, 내가 그의 손안에서 내 손을 빼내며 다음 말을 덧붙이자 얼굴이 순식간에 굳었다.

“그리고, 그동안 내 동의 없이 내 몸에 손대지 마.”

“뭐?”

그는 눈살을 찌푸렸다.

그의 얼굴이 자기 뜻대로 되지 않아 성질이 난 어린아이 같다는 생각에 재미있었지만, 애써 무표정을 유지했다.

“우린 그냥 서로 알아 가는 사이일 뿐이야. 사귀는 게 아니니까 스킨십도 없어.”

“키스도 안 돼?”

“안 돼.”

“포옹은?”

“안 돼.”

“손잡는 건?”

“내 허락 없이는, 안 돼.”

"아, 왜 그렇게 못되게 굴어?"

킹이 신음했다.

나는 눈썹을 치켜올리고 짐짓 엄한 얼굴로 물었다.

"그래서, 싫어?"

"싫단 말은 안 했어."

그의 대답에 나는 새어 나오는 웃음을 참으려고 최선을 다했다. 그 일이 있고 난 뒤 처음으로 억지로 웃지 않아도 웃고 싶은 기분이었다.

나는 아직 확신이 없었고, 내 과거의 일들은 여전히 상처였다. 하지만 이대로 두려움에 떨며 고립된 채 살아간다면 나는 결코 그 답을 얻을 수 없을 것이다. 게다가 킹의 말처럼 다른 사람들이 한 말을 근거로 그를 판단하고 싶지는 않다. 그저 이제부터는 우리 사이의 모든 일이 순조롭기를 진심으로 바랐다.

"근데 넌 어디에 묵으려고?"

"이 근처 홈스테이. 성수기라 숙소 구하기가 어렵더라고. 다행히 예약을 취소한 사람이 있었어. 나랑 있을래? 침대 커."

그의 얼굴에 낯익은 교활한 미소가 다시 드리웠다. 어이가 없는 나는 눈을 질끈 감았다. 그는 또다시 멋대로 지껄이며 검은 속내를 드러냈다. 정말 나쁜 습관이다.

"휴가는 얼마나 냈어? 돌아가는 비행기는 언제야?"

"예약 안 했어. 너랑 같이 돌아가려고."

"그때쯤이면 너도 실업자가 될 거야. 난 몇 주 더 있다가 방콕으로 가서 새 직장을 구할 거거든."

새로 일자리를 구할 생각을 하니 또다시 불안해지는 마음에 입술을 꼭 물었다. 요즘 같은 때엔 직장을 구하는 것이 정말로 쉽지 않았다. 풀타임으로 일할 수 있을지도 불확실했다.

"왜 새 직장을 찾아?"

그가 웃는 얼굴로 물었고, 나는 눈살을 찌푸렸다.

"퇴사했으니까."

"제이드가 아직 네 사직서 제출 안 했어."

그의 대답은 조금 당황스러웠지만, 제이드가 사직서를 제출하지 않았더라도 나는 크릿 씨 밑에서 일하지 않겠다는 결정을 바꾸지는 않을 것이었다.

"그래도 더 이상 거기서 일하지 않을 거야."

나는 단호하게 말했다. 크릿 씨가 있는 한 그곳은 아무것도 변하지 않을 것이다. 그는 결코 나를 괴롭히는 일을 멈추지 않을 것이고, 나는 정신 건강을 잃으면서까지 일을 하고 싶지는 않다.

"그 자식 이제 거기 없어. 오늘 아침에 떠났거든. 아까 비행기 타기 전에 제이드가 알려 줬어."

나는 놀라서 그를 올려다보았다.

"어디로 갔는데?"

"자회사로 발령받았다고 들었어. 자세히는 몰라. 알 바 아니니까."

"어떻게 된 거야? 그 사람이 갑자기 왜….."

"이미 결정된 일이야."

내가 너무 놀란 표정을 짓자 킹이 가볍게 웃었다.

그는 등받이에 등을 기대고 아무렇지 않게 설명했다.

"내가 사장님과 담판을 지었어. 제이드가 다른 직원들한테도 잘 설명했고, 그 자식이 너한테 한 짓을 알고 모두가 그 쓰레기를 그대로 두는 일에 반대했거든. 다행히 사장님은 꽤 공정한 분이셔서 그 새끼를 다른 곳으로 보내 버렸지."

사장이 조카 대신 직원의 편에 설 것이라고는 전혀 예상하지 못했기 때문에 그의 말이 너무나 놀라웠다.

"하지만… 내가 돌아가더라도 사장님이 날 못마땅해하실지도 몰라."

"조카의 평판이 외부에까지 알려지는 걸 원치 않는다면, 너에게 그렇게 행동할 수는 없을 거야."

킹은 입가에 여유로운 미소를 띠었지만 그의 눈은 그 입술만큼 여유로워 보이지 않았다.

"사장님이 업무에 복귀하기 전에 충분히 휴식을 취하고 오라고 하셨어. 대신 조카에 대한 어떤 것도 누설하지 말라는 조건이 붙었지만. 그리고 연차 초과분에 대해서는 급여 공제도 없을 거야."

나는 그의 얼굴을 빤히 바라보았다. 킹은 사장님이 가장 아끼는 직원이긴 했지만, 그렇다고 사장님과 협상해서 이 정도의 결론을 낼 수 있을 것이라고는 생각하지 못했다. 킹은 항상 이랬다. 영리하고, 자신의 패를 적재적소에 활용할 줄 알며, 마음에 들지 않는 사람도 웃으며 상대할 줄 안다.

나는 그의 장난꾸러기 같은 모습에 너무나 익숙해 있어서 그가 얼마나 치밀하고 전략적인 사람인지 잊고 있었다.

"나 때문에 자기 뒷배가 그렇게 떠났으니, 몽콘 선배도 날 더 싫어하겠네."

문제가 많은 선배를 생각하며 중얼거리자 킹이 말했다.

"몽콘 선배도 사장님께 불려 갔었어. 견디다 못한 제이드가 다 말해 버렸거든. 크게 혼이 나서 기분이 별로 좋아 보이진 않았는데, 부서원 모두가 한편이었으니 감히 아무 말도 못했지."

"그게… 정말이야?"

이어지는 믿기지 않는 말들에 어안이 벙벙했다. 이제 모든 것이 끝났다고 생각했는데, 별안간 직장을 그만둘 필요가 없다고 하고, 심지어 나를 괴롭히던 것들이 말끔히 사라진 데다가 킹과 나 사이의 문제도….

"조금 더 쉬다가 일요일에 방콕으로 돌아가자."

말을 마친 킹은 내 얼굴을 향해 가까이 다가왔다. 나를 전혀 건드리지 않았는데도 나를 바라보는 그 눈, 특히 오랫동안 내 입술을 뚫어지게 응시할 때는 사방에 불꽃이 튀는 것만 같았다.

"그럼, 나 여기까지 왔는데 경험 많으신 아논 씨가 투어 좀 도와주실 수 있나요?"

"…응."

웃지 않으려고 노력했지만, 그가 나를 한참 동안 쳐다보는 바람에 입꼬리가 저절로 올라가는 걸 끝내 막지 못했다.

절망에 빠져 앞이 보이지 않던 날, 내 앞에 있는 이 남자가 다시 나에게 손을 내밀었고 언제나 그랬던 것처럼 나를 깊은 어둠의 수렁에서 끌어 올렸다. 앞으로 무슨 일이 일어날지는 알 수 없지만 오늘의 나는 그에게 마음을 열기로 결정했다. 그의 얼굴에 드리운 다정한 미소를 보니 내가 옳은 결정을 했을지도 모른다는 생각이 들었다.

나는 킹이 영원히 내 곁에 있어 줄 누군가가 되길 바란다. 이 사람이라면… 정말 행복할 것 같다.

21

서로를 알아 가는 사이

태국 북부 지역의 초겨울 날씨는 만만치 않다. 밤이 깊어질수록 기온은 더 낮아져 섭씨 10도 초반 정도에 이른다.

그래서 두꺼운 긴팔 티셔츠와 청바지를 입었는데도 여전히 조금 춥게 느껴졌다. 밤 10시가 넘은 시간, 나는 이모네 식당 직원들을 도와 물건을 치우고 내부를 정리했다. 가스 밸브나 금고를 잠그는 것과 같은 중요한 일들을 다시 한번 살피고 식당 문을 닫은 다음, 건물 바로 뒤에 있는 집으로 돌아왔다.

"방금 들어와서 피곤할 텐데 식당 일까지…. 그럴 필요 없다니까, 으아."

문을 열고 안으로 들어서자마자 이모의 인자한 목소리가 들려왔다. 이모는 소파에 앉아 걱정스러운 눈빛으로 나를 보고 있었다.

"괜찮아요, 이모. 이모가 일찍 쉬실 수 있게 돕고 싶었어요. 별거 아니에요. 그리고 오늘이 제가 도와드릴 수 있는 마지막 날인걸요."

나는 이모를 향해 옅게 미소 지었다. 내일은 일요일이고, 월요일에 출근을 하려면 다시 방콕으로 돌아가야 했다.

다시 그곳으로 돌아갈 수 있다는 사실이 아직도 믿기지가 않았다.

"내일 방콕으로는 어떻게 돌아가니? 몇 시에 가?"

"비행기요. 9시 출발이에요."

"그 친구랑 같이 가는 거니?"

이모가 웃으며 물었다.

이모는 나보다 세상을 더 오래, 더 많이 겪은 어른이기 때문에 내가 킹과 단순한 친구가 아니라는 것을 이미 눈치채셨을지도 모른다고 생각했다. 그런데도 그녀는 놀라지도, 반대하지도, 그 어떤 내색을 하지도 않으셨다. 내 유일한 친척인 이모가 나를 경멸하지 않는 것 같아서 진심으로 안도했다.

"네. 내일 데리러 올 거예요."

"짐은 다 챙겼고?"

"아직이요. 씻고 나서 챙기려고요."

"그래, 서두르렴. 이미 시간이 늦었어. 얼른 하고 자야지."

그녀는 오랜 세월의 고된 노동으로 거칠어진 손을 들어 내 머리를 부드럽게 쓸어 주었다.

나는 감사한 마음을 담아 이모에게 인사했다. 그리고 곧장 샤워를 한 뒤 방으로 돌아와 내일 방콕으로 돌아가기 위해 짐을 챙겼다.

지잉.

충전 중인 휴대폰에 진동이 울렸다. 나는 가방을 챙기다가 일어나 충전 플러그를 뽑고 휴대폰을 집어 들었다. 발신자의 이름을 보고 놀라 몸을 돌려 벽에 걸린 시계를 확인했다.

11시인데, 아직 안 자?

"왜?"

"와. 이보세요, 아논 씨. 네 썸남한테 그런 식으로 인사해도 돼?"

스피커 너머 상대가 가볍게 웃었다. 익숙한 목소리에 가슴이 순식간에 따뜻해졌다.

"아직 안 자고 있었어?"

"곧 자려고. 보고 싶어서 전화했어."

"보고 싶어? 오늘 하루 종일 같이 있었잖아."

나는 눈썹을 치켜올렸다. 사실 오늘뿐만이 아니라 지난 3일 내내 그는 나와 람팡의 여러 관광지를 함께 돌아다녔다. 이틀 전에는 째손 국립공원에, 어제는 길거리 시장인 캇콩타에 갔다. 그리고 오늘은 왓 프라탓 도이 프라 찬에 불상을 보러 다녀왔다. 마치 데이트를 하는 것 같았다.

"지금은 같이 있지 않잖아. 벌써 보고 싶어."

저쪽 끝에서 들려오는 앓는 소리에는 달콤한 애원이 살짝 섞여 있었다. 나는 옅게 미소 지었다. 왜 그렇게 많은 여자들이 그에게 끌렸는지 확실하게 알았다. 그의 혀는 이렇게나 달콤하다.

"보고 싶어 해 줘서 고마워. 이제 자러 가. 내일 보자."

"잠깐, 잠깐. 잠깐만. 너무 바로 끊는 거 아냐?"

"또 무슨 일인데?"

나는 억지로 웃음을 참아 내며 통명스럽게 말했다. 사실 그가 나와 말하고 싶어 한다는 걸 알고 있었지만, 그를 놀리는 게 너무 재미있었다.

"뭐 해?"

"짐 챙겨."

"그럼, 나랑 대화하면서 할래?"

"아니, 입이 너무 피곤할 것 같아."

"아논 씨, 진짜 너무 심술궂으시네요."

그가 불평했다.

나는 결국 웃음을 터뜨리며 말했다.

"얼른 자러 가. 내일 일찍 일어나야 하잖아. 늦잠 잘지도 몰라."

"뭐 잊은 거 없어?"

나는 내가 잊고 있는 것이 무엇인지 고민하며 눈살을 찌푸렸다.

"없는데."

"아냐, 확실히 잊고 있는 게 있어."

"내가? 뭘?"

"나한테 '잘 자'라고 말 안 했잖아. 말해 줘."

그의 말에 나도 모르게 입술을 꼭 물었다.

솔직히 말해서 나는 킹과 이런 일을 하는 것이 낯설다. 우리는 1년 넘게 FWB로 지냈지만, 그 관계에서 우리는 그저 친구일 뿐이었다. 하지만 이제는 아니다.

"잘 자."

나는 서둘러 말하고 거울에 비친 내 얼굴을 흘끗 보았다. 혼자여서 정말 다행이었다. 그렇지 않았다면 누군가에게 붉게 물든 귀를 들키고 말았을 것이다.

"알았어, 내일 보자. 잘 자."

다정한 목소리에 얼굴이 뜨거워졌다. 나는 웅얼거리며 대답하고 재빨리 전화를 끊었다. 한숨을 쉬고는 다시 가방을 챙기러 돌아갔다.

10분 뒤, 가방에는 내 물건들에 더해 사무실 동료들에게 줄 기념품들까지 한가득 담겼다. 그 뒤에는 발코니 조명을 켜둔 채 방의 불을 끄고, 침대에 누웠다.

스물여덟 살이 될 때까지 꽤 많은 연애를 경험해 온 내가 아직도 가슴이 뛰는 사랑을 할 수 있다는 것이, 킹이 가까이에 있으면 이토록 서툴게 행동하게 된다는 것이 믿기지 않았다. 내가 감정을 숨기는 것에 익숙한 사람이 아니었다면, 분명 누군가가 내 어설픈 몸짓을 보고 놀려 댔을 것이다. 물론 나를 가장 먼저 놀릴 사람은 나를 그렇게 긴장하게 만든 사람과 동일 인물일 것이다. 그러니까 절대로 그가 알면 안 된다.

내가 그 때문에 얼굴을 붉힌다는 것을.

나는 이불을 턱까지 끌어 올려 덮고 베개에 수줍은 미소를 묻었다. 처음 사랑에 빠진 10대처럼 행동하는 게 어쩐지 재미있기도 했지만, 시도 때도 없이 웃음이 나오는 걸 주체할 수가 없다는 건 조금 곤란했다.

탓할 사람이 있다면 그건 킹이다. 어떻게 날 이런 사람으로 만들어 버린 걸까?

다음 날 아침 6시, 나는 이모의 집을 떠나 공항으로 향했다. 람팡에 머무는 동안 차를 렌트했던 킹은 집 앞에서 나를 태워 함께 이동했다.

떠나기 전 이모는 나를 배웅하러 나왔고, 우리의 안전한 비행을 기원하며 방콕에 도착하면 꼭 전화를 달라고 했다. 나는 감사한 마음을 담아 하나뿐인 친척에게 손을 모아 공손하게 인사했다. 이모를 엄마와 비교하지 않을 수가 없었다. 엄마가 날 이렇게 사랑하고 보살펴 주었다면 얼마나 행복했을까? 하지만 마지막으로 그녀를 만났을 때를 생각하면, 이 문제에는 이제 미련을 버려야 했다.

그것은 결코 불가능한 일이고, 내 힘으로 바꿀 수도 없다. 슬프지만 내가 할 수 있는 유일한 일은 그 사실을 있는 그대로 받아들이고 나아가는 것뿐이다.

우리는 공항에 도착해 렌트카를 반납하고 비행기 탑승 준비를 위해 체크인을 했다. 람팡에서 방콕까지는 비행기로 한 시간이 조금 넘게 걸렸다.

11시쯤 돈무앙 공항에 도착해 가방을 찾은 후 백화점에서 점심을 먹었고, 킹이 나를 다시 콘도까지 데려다주었다.

"데려다줘서 고마워."

나는 안전띠를 풀고 차에서 내리며 말했다.

"같이 올라가도 돼? 나 졸려. 운전 못 하겠어."

그는 입을 크게 벌리고 하품을 하며 졸린 것처럼 보이려고 최선을 다했지만, 그 와중에도 두 눈만은 너무 반짝였기에 나는 그의 속내를 단번에 알아챌 수 있었다.

"비행기에서 잤잖아."

저게 어떻게 졸린 사람의 눈이란 말인가. 그는 단지 내 콘도에 들어갈 구실이 필요한 것뿐이다.

"잘 못 잤어. 부족해. 졸음운전 하면 어떡해? 제발. 내가…."

"내일 사무실에서 봐."

나는 대화를 끊고 서둘러 차에서 내려 건물 안으로 들어가는 길에 몰래 웃었다.

사실 킹은 일부러 가까이 다가와 스치듯 닿거나, 사람이 많은 곳에서 은근슬쩍 내 어깨를 감쌌던 것을 제외하면 며칠 전에 만들어진 우리의 새 규칙에 불평 없이 잘 따르는 것처럼 보였다. 물론 사람이 그렇게 붐비지 않는 곳에서조차 다른 사람들과 부딪히지 않도록 보호한다는 핑계를 대며 나를 끌어안기도 했다. 그때마다 노려봐도 특별히 반성하는 기색은 없었다. 게다가 방금은 대담하게도 내 공간에 들어오고 싶다는 욕망을 숨기지 않았다.

그를 좋아하는 것은 맞지만, 그래도 내가 뱉은 말은 끝까지 지키고 싶었다. 또한 나는 그것이 킹이 스스로를 증명하는 방법 중 하나라고 생각했기 때문에 그렇게 쉽게 굴복하지 않기로 마음먹었다. 그가 말한 것처럼 정말로 나에게 충실할 수 있는지, 그 결심을 얼마나 오래 유지할 수 있는지 알고 싶었다.

이것이 내가 그에게 기회를 주는 방식이었고, 이제부터는 모든 것이 그의 행동에 달려 있었다.

다음 날 아침 5시 30분, 오랜만에 일상으로 돌아온 나는 일어나 샤워를 하고 출근 준비를 했다. 거울 앞에서 머리를 빗고 있는데 전화가 왔고, 발신자는 킹이었다.

"무슨 일이야?"

"아래층에서 기다리고 있어."

나는 조금 당황스러워 미간을 찌푸렸다.

"왜…."

"옷 입고 내려와. 로비에 있어."

킹은 그렇게만 말하고 전화를 끊었다.

나는 한숨을 쉬고 거울을 보며 옷매무새를 단정하게 정리하고 서둘러 방을 나왔다.

킹은 콘도 로비의 소파에 앉아 있었다. 회색 슬랙스 위에 검은색 셔츠를 입고 새카만 머리카락을 평소처럼 뒤로 넘겨 깔끔하게 세팅한 상태였는데, 그의 모든 것이 지나가는 사람들의 시선을 사로잡았다. 나는 잠시 기둥 옆에 멈춰 서서 다리를 꼬고 앉아 휴대폰 게임을 하는 그를 바라봤다. 그는 자신에게 꽂히는 시선들을 전혀 눈치채지 못한 것 같았다.

그를 몰랐다면 드라마 주연 배우가 내 콘도에서 영화나 드라마를 찍고 있다고 생각했을 것이다.

"여긴 왜 왔어?"

한참을 몰래 그를 바라보다가 관음증 환자 같은 짓을 그만두고 그에게 다가갔다. 킹은 휴대폰 화면에서 고개를 들고 도톰한 입술에 미소를 띠었다.

"데리고 가려고."

그는 몸을 쭉 펴고 일어서면서 대답했다. 내 키는 분명 태국 남자의 평균인데, 킹 옆에 서 있을 때면 내가 너무 작아 보였다.

"왜?"

"점수 따려고. 마이가 제이드 꼬실 때 이렇게 해서 성공했잖아."

그는 교활한 미소로 대답했다.

"그게 나한테 통할 것 같아?"

"몰라. 해 봐야지."

그는 윙크를 하며 내 어깨 위에 손을 올리려다가 못마땅하다는 듯이 눈을 가늘게 뜨고 노려보는 내 시선을 느끼고 슬쩍 손을 내렸다.

"차는 건물 앞에 있습니다. 이쪽으로 오시죠, 선생님."

나는 그의 능글맞은 얼굴을 보며 고개를 젓고 앞서 걸었다. 뒤에서 즐겁게 휘파람을 부는 소리가 들렸다. 그런 모습을 보니 왠지 마음이 더 불편했다.

장어보다 더 미끄러운 이 남자를 내가 정말 묶어 둘 수 있을까?

"으아!"

킹과 내가 회사에 도착해 사무실로 들어서자마자 제이드가 달려왔다. 제이드는 내 어깨를 붙잡고 머리부터 발끝까지 몇 번이나 훑었다. 그는 내가 정말로 괜찮은지를 확인하고는 크게 안도의 한숨을 쉬었다.

"젠장. 다음에 뭔가 할 거면 나한테 먼저 상의해. 나 진짜 심장마비 오는 줄 알았어."

그는 투덜거렸지만, 얼굴에는 안심하는 기색이 만연했다.

"미안해."

나는 미안한 마음에 그를 향해 애매하게 미소를 지었다.

제이드는 괜찮다는 의미로 손을 흔들더니 내 어깨에 팔을 두르고 함께 책상으로 돌아갔다. 뒤에서 우리를 따라오던 킹은 기념품 가방을 사무실 중앙 간식 테이블 위에 올려놓았다.

"나도 킹이랑 같이 가고 싶었는데, 이미 휴가를 다 써 버려서…. 게다가 나까지 가면 일을 할 사람이 없었어. 몽콘 선배한테 맡기자니 믿음이 안 가고. 후우…."

그는 불만스러운 표정으로 주인의 흔적이 없는 옆 책상을 향해 눈짓했다. 제이드와 친구가 된 이후로 나는 그가 누군가에게 이런 표정을 짓는 것을 한 번도 본 적이 없었다. 내 친구는 아주 털털하고 어떤 일도 그다지 심각하게 받아들이지 않는 타입이었기 때문에 그동안 몽콘 선배의 일을 대신하면서도 특별히 불평한 적도 없었다. 내가 없는 동안 많은 일이 있었던 것이 분명했다. 그게 아니라면 그가 이렇게 변하지는 않았을 것이니까.

"너 안 와서 다행이야. 왔으면 방해만 됐을 거니까."

우리 쪽으로 걸어오던 킹이 제이드의 머리를 가볍게 밀었고, 제이드는 돌아서서 그를 노려보았다.

"이 나쁜 놈아, 너, 나 아니었으면 으아가 어디로 갔는지도 몰랐을 거면서 이 배은망덕한…."

"알았어, 알았어. 나중에 밥 사 줄게, 됐지?"

그의 말에 제이드는 바로 불평을 멈추고 만족스러운 표정으로 킹의 어깨를 토닥였다. 나는 아무 말도 하지 않은 채 제이드가 식당 목록을 살피며 어느 곳에서 얻어먹어야 할지 진지하게 고민하는 것을 듣고만 있었다.

네, 제 친구는 음식으로 간단히 매수할 수 있는 사람이에요.

곧이어 다른 직원들도 하나둘 사무실에 도착했다. 하나같이 웃는 얼굴로 반갑게 나를 맞아 주었다. 그들에게서 나와 다시 함께 일하게 된 것을 진심으로 기뻐하는 기색이 느껴져서 고마운 마음이 들었다. 그들 모두 사장님께 크릿 씨를 탄원하는 일에 힘을 보탰다는 킹의 말이 떠올라 감동이 밀려왔다. 비록 내 인생의 한쪽 면은 순탄치 않지만, 또 다른 면에서는 이렇게 훌륭한 동료들을 만나는 행운을 누리고 있었다.

난 어느 정도는, 운이 좋다.

"어? 형! 좋은 아침…."

근무 시간이 가까워지자 사무실 문 쪽에서 큰 목소리가 들렸다. 건이 사무실로 들어오는 길에 사람들에게 인사를 하고는 게임을 하고 있던 그의 큰 형에게 요란하게 손을 흔들다가 무심코 나와 눈이 마주쳤다.

"오, 새로 오신 분인가요?"

긴 머리의 키가 큰 후배가 내 자리로 곧장 걸어왔다. 책상 위에 팔을 짚고는 앉아 있는 몸을 숙여 제법 진지하게 물었다.

"이름이 뭐예요? 너무 귀여운데, 본인도 알아요? 남자 친구 있어요? 내가 작업 걸어도 돼요?"

"야! 적당히 안 해?"

옆에 앉아 있던 제이드가 책상 위 유리병에 담긴 사탕을 한 줌 집어 그에게 던졌다. 건은 재빨리 몸을 구부려 사탕을 피했지만 하나는 그의 머리에 명중했다.

"어때요?"

재빨리 공격 범위를 벗어난 그는 나에게 대답을 재촉했다. 건이 짐짓 요염한 눈을 하고 깜박거리자 웃음이 터져 나왔다.

"아뇨, 아직 남자 친구 없어요."

"앗싸! 그럼 내가…."

"그 사람은 이미 예약됐어."

뒤쪽에서 허스키한 목소리가 끼어들었다. 킹은 의자를 돌려 우리 쪽을 향했고, 그 날카로운 눈은 나를 잠시 쳐다보다가 다시 자신의 후배를 바라보며 진지하게 말했다.

"내가 작업 중인데, 나랑 경쟁하고 싶으면 어디 한번 해 봐."

"와, 와우…."

그의 말에 휘파람 소리와 함께 동료들의 놀림 섞인 환호가 터져 나왔다. 1년 전 마이가 제이드와 사귀고 있다고 선언했을 때가 떠올랐다. 차이점이 있다면 오늘 놀림을 받는 사람은 제이드가 아니라 나라는 것이다.

제길.

"어머, 어머! 그럼, 사무실에 내가 작업 걸 남자가 한 명도 남지 않은 거야? 와…. 이렇게 절망적일 수가."

파이 선배는 자못 불쾌하다는 표정을 지었지만, 나를 바라보는 그녀의 눈에는 분명히 나를 놀리려는 의도가 담겨 있었다. 부서 동료들이 입을 모아 나를 한껏 놀려 댔다.

나는 입술을 꼭 물고 무표정을 유지하려고 노력했다. 하지만 뜨거워진 얼굴은 숨길 수 없었다.

킹은 휴가까지 내고 나를 따라 람팡에 왔다. 다른 동료들이 우리의 관계를 의심할 수밖에 없을 거라 생각했다. 제이드가 동료들에게 미리 언질을 주기도 했기 때문에 어느 정도 놀림을 받을 거라는 것도 예상했지만 막상 당하려니….

그날 제이드의 기분을 완전히 이해했다.

"너 그렇게 소유욕을 과시할 때가 아니야. 으아가 정말로 너랑 만나기로 결정할 때까지 잠자코 기다리라고!"

제이드가 짜증스럽게 소리쳤다.

"맞아요! 아직 사귀는 건 아니라면서요! 아!"

내 책상 옆에 서 있던 건이 신나서 덧붙이자 빈 플라스틱 병이 날아왔다.

킹은 의자에서 일어나 후배를 붙들고 다시 책상으로 끌고 갔다.

"너 이 자식, 언제까지 잡담하고 있을 거야? 일이나 해!"

"알았어요, 알았어! 알았다고요!"

건은 두 손을 머리 위로 번쩍 들어 올리고 항복의 신호를 보냈고, 자리에 앉자마자 다시 킹에게 몸을 기울였다.

"형, 형. 그건 그렇고 형들 언제부터 그런 사이였어요?"

"두 달."

"뭐야, 그럼 우리가 형들 뭔가 이상하다고 놀리기 시작했을 때 아니에요?! 그때 제이드 형이 형들한테 그런 일이 있으면 회사 앞에서 댕이랑 짖겠다고 했는데!"

건이 그렇게 말하자 옆 책상에서 딸깍거리던 소리가 갑자기 멈췄다.

"…뭐? 아니, 난 그런 적 없는데!"

제이드는 몹시 긴장한 표정으로 목소리를 높여 말하고는 컴퓨터 화면으로 눈을 돌렸다.

"했잖아요, 형! 나 완전 똑똑히 기억해요!"

"맞아, 나도 기억나."

파이 선배도 건에게 힘을 보탰다.

"아냐, 아냐. 절대 아냐. 그런 적 없어."

"너 치매야? 하하하."

킹이 너무 웃어서 제이드가 뒤돌아 그에게 눈을 부라렸다.

"아무리 그래도, 너 자신까지 속일 순 없어 제이드."

조용하던 바스 선배가 나지막한 목소리로 즐거운 미소를 띤 채 말했다. 그러자 제이드의 얼굴이 더 창백해졌다. 그는 관자놀이에 손을 짚었다.

"젠장. 빨리 말했어야지, 나만 난처해졌잖아!"

내 자리에서는 그의 중얼거림이 분명하게 들렸다.

"아, 그거 뭐 별거라고 그래요, 형! 말한 건 지켜야죠! 짖어봐요, 저 동영상 찍을래요!"

건이 그의 어깨를 두드려 용기를 북돋웠다.

"그래! 안다고! 할게, 해!"

제이드가 책상에 얼굴을 묻으며 절규했다.

웃으며 사무실 안을 둘러보던 나는 익숙한 검은 눈동자와 눈이 마주쳤다. 장난기 가득한 미소와 함께 따뜻함이 묻어나는 그 눈빛에 얼굴이 붉어지는 것을 감추기 위해 황급히 고개를 돌려 책상에 엎드린 제이드를 위로했다.

내 얼굴이 킹 때문에 붉어졌다는 사실은 비밀이다!

"잠깐만. 정말 영상까지 찍어야 해? 우리 이렇게까지 진지할 필요는 없지 않아?"

퇴근 후, 해 질 녘. 제이드가 몹시 절망적인 목소리로 말했다. 하늘은 이미 어두운 색으로 변해 있었고, 사람들이 회사 건물을 떠나고 있었다. 우리는 건물 바깥 주차장에 서 있었다. 우리 앞에는 꼬리를 흔들고 있는 통통한 흑백 점박이 개 한 마리가 있었는데, 우리가 자신과 놀아 줄 거라고 생각했는지 몹시 흥분한 표정으로 바라보고 있었다. 나는 동물 털 알레르기가 있기 때문에 조금 멀리 떨어져서 친구가 개로 변신하는 모습을 지켜보았다.

"네가 한 말을 지켰다는 증거가 있어야지. 어서 해 봐."

영상 녹화를 위해 휴대폰을 들고 있던 킹이 대답했다. 제이드가 계속해서 머뭇거리자 그는 짜증스럽게 몇 번 혀를 차더니 다시 소리쳤다.

"아, 빨리 안 해? 팔 아프다고!"

"아, 좀 있어 봐!"

제이드는 억울하다는 듯이 숨을 크게 내쉬었다.

"빨리 해. 모기 나온다고! 댕이도 기다리잖아!"

"안다고!"

제이드는 주변을 살피며 자신을 열렬히 올려다보는 댕이를 내려다보았다. 댕이는 강아지였을 때부터 사무실 건물 주변을 맴돌던 떠돌이 개였다. 경비원과 청소부들이 그를 안쓰럽게 여겨 보살피기 시작한 녀석은 성격도 얌전한 편이었다. 건물에 있던 누군가가 목걸이를 사 주면서 이 건물에서 지내게 되었다.

나는 당장 어딘가로 사라지고 싶은 듯 망연자실한 얼굴로 댕이를 보고 있는 제이드의 모습을 지켜봤다. 그런 친구의 얼굴을 보니 불쌍하기도 하고 재밌기도 했다. 오늘 부서 사람들은 그의 영상을 찍어 길이 남길 거라며 종일 놀려 댔다. 제이드는 이 일을 몹시 유감스럽게 여겼지만, 일찍이 본인이 스스로 한 말은 꼭 지키는 사람이라고 했던 말이 있어 자존심을 지키기 위해서라도 하지 않을 수가 없었다.

"킹, 다들 갔어?"

제이드가 마지못해 물었다. 같은 건물에 있는 사람들의 이목이 집중된 곳에서 개와 짖기엔 용기가 부족했기 때문에 건물의 직장인들이 거의 다 퇴근할 시간까지 기다린 것이었다.

"어. 지금이 기회야. 아무도 없어. 우리랑 경비원만 있으니까 빨리 짖어, 이 바보야."

"킹, 그렇게 짖는 소리가 듣고 싶으면 네가 직접 와서 짖지 그래?"

"내가 왜 짖어? 짖겠다고 약속한 건 너잖아. 하하하."

그 비웃음은 소심한 남자의 이성을 무너뜨렸다. 나는 여전히 같은 자리에 서서 제이드가 킹을 발로 차기 위해 주차장을 뛰어다니다 제풀에 지쳐 헐떡거리는 모습을 지켜보았다. 쫓기던 사람은 여전히 그를 놀리는 일을 멈추지 않았고 조금도 지친 기색이 없어 보였다.

둘 다 서른에 가까웠지만, 아직도 어린아이처럼 장난을 쳤다.

유치한 녀석들.

"빨리 해. 그래야 집에 가지."

킹은 휴대폰을 들고 제이드 앞으로 걸어가 그의 얼굴 가까이에 가져다 댔다. 아직 숨을 고르던 제이드는 결국 한숨을 푹 쉬고 마침내 댕이의 옆에 앉아 소리를 냈다.

"멍! 멍멍!"

"개 짖는 소리랑 하나도 안 비슷하잖아."

"난 개가 아니니까!"

"이건 아냐. 다시 해."

"아오, 이 나쁜 자식!"

"아니면 부서원 모두가 보는 앞에서 짖는 걸로 바꿀래? 네가 결정해."

그 위협에 제이드는 입을 다물었다. 그리고 복수심에 찬 눈으로 그를 쏘아보다가 심호흡을 한 후 다시 소리를 냈다.

"멍! 멍! 멍멍! 아우우!"

"아, 미친. 진짜 짖었어. 너무 웃겨. 하하하."

키가 큰 남자는 바닥에 주저앉아 온몸이 떨릴 정도로 크게 웃었다. 평소 쿨하고 단정한 분위기를 고수하던 그에게선 볼 수 없던 모습이었다. 조롱당하는 제이드 옆에서 여전히 천진난만하게 꼬리를 흔들고 있는 댕이를 보니 나도 웃음을 참을 수 없었다.

"언제까지 웃기만 할 거야? 어?!"

제이드의 얼굴도, 귀도 새빨개졌다. 그는 몹시 부끄러워하다 바닥에 주저앉아 웃고 있는 사람을 발로 걸어차며 소리쳤다.

"좋아? 행복하냐고! 이제 나 좀 그만 괴롭혀, 이 자식아!"

"내가 뭘 했다고? 이건 전부 네 입으로 말한 거잖아."

겨우 웃음을 멈춘 킹은 손을 흔들어 댕이를 쫓아냈다. 통통한 개가 떠나자 나는 킹에게 다가가 그가 녹화한 제이드의 영상을 확인했다. 좌절감에 젖은 제이드는 몹시 속이 타는 듯 자기 머리를 손으로 벅벅 문질렀다.

그의 심정을 이해는 할 수 있다. 내가 그 상황이었다면 나도 몹시 곤혹스러웠을 것이다.

"마이한테 보냈어. 이제라도 자기 남자 친구가 얼마나 바보인지 알 수 있게."

낮고 거친 목소리가 말했다. 그러자 무리 중 가장 키가 작은 남자가 눈을 부릅떴다.

"야! 그거 이리 내놔!"

제이드는 킹의 휴대폰을 빼앗았고, 정말로 킹이 동영상을 보내 버린 것을 확인하고는 화를 내며 다시 킹을 걷어찼다.

"늦었어. 이미 '읽음'이야."

킹이 웃음기 어린 목소리로 말했다.

"마이 답장 좀 봐. 내가 강아지보다 잘 짖는다고 귀엽다는데…. 이거 나 칭찬하는 거야, 모욕하는 거야…?"

제이드는 눈살을 찌푸렸다. 그의 가느다란 눈은 혼란에 잠긴 채 남자 친구가 보낸 메시지를 뚫어져라 응시했다.

"마이는 진심으로 널 칭찬하는 걸 거야."

나는 그를 위로했다. 아마 제이드가 무엇을 하든 마이는 항상 그를 귀여워할 것이 분명했다. 어감은 좀 이상하지만, 나쁜 의도는 전혀 없다는 것을 나는 알고 있다.

"궁금하면 남자 친구한테 직접 물어봐. 이제 집에 가도 돼."

킹은 제이드를 쫓아내려는 듯 손짓했다.

"알겠어."

제이드는 킹에게 가운뎃손가락을 들어 보이며 작별을 고하고 가방을 찾아 건물을 떠났다.

"그럼, 우리도 가야겠네. 사랑하는 내 자기."

우리 친구가 시야에서 사라지자 그 덩치 큰 남자가 돌아서서 나에게 말을 걸었다.

"누가 네 자기야?"

"여기 있는 누구 씨지. 우리 아주 다양하게 이것저것 했는데…. 기억 안 나?"

그는 나에게 가까이 다가와 몸을 굽히고 내 귓가에 은밀하게 속삭였다.

나는 시선을 돌리며 단호한 목소리로 대답했다.

"너랑 섹스한 사람을 다 자기라고 하면 이미 수십 명은 있겠네."

"와… 진짜 아프다. 그 말 완전 상처야."

킹은 웃으며 그 검은 눈으로 나를 바라보고 말했다.

"이제부터는 너 말고 아무도 없을 거야. 난 너만 좋아해. 너랑만 하고 싶어."

하!

"그 말 지켜. 지켜볼 테니까."

나는 평소와 같은 표정과 목소리를 내기 위해 부단히 애를 썼다. 그리고 서둘러 발걸음을 옮겨 근처에 주차되어 있던 킹의 차로 향했다. 뒤에서 나를 따라오던 사람에게서 조용히 웃는 소리가 들렸다.

아냐, 그럴 리 없어. 모를 거야…!

"진정해. 귀 엄청 빨간데요, 아논 씨."

"…"

내가 지금 정말 싫다고 말하면 믿는 사람이 있을까?

"오늘은 진짜 사람 많네."

실롬의 백화점에 들어서자 킹이 불평했다. 저녁 7시 30분이었기 때문에 대부분의 직장인들이 퇴근 후 밥을 먹고 있었다.

"아직 월초라서 백화점에서 식사할 여유가 있나 봐."

우리는 아직 빈 테이블이 있는 식당을 찾아 이곳저곳을 두리번거렸다. 나는 우연히 사람이 많지 않은 라멘집을 발견하고 손을 뻗어 옆 사람의 소매를 잡아당겼다.

"저기서 먹을까?"

그에게 의견을 물었지만 대답이 없었다. 돌아보니 그는 인상을 찌푸리고 우리와 멀지 않은 곳에 서 있는 한 남자를 쳐다보고 있었다.

"누군데?"

나는 그의 시선을 따라 고개를 움직였다. 우리 또래의 직장인 같았는데 내 시선을 느낀 그가 옅게 미소를 지었다. 킹이 몹시 불편한 기색을 드러내며 큼큼거렸다.

"몰라. 근데 널 보고 있었어."

킹이 다시 나를 쳐다보았다. 그의 허스키한 목소리와 짙은 눈썹은 그의 잘생긴 얼굴을 몇 배나 더 강렬하게 보이게 했다.

나도 모르게 입꼬리를 말아 올리며 기대감에 찬 목소리로 물었다.

"싫어?"

"그걸 누가 좋아해?"

킹은 숨을 크게 내쉬고 내 얼굴을 가만히 쳐다보더니 다시 물었다.

"넌 누가 나 쳐다보면 행복해?"

"그냥 보기만 할 수도 있잖아."

내 대답에 킹은 조금 웃었다.

"그럼, 내가 보면?"

그 질문에 나는 조금 놀랐다. 그의 반응을 시험해 보려던 사람은 나였으니까. 왜 내가 되레 시험에 든 건지 잠시 고민했다.

"그건 너한테 달렸지. 우린 아직 알아 가는 단계니까, 너한텐 누구든 볼 권리가 있어."

나는 애써 침착하게 말했다.

사실 여자들이 그를 쳐다보는 건 기분이 별로 좋지 않았다. 킹에게 우리는 그냥 알아 가는 사이이니 어떤 헌신이나 책임도 없다고 말한 사람이 나였기 때문에 그 말을 지켜야 할 뿐이었다. 그가 정말로 다른 사람을 보거나 관심을 두거나 만나 보고 싶어 한다면 내가 그를 방해하거나 질투할 권리는 없었다.

"그럼 알아 가는 단계에선 우리가 뭘 할 수 있어? 우리에겐 무슨 권리가 있는데?"

상대방은 표정 하나 변하지 않고 나에게 물었다.

"서로의 습관에 대해 알아 가고, 전화도 하고, 같이 놀러도 가고…."

나는 잠시 멈칫하고서 말하다가 말끝을 흐렸다.

"질투는 해도 돼?"

"…."

"내 생각엔 그 정도는 해도 될 것 같아."

내가 대답하지 않고 있자 그는 내 얼굴을 들여다보며 진지한 어조로 말했다.

"난 누가 너한테 다가오면 질투할 거야. 그러니까, 너도 해도 돼."

"…."

"넌 내가 뭘 했으면 좋겠는지, 뭘 하지 말았으면 좋겠는지 말할 수 있어. 우린 지금 재미 삼아 시간이나 때우려고 만나는 게 아니니까. 이건 우리가 서로에게 맞춰 가는 시간이야. 으아, 나 정말 진지해. 그리고 난 너 말고 다른 사람 만나 볼 생각 없어."

그 말을 듣는 순간 가슴이 벅차올랐다. 쿵쿵거리는 심장을 애써 모르는 척하며 고개를 끄덕이고 그를 향해 미소 지었다. 나와 진지하게 만나고 싶다고 이미 말했지만, 다시 한번 확실하게 말해 주니 당연히 기뻤다.

"네가 스스로 한 말 지키고 싶어 하는 거, 알아. 그래서 아직 사귀는 사이도 아니면서 그런 걸 지적하는 게 옳지 않은 것 같아서 말하지 못하는 거잖아. 그게 불편하면 언제든지 우리 관계를 다음 단계로 발전시킬 수 있어. 난 항상 준비돼 있거든."

그는 교활한 미소를 지으며 말을 이었다. 나는 얼굴에서 다시 미소를 지우고 이렇게나 빨리 진중함을 잃은 남자를 지친 표정으로 바라보았다.

"난 준비 안 됐어."

"아, 너 너무 냉정해. 내가 안쓰럽지도 않아?"

그는 불쌍한 표정을 지었다.

나는 단호하게 고개를 끄덕이고 라멘집을 가리키며 화제를 바꿨다.

"들어가자. 배고파."

끌고 가려는데 킹이 다시 나를 불렀다.

"으아."

"응?"

"손잡아도 돼?"

동시에 그가 손을 뻗어 왔다.

나는 그 큰 손을 빤히 내려다보다가 고개를 들어 그와 눈을 맞췄다.

"너랑 손잡고 싶어. 저 사람이 더 이상 널 쳐다보지 않게 만들고 싶어. 저런 사람들 가만히 두고 보는 거, 진짜 못 하겠어."

그의 곧은 목소리가 어쩐지 애원 같기도 하고 조금 투정을 부리는 것 같기도 했다.

결국 나는 가볍게 웃으며 그의 손 위에 내 손을 얹었다.

"좋아."

내 허락을 받자마자 그 잘생긴 얼굴에 환한 미소가 번졌다. 그는 내 손을 맞잡고 단단히 깍지를 낀 뒤 식당으로 이끌었다.

내 하얀 손을 감싸 쥔 킹의 구릿빛 손을 내려다보았다. 두꺼운 손바닥에서 내 손으로 스며드는 온기에 마음이 따스해졌다.

지금 우리의 상태가 좋다. 더 높은 단계로 나아가는 것은….

글쎄, 아직은 이르다. 좀 더 기다려야 할지도.

22
당첨

회사에 복직한 지 한 달이 지났다. (그의 조카가 부하 직원들의 탄원으로 다른 회사로 망명을 가야 했던 이유가 나였기 때문에) 처음에는 사장님이 나를 보고 어떤 반응을 보일지 걱정스러웠지만, 다행히 나의 직장 생활은 순탄했다. 내가 회사에 복귀했던 날, 사장님은 다른 지방에서 세미나에 참석하고 계셨는데, 그다음 주에 회사로 돌아오자마자 나를 사무실로 불렀다.

"아논 씨, 제가 조카 대신 사과드리겠습니다."

사장님이 나에게 처음으로 한 말이었다. 사장이 직원에게 사과를 할 거라고는 예상하지 못했기 때문에 상당히 놀랐다. 그의 표정이나 눈빛을 보면 그 일에 대해 정말로 화가 난 것 같았다. 나는 더 이상 그 누구에게도 원한을 품고 있지 않으며 나에게 다시 일자리를 준 것에 감사하다고 말했다. 적어도 우리 회사의 사장님은 무조건 혈연의 편에만 서지 않을 만큼 공정했고 나는 이런 상사를 만난 것이 행운이라고 생각했다. 크릿 씨에 관해서는 그 이후로 아무것도 듣지 못했다. 그저 그가 새로운 자리에서는 직원들에게 다시는 그런 짓을 하지 않기를 바랐다.

그래픽팀 분위기를 이야기하자면, 몽콘 선배는 우리에게 아주 냉담한 태도를 보였다. 특히 그의 만행을 직접 고발한 제이드에게는 더 그랬다. 사장님께 크게 질책당한 일로 우리와 말도 섞기 싫은 것 같았지만 부서 동료들을 비롯해 보는 눈이 많았기 때문에 감히 또다시 무책임하게 일을 떠넘기거나 자리를 비우지 않았고, (마지못해) 자기 일에 책임을 다하려고 노력했다. 언제까지 그 태도를 유지할지는 알 수 없지만 만약 이전으로 돌아간다면 나와 제이드도 더 이상 그를 용납하지 않을 것이었다. 부서의 다른 직원들도 기꺼이 우리를 지지해 줄 것이라고 확신했다.

돌이켜 보면 모든 것이 킹이 말한 것처럼 정말 잘 해결되었다는 사실이 여전히 믿기 힘들었다.

오늘은 수요일 아침이었다. 나는 회사 건물 뒤편 주차장에 차를 주차한 뒤 평소처럼 커피를 사기 위해 줄을 섰다. 사실, 지난 한 달 동안 나는 거의 내 차를 운전하지 않았다. 킹이 매일 나를 데리러 왔기 때문이다. 너무 오랫동안 멈춰 있는 내 차의 엔진이나 일부 부품이 녹슬어 버리지는 않을까 걱정이 될 정도였다. 그래서 어제는 그에게 내 차로 직접 운전해서 줄근하겠다고 말했다. 킹은 투덜댔지만 어쨌든 내 뜻대로 하게 내버려두었다.

킹은 지금 나에게 소위 '작업'을 거는 중이라 그런지 내가 무슨 말을 해도 내 뜻대로 하게 해 주었다. 얼마 전에는 담배를 덜 피웠으면 좋겠다고 말했더니 내가 싫다면 끊겠다고까지 했다. 심지어 정말로 지난 며칠 동안 담배를 만지지도 않았다. 나는 그가 이렇게까지 할 거라고는 예상하지 못했다.

직원에게 커피를 받고 카페를 나와 사무실로 올라가는 엘리베이터를 기다리며 낯익은 몇몇 사람들에게 인사를 했다. 대부분은 지금 내 옆에 서 있는 남자처럼 다른 회사의 직원들이었다. 그는 우리 회사 아래층에 있는 회사의 인사팀 직원인 것 같았다. 예전에는 나에게 호감을 갖고 있는 것 같았는데, 최근에는 더 이상 그런 내색을 하지 않았다. 그리고 이 사람뿐만 아니라 우리 회사 사람들을 포함해 다른 많은 사람들이 그랬다.

"안녕, 제이드."

나는 사무실 앞쪽에 모여 간식을 먹고 있는 동료들에게 인사를 한 후 그들과 어울리지 않고 내 책상으로 곧장 걸어가 제이드에게 인사했다.

"아, 안녕. 오늘은 선물이 없어, 으아."

게임에 집중하고 있던 제이드가 휴대폰에서 시선을 떼지 않은 채 말했다. 근 2주째 커피와 간식 봉투가 없는 책상을 기분 좋게 바라보며 의자에 앉았다.

"킹 그 자식이 너한테 작업 걸고 있다고 선언하지 말았어야 해. 공짜 간식이 다 끊겼잖아."

제이드가 장난스럽게 불평했다. 나는 직장에 복귀한 첫날을 생각하며 조용히 웃었다.

그날 킹은 부서의 모든 사람에게 공공연히 나에게 작업 중이라고 말했다. 그런 가십을 좋아하는 직장인들은 당연히 그 소식을 이곳저곳으로 퍼 날랐고, 그 덕에 나에게 접근하려던 사람들이 다 사라졌다. 심지어 그 소식은 다른 회사의 사람들에게도 전해진 모양이다. 덕분에 요즘 제이드는 배달 기사로 활동하지 않는다.

정말 좋은 일이었다. 그동안 사람들이 내 친구에게 그런 무례한 부탁을 하는 게 진심으로 마음에 들지 않았다.

"킹한테 주는 사람도 없어?"

나는 조용히 물었다.

아무리 우리가 '서로 알아 가는' 단계일 뿐이라고 해도 속으로는 누군가 그에게 관심을 표현하는 게 기분이 좋지 않았다. 게다가 킹이 나에게 질투를 해도 된다고 했으니 내가 지금 그에게 접근하려는 사람이 있는지 알고 싶어 하는 건 그렇게 잘못된 일이 아니라고 생각해 버렸다.

"지난 며칠 동안 우리 회사에서도, 다른 회사에서도 없었어. 이미 다들 알고 있을걸. 너랑 경쟁하기 싫은 것 같더라."

제이드는 휴대폰에서 눈을 떼고 약간 놀리는 듯한 눈으로 나를 보며 말했다.

"내가 그들 중 하나였어도 깨끗하게 물러났을 거야. 킹은 지금까지 이렇게 진지하게 누굴 꼬시겠다고 한 적 없어. 그런 녀석이 그렇게까지 말하는데 누가 킹한테 선물 주면서 시간을 낭비하겠어?"

"그래?"

어쩐지 좀 기뻤다.

"하, 또 실패야."

제이드의 탄식이 이어졌다. 좌절한 그는 휴대폰을 내려놓고 책상에 머리를 댄 채 엎드렸다. 지금 제이드는 디저트를 스와이프해서 짝을 맞추고 제거하는 게임에 중독되어 있었다. 시간이 날 때마다 게임을 하고 매일 게임을 할 수 있는 하트를 달라고 요청 메시지를 보냈다. 하지만 상위 레벨로 올라갈수록 게임은 더욱 어려워졌기 때문에 최근에는 찡그린 얼굴이 자주 보였다.

"게임 잘하는 마이한테 가서 해 달라고 해."

"그럼 또 수당을⋯."

"뭐?"

나는 그가 뭔가 중얼거리는 것을 듣고 되물었다.

제이드는 화들짝 놀라 빠르게 고개를 흔들고 눈을 깜빡거렸다.

"다시 해 볼래. 또 안 되면 마이한테 해 달라고 해야지. 어제도 대신 해 줬거든. 왜 내가 하면 안 되지?"

그는 한숨을 쉬며 투덜거렸고, 그의 가느다란 눈매로 컴퓨터 화면의 시계를 확인한 뒤 덧붙였다.

"8시 30분 다 됐는데, 킹은 아직도 안 왔네?"

"어제 클럽 갔으니까 오늘은 좀 늦게 들어올지도 몰라."

"뭐?!"

제이드가 나를 홱 돌아보았다. 턱이 떨어질 듯 입을 너무 크게 벌려서 파리가 들어갈 것 같았다.

"누구랑?"

"건이랑. 나도 같이 가지 않겠냐고 했는데, 피곤해서 그냥 잔다고 했어."

"킹을 그냥 보내 줬다고?"

"가면 안 돼?"

"모르겠어. 네가 싫어할 거라고 생각했는데."

제이드는 머리를 긁적였다. 나는 그가 말하려는 것이 무엇인지 어느 정도 짐작했다. 킹은 정말 잘생겼고, 다른 사람을 쉽게 매료시키는 매력이 있다. 그런 그가 클럽에 가면 당연히 누군가가 관심을 두겠지만, 나는….

"그건 킹이 알아서 할 일이지, 내가 관여하고 싶진 않아."

나는 의자 등받이에 등을 기댔다. 하나도 불안하지 않다면, 거짓말이다. 하지만 그의 일거수일투족을 쫓으며 불합리한 행동을 하고 싶지는 않았다. 게다가 누구에게나 개인적인 시간은 필요하다. 그렇지 않으면 우리 모두 숨이 막혀 죽어 버릴지도 모른다.

"마이가 클럽에 간다고 하면 보내 줄 거야?"

"응."

제이드는 즉시 대답했다.

"왜?"

"믿으니까."

"그래, 그게 내 이유야."

조금 걱정이 되긴 했지만, 어느 정도는 그를 믿는다. 어쨌든 다른 사람과 어울리기 위해 그런 활동을 하는 건 평범한 일이다. 그리고 킹이 말한 대로 정말로 나와 진지하게 만나고 싶다면 그가 어디에 있더라도 나를 배신하는 행동은 하지 않을 것이다.

"그래. 킹이 또 허튼짓해서 너 상처 주면, 마이한테 킹을 걸어차 달라고 할게."

제이드는 아주 진지한 얼굴로 내 어깨를 두드렸다.

나는 그의 반응이 재밌어서 온화한 미소를 짓고 고맙다고 말했다.

"뭐? 누가 누굴 걷어차?"

낮고 거친 목소리가 우리의 대화를 방해했다. 마침 킹이 사무실에 들어서는 중이었다. 오늘 그는 검은색 슬랙스 위에 흰색 셔츠를 입고 있었고, 머리는 이마 위로 살짝 내린 상태였다. 그는 나와 눈을 마주치더니 눈을 찡긋거렸다.

"안녕하세요, 제이드 형, 으아 형."

킹을 따라오던 건이 우리에게 인사했다. 평소처럼 그의 머리는 엉망이었다. 눈 밑 주름도 조금 깊어 보였다. 잠을 충분히 못 잔 사람처럼 피곤한 얼굴이었다.

"건, 잠 못 잤어? 너 눈 판다같이 퀭해."

제이드의 물음에 건은 억지로 한번 웃어 보이고는 가방을 내려놓고 책상 위에 풀썩 쓰러졌다.

"그녀를 잊으려고 술을 마시러 갔다가 그녀가 새로운 남자와 있는 걸 봐 버렸거든."

킹은 최근 실연당한 후배가 아주 절망적인 모습으로 책상에 엎드려 있는 것을 보고 그의 머리를 가볍게 때렸다.

"근데 아까 무슨 얘기 한 거야?"

킹이 그리고 돌아서서는 물었다.

"아, 으아한테 네가 또 허튼짓하면 마이 불러서 널 걷어차게 할 거라고 했지."

제이드가 큰 소리로 대답했다. 킹은 조용히 웃으며 자리에 앉았다.

"네 생각에도 너 혼자서 날 상대하는 건 무리인가 보네? 마이를 부른다는 거 보면."

"그래, 이 자식아!"

제이드가 소리쳤고, 나는 몰래 웃었다. 내 친구는 강아지처럼 조그마해서 누구랑 싸워야 한다면 약간의 도움이 필요했다.

"마이 귀찮게 할 필요 없어, 난 아주 착한 아이니까. 어젠 술만 마셨어. 못 믿겠으면 건한테 물어봐."

그의 입은 제이드에게 말하고 있었지만, 날카롭게 빛나는 검은 눈은 나를 보고 있었다. 그 입가에 걸린 미소가 살짝 얄미워서 나는 아무렇지 않은 표정을 지어 보였다.

"진짜예요. 어제 어떤 여자가 형한테 왔는데, 놀랍게도 형은 무관심 그 자체였거든요. 진짜 존경합니다, 형님."

건은 여전히 몹시 지친 얼굴로 책상에서 고개를 들더니 엄지손가락을 치켜세웠다.

여자가 접근했다는 건, 뭐… 별로 놀라운 일이 아니지.

"물 좀 떠 올게."

나는 텀블러를 들고 일어나 탕비실로 향했다.

고통스러워하는 건의 비명과 함께 탕비실로 향하는 내 뒤를 바짝 따라오는 발소리가 들렸다.

"너도 따뜻한 물 좀 마실래?"

탕비실로 따라 들어오는 사람에게 물었고, 킹이 내 팔과 그의 팔이 거의 닿을 정도로 가까이 다가왔다. 나는 아무렇지 않게 포트에 물을 받고 스위치를 켰다.

"아니. 그냥 너랑 있고 싶어."

그는 이제 완전히 내 등 뒤로 와서 섰다. 내 목덜미에 불어오는 그의 따뜻한 숨결에 온몸에 약한 전류가 흐르는 듯 저릿한 느낌이 들었다.

"어땠어? 어젯밤엔 운이 좋았어?"

"운이 좋았으면 네 콘도에서 자고 있었겠지. 같이 가자고 했는데 가 주지도 않고."

귓가에 속삭이는 그의 깊고 허스키한 목소리에 가슴이 심하게 떨려서 감히 그 얼굴을 쳐다볼 수도 없었다. 나는 또 얼굴을 붉히는 바람에 창피해지지 않기만 바랐다.

"접근한 여자가 있었다며."

"응. 몸매는 좋았는데, 난 쳐다도 안 봤어."

그는 자못 자랑스럽다는 듯 대답했다.

나는 조금 몸을 돌리고 눈썹을 살짝 치켜올렸다.

"안 봤다면서 몸매가 좋은 건 어떻게 알고?"

"…."

"저리 가. 사람들이 보겠어."

어깨를 밀었지만 킹은 조금도 움직이지 않았다. 그는 한술 더 떠서 나를 그의 팔 사이에 그대로 둔 채 내 앞에 있는 카운터에 양손을 짚는 것으로 몸을 더욱 밀착시켰다.

"삐졌어? 눈이 있으니까 어떻게 생겼는지 보이는 건 어쩔 수 없었어. 난 정말로 관심 없어."

"안 삐졌어."

나는 별 관심 없다는 듯 무심하게 텀블러 뚜껑을 닫았다. 그러자 뒤쪽에 서 있는 사람의 웃음소리가 들리더니 곧 그의 두툼한 입술이 귓가에 속삭였다.

"좋아, 걱정 마. 난 그런 굴곡 있는 몸매보다 평평한 사람 좋아해, 딱 너처럼."

그 말에 놀라서 텀블러를 떨어뜨릴 뻔했다. 얼굴이 화끈 달아올랐다. 나는 이런 모호하게 음란한 문장이 싫었다. 특히 직장에서 이런 말을 할 때 더 그랬다.

"부끄러워?"

킹은 나의 이상한 반응을 알아차리고 유쾌하게 웃었다.

"헛소리하지 마."

그를 밀어내고 탕비실을 빠져나가려는데 킹이 내 손목을 붙잡았다.

"잠깐, 잠깐."

"또 왜?"

"언제 나한테 넘어올 거야?"

"왜? 더 이상 못 기다리겠어?"

나는 정말로 궁금했다. 킹은 거의 매주 이런 질문을 했다. 너무 자주 물어서 이젠 정말로 그도 더 이상 참을 수 없는 지경에 다다랐는지 의심이 들기 시작했다.

"기다릴 수는 있는데, 너 안고 싶어. 키스하고 싶고."

그의 대답에 나는 정말이지 온 힘을 그러모아 억지로 평범한 미소를 짓기 위해 노력해야 했다. 그가 키스해 달라고 했을 때 못 들은 척하면서 일부러 더 건드렸던 것은 나였고, 그러면서도 그에게 허락한 건 손을 잡는 것뿐이었다.

"그래?"

"응. 당장 사귀어 주지 않아도 되는데, 내가 널 조금만 만지게 해 주면 안 돼? 나 안 불쌍해?"

그는 불쌍해 보이려고 노력했지만, 내 눈에는 그가 어떤 얼굴을 해도 그저 위험한 호랑이였다.

"예전에 많이 했잖아."

우리가 FWB였던 시절, 1년 남짓한 시간 동안 우리는 이보다 훨씬 많은 일들을 했다. 그러니 몇 달 정도 자제하는 걸로 굶어 죽지는 않겠지.

"진짜 잔인해."

그의 손에서 내 손을 빼내자, 그가 혀를 차며 투덜거렸다.

"사무실로 돌아가자."

"알겠어."

그렇게 말하면서도 그는 다시 나에게 다가왔다. 그리고 그 날카로운 눈을 반짝이며 고개를 숙이고 속삭였다.

"근데, 이건 알아 둬. 언젠가 나한테 넘어오면, 복리로 받아 갈 거야."

나는 완전히 조용해졌다. 그의 눈빛과 의심스러운 미소를 보면 복리라는 말이 무슨 뜻인지 쉽게 이해할 수 있었다.

"그럼, 3년만 더 기다려 봐."

"감당할 자신 있으면, 얼마든지."

그는 그렇게 말하며 웃었다.

나는 큰 소리로 한숨을 쉬고 탕비실을 빠져나왔다.

그냥 놀리는 건지 진심인지 알 수 없었지만, 정말로 그때가 오면 살살 해 줬으면 좋겠다.

그때도 내 말을 잘 들어주길.

연말이 가까워질수록 각 부서는 더 바빠졌다. 긴 연휴를 맞이하기 전 회사의 비즈니스 파트너들과 진행 중인 작업들을 완료하기 위해 서둘러야 했기 때문이다. 내가 속한 IT 부서도 그랬다. 그래픽 디자이너들은 상대적으로 업무량이 적었지만,

프로그래머들은 신년에 출시할 애플리케이션 개발을 서두르라는 지시를 받았기 때문에 완전히 상황이 달랐다. 그들은 과중한 업무 탓에 만성 수면 부족에 시달렸고(물론 초과근무 수당은 없다), 킹도 예외는 아니었다.

"킹, 오늘도 야근해?"

어느 날 아침, 근무 시작 전 버터 토스트로 아침 식사 중이던 제이드가 물었다.

"다음 주까지는 매일 야근이야. 젠장, 질린다, 진짜."

킹은 내 책상 기대서서 토스트 한 조각을 집어 먹었다.

나는 여전히 잘생긴 얼굴을 물끄러미 올려다보았다. 그의 검은 눈에 피로가 켜켜이 쌓인 것이 분명하게 보였다.

"너 야근하면 으아도 늦게까지 남아 있어야 하는 거 아냐?"

"아냐. 요즘은 내가 따로 운전해서 와."

제이드가 이렇게 말한 이유는 최근에 킹이 매일 아침 나를 데리고 오고 퇴근 후엔 함께 밥을 먹고 콘도까지 데려다주었기 때문이다. 하지만 프로그래머들이 매일 야근을 해야 할 정도로 업무량이 넘치는 것을 보고 바로 집으로 가 쉴 수 있도록 나를 데리러 오지 말라고 했다. 킹도 내가 그를 기다리며 사무실에 남아 있는 것을 원치 않았기 때문에 내 말을 순순히 따라주었다.

킹의 피로를 조금이나마 덜어 줄 수 있다는 것은 좋았지만, 같이 식사할 사람이 없다는 건 역시 조금 외로웠다. 최근엔 늘 그와 함께였어서 혼자 밥을 먹어야 하는 상황이 낯설었다.

"아아, 도대체 연말 연휴는 언제 오는 거야?"

제이드는 따분하다는 듯 크게 한숨을 쉬었다.

내 심정도 마찬가지였다. 정말로 빨리 휴일을 맞이하고 싶었다. 2주 앞으로 다가온 긴 연휴를 간절히 기다리고 있어 동료들은 대부분 업무에 집중하기 어려워했다. 그들은 거의 방콕을 떠나 휴가를 보낼 계획이었는데 제이드도 가족들과 함께 칸차나부리에 있는 마이 부모님의 홈스테이에 다녀온다고 했다.

하지만 나는….

"맞다, 으아. 연휴에 어디가?"

제이드가 돌아서서 나에게 물었다.

나는 고개를 저었다. 처음에는 람팡에 계신 이모를 만나러 가려고 했지만, 며칠간 식당 문을 닫고 사찰에서 명상 수련을 하신다고 했기 때문에 별다른 계획이 없었다.

"아직 어디로 가야 할지는 모르는데, 어쨌든 나랑 있을 거야."

허스키한 목소리가 끼어들었다.

나는 가까이에 서 있는 사람을 올려다보았다.

"내가 언제 너랑 어디 가겠다고 했어?"

"나 아니면 누구랑 가려고?"

그는 짐짓 엄한 눈빛으로 나를 쳐다보았다.

나는 그의 과하게 자신감이 넘치는 헛소리에 코웃음 쳤고, 제이드는 짜증 난다는 얼굴로 그를 보며 큼큼거렸다.

"왜? 뭐 잘못 먹었어?"

"꺼져!"

제이드는 그의 두꺼운 팔뚝을 한번 주먹으로 내리친 뒤 다시 잠잠해졌다.

"그래서 진짜로, 너희 뭐 하는데? 아무 일 없으면 마이가 칸차나부리 홈스테이에서 같이 휴가를 보내자고 했어. 갈래? 무료야."

"좋아."

킹은 즉시 대답했고, 나는 조금 망설였다.

"괜히 우리까지 가면 너무 폐 끼치는 거 아닐까? 네 가족들도 가잖아."

"아아, 그런 걱정은 하지 마. 마이가 먼저 제안한 거야. 같이 가자. 우리 엄마도 너 보고 싶으시대. 못 본 지 오래됐다고."

제이드가 내 어깨를 세게 두드리며 단호하게 말했다. 나도 고개를 끄덕였다.

"마이한테 으아랑 난 같은 방 쓸 거니까 방 두 개 줄 필요 없다고 전해 줘."

킹은 마치 업무 얘기라도 하는 것처럼 아무렇지 않게 말했다. 그의 반짝이는 눈빛은 마음속에 있는 진심을 또렷이 투영해 주었다.

물론 같은 방에서 자더라도 나는 그에게 절대 굴복하지 않을 것이다.

"적당히 좀 해. 그런 생각 그만하고 가서 일이나 하라고. 벌써 8시 30분이야."

제이드는 아주 피곤하단 얼굴로 교활하게 웃는 남자를 쫓아냈다. 킹은 나를 지나쳐 책상으로 돌아가면서 손으로 내 머리를 부드럽게 쓰다듬었고, 나는 나도 모르게 바짝 긴장해 버렸다.

손잡는 것을 허락하자 그는 더 많은 것을 원했고, 나에게 더 닿을 방법을 궁리했다. 이제는 그의 애원에 마지못해 허락해 주는 것도 조심해야 할 것 같았다.

점심시간이 됐다. 오늘은 평소와 달리 셋이서 함께 밥을 먹으러 나가지 않았다. 내가 아침 식사로 사 온 도시락이 남았기 때문이다. 파이 선배는 최근 오픈한 주문 요리 전문점의 맛 평가를 위해 제이드를 끌고 갔다. 일이 많은 킹은 밖에 다녀오느라 시간을 허비할 수 없다며 벌써 일주일째 사무실에서 먹을 도시락을 사 왔고, 다른 프로그래머들도 그렇게 하고 있었다.

나는 내 옆으로 옮겨 와 식사하는 킹을 힐끔거렸다. 그는 마지막 한 입을 입에 넣더니 제이드의 책상 위에 놓인 유리병에서 딸기 맛 사탕 하나를 집어 입에 넣었다. 그는 이전까지 식사 후에는 담배를 피우러 갔지만, 최근엔 금연 중이었기 때문에 달콤한 것으로 담배의 유혹을 잠재우고 있었다.

"화장실 다녀올게."

나는 킹에게 말하고 일어나서 쓰레기통에 빈 도시락통을 버리고 사무실 밖 화장실로 향했다.

다른 사람들이 점심을 먹으러 밖으로 나가서 내부가 아주 조용했다. 나는 수도꼭지를 틀어 손을 씻고 이를 닦았다. 그리고 거울로 얼굴을 확인하고 있는데 발소리가 들리더니 킹이 화장실로 들어왔다.

"으아."

그는 곧장 걸어와 내 등에 몸을 밀착시켰다. 나는 화장실 문 쪽을 살피며 그를 노려보았다.

"하지 마. 누가 올지도 모른다고."

"다들 점심 먹으러 나갔어. 아무도 안 올 거야."

나는 여전히 편집증에 시달리는 것처럼 그의 어깨를 밀어냈다. 그러자 그의 두꺼운 손이 내 손목을 잡고 가장 안쪽 칸막이 안으로 끌고 간 뒤 문을 잠갔다.

칸 안은 꽤 좁았다. 이렇게 남자 두 명이 들어와 있으니 더 좁았다. 공기도 너무 답답했다.

나는 불편하게 움직이며 따지듯 물었다.

"뭐 하는 거야?"

"나 완전 지쳤어. 일하려면 충전이 필요해."

그는 어린아이처럼 응석을 부렸다.

킹은 나를 만지고 있지 않았지만 이렇게 좁은 공간에 함께 있으면 몸이 서로 닿는 것은 어쩔 수 없는 일이었다.

"회사에서 이런 짓 하지 말라고 했잖아."

나는 눈살을 찌푸렸다.

"진짜 나한테 일말의 동정심도 없어?"

킹은 슬픈 목소리로 말했다. 교활하고 능글맞게 빛나던 눈엔 애처로움이 담겨 있었다.

"매일 밤 여덟 시 넘어서까지 야근하고, 퇴근해서는 너랑 있지도 못해. 일이 너무 많다고. 조금만 도와주면 안 돼?"

"…."

"으아, 한 번…."

쪽!

나는 그의 어깨에 손을 얹고 발끝으로 몸을 밀어 올려 칭얼거리는 그 입술에 재빨리 입 맞추고 물러섰다. 그는 확실히 요 며칠 아주 피곤해 보였고, 업무량은 전혀 줄어들 기미가 없었기 때문에 조금 양보하기로 했다. 그러지 않으면 그는 계속 꿈만 꾸다 상사병에라도 걸릴 것 같았다.

"됐지?"

나는 시선을 내려 그의 어깨 위에 고정한 채 물었다. 차마 그의 얼굴을 볼 용기가 나지 않았다. 하지만 킹은 여전히 조용했고, 난 이상함을 느껴 고개를 들어 올렸다. 그 순간, 나는 그의 날카로운 눈에 담긴 부드럽고 달콤한 애정을 발견했다. 온몸이 후끈거리는 열기에 휩싸이는 것을 느꼈다.

이런 얼굴은 몇 번을 봐도 익숙해지지 않는다.

"한 번만 더 해 주면 안 돼?"

킹이 나직이 물었다. 그의 단단한 팔이 내 허리를 끌어당겨 우리의 몸은 빈틈없이 밀착된 상태였다. 나는 다시 한번 발끝으로 서서 재빨리 그의 입에 키스했다. 킹은 활짝 웃었다.

"한 번 더."

"두 번이나 해 줬잖아."

"딱 한 번만 더, 제발."

그는 오뚝한 코끝이 뺨에 닿을 정도로 고개를 숙여 왔고, 예의 그 깊고 낮은 목소리로 간절하게 애원했다. 코앞에 놓인 그의 얼굴, 그중에서도 눈 밑에 짙게 드리운 그늘을 보니 도저히 거부할 수 없다.

"딱 한 번만이야."

"응."

나는 한숨을 푹 쉬고는 다시 그에게 입을 맞추기 위해 움직였다. 재빨리 입을 맞추고 물러서려는 순간 커다란 손이 내 목덜미를 잡고 입술을 꽉 눌렀다. 동시에 그의 따뜻하고 촉촉한 혀가 곧장 입속으로 미끄러져 들어왔다.

"으음."

부드럽게 시작된 키스가 점점 더 뜨겁고 묵직해지자 신음이 흘러나왔다. 그의 셔츠를 꽉 잡은 두 손은 나도 모르는 사이에 그의 목을 감싸안았고, 무의식적으로 그 간절한 손길에 화답했다. 킹은 잠시 입술을 떼고 숨을 쉬게 한 뒤, 다시 입을 맞춰 왔다. 그의 두꺼운 손이 내 몸 곳곳을 쓸어내리고 아래로 내려가 엉덩이를 꽉 쥐었다.

나는 만족감에 눈을 감고 그의 넓은 가슴에 내 몸을 더욱 밀착시켰다. 그리고 그의 손길에 망설임 없이 반응했다.

우리 사이에 이런 종류의 그 어떤 접촉도 없어진 지 거의 두 달이 지났다. 나는 내가 그의 손길을 얼마나 그리워하고 있었는지 깨달았다.

나는 정말로 킹의 키스가 그리웠다.

키스하는 소리가 좁은 화장실 칸 안에 울려 퍼졌다. 강렬한 갈망이 자석처럼 서로의 입술을 끌어당겼다. 내 혀끝은 상대의 뜨거운 혀와 맞물려 그의 입안에서 느껴지는 딸기 맛 사탕의 은은한 단맛을 음미했다. 술을 전혀 마시지 않았는데도 취한 기분이었다. 나는 킹의 입술을 계속해서 맛보고 싶은 마음뿐이었고, 그 역시 이 순간을 그렇게 쉽게 끝내고 싶지 않은 것 같았다.

"아… 으음. 그, 그만….”

꽤 오랜 시간이 흐른 뒤 그의 가슴을 살며시 밀어내며 속삭였다. 이 좁은 화장실 안의 공기가 너무 뜨거워져서 우리 둘 다 스스로를 통제할 수 없게 되기 전에 멈춰야 한다고 생각했다.

무심코 그의 눈을 올려다보는 순간 얼굴이 더욱 뜨거워졌다. 짙은 욕망으로 가득 찬 그 눈동자가 여전히 내 입술을 응시하고 있었다. 킹은 방금 먹잇감을 맛보았지만 허기를 완전히 달래지 못한 호랑이처럼 입술을 핥았다. 나는 그새 옷이 잔뜩 구겨져 엉망이 된 것을 알아채고 더 부끄러워졌다. 심지어 그의 바지춤은… 사타구니 사이가 단단하게 부풀어 올라 내 배를 찔러 댔다.

미쳤나 봐. 내가 뭘 한 거야? 여긴 회사 화장실이라고!

"아직 부족해."

킹은 내 어깨 위로 고개를 숙이고 잔뜩 갈라진 목소리로 읊조렸다.

"더는 안 돼."

나는 작은 목소리로 속삭이며 밀어냈다. 킹은 아쉽다는 듯 길게 한숨을 쉬었다. 하지만 여전히 웃고 있다.

"좋아, 고마워. 충전이 좀 됐어."

날카로운 눈이 너무 반짝여서 시선을 돌리지 않을 수가 없었다. 나는 가만히 서서 킹이 내 구겨진 옷을 정리하는 것을 가만히 내버려두었다. 그는 내 매무새를 다 고쳐 준 다음 몸을 숙여 내 볼에 한 번 더 진하게 입 맞췄다.

"하, 상쾌해."

내가 그 비겁한 기회주의자를 노려보는 동안 그가 행복한 얼굴로 속삭였다.

"너한테 이렇게까지 해도 된다고 허락한 적 없어."

"근데, 너도 했잖아."

그 잘생긴 얼굴이 내 마음을 다 알고 있다는 듯한 미소를 지었다.

"사실은 내 키스가 꽤 그리웠나 봐요, 아논 씨?"

나는 대답하지 않았다. 그리고 누군가가 우리를 보기 전에 서둘러 문을 열고 도망쳤다. 사람들이 아직 돌아오지 않은 것이 정말 다행이었다. 이 얼굴로는 도저히 그 누구의 얼굴도 마주할 수가 없었다.

2주의 시간은 생각보다 빠르게 지나갔고, 드디어 올해의 마지막 근무 주간을 맞이했다.

오늘은 사옥 연회장에서 임직원 대상 송년회가 열리는 날이다. 덕분에 오늘 업무 시간은 아주 편안하게 흘러갔다. 모두 저녁에 있을 송년 파티에 정신이 팔려 업무에 집중하지 못했고 하루 종일 떠드는 소리가 들렸다. 그들의 마음은 이미 연회장에 가 있었다.

퇴근 시간이 되자 모두 서둘러 컴퓨터를 끄고 연회장으로 모여들었다. 평소 텅 비어 있던 홀은 어느새 수십 개의 원형 테이블로 가득 찼다. 원형 테이블 옆에는 직원들이 자유롭게 골라 먹을 수 있도록 간단한 스낵과 디저트를 포함한 다양한 종류의 맛있는 음식과 신선한 맥주 타워가 마련되었다. 무대 위에는 임원들의 인사말과 행사 진행을 위한 스크린과 프로젝터, 마이크가 설치되었다. 홀에 들어선 사람들은 삼삼오오 모여 빠르게 자리를 선택했고, 제이드와 킹 그리고 나는 IT 부서 동료들과 함께 앉았다.

"이런 파티가 있을 때면 우리 회사가 좋아져."

내 왼편에 앉은 제이드가 포크로 어묵튀김을 집어 입에 넣으며 즐겁게 말했다.

"먹는 것 좀 줄일 수 없어? 얼굴 부풀어 오른 거 봐. 내가 도와줄게."

킹이 손을 뻗어 제이드의 접시에서 어묵튀김을 집어 먹었다. 제이드가 그에게 땅콩을 던지자 그는 나를 방패 삼아 재빠르게 숨었다.

"너희들 진짜 유치해."

파이 선배가 그들의 철없는 몸짓에 한숨을 쉬었다.

무대 위에서 사장님이 막 연설을 시작하려던 참이었기 때문에 나는 그 두 사람에게 장난은 그만하라는 신호로 눈짓했다. 제이드는 조용히 포크로 킹을 가리키며 복수심을 불태웠다.

임원들의 긴 인사말이 끝나고 본격적으로 파티가 시작되었다. 음악과 함께 즐거운 수다가 연회장을 가득 채웠다. 파티에 참여한 직원들은 한 해 동안 열심히 일한 스트레스를 날려 버린 듯 모두 상쾌하고 여유로운 표정이었다. 오늘 파티에는 선물 교환 추첨이 있었는데, 사람들은 자신이 뽑은 번호의 사람과 최소 1,000바트 상당의 선물을 주고받을 수 있었다.

"젠장. 난 보조 배터리를 선물로 샀는데, 답례로 쿠키를 받았어."

제이드는 쿠키가 담긴 커다란 빨간색 상자 네 개를 들고 마지못해 억지로 미소를 지었다. 나는 운이 좋지 않은 친구의 시무룩한 모습에 살짝 미소를 지었다. 아무리 먹는 걸 좋아한다고 해도 이렇게 커다란 쿠키 상자를 받는 건 피곤할 법했다.

나는 교환용 선물로 가성비 좋은 차량용 공기청정기를 구입했다. 이런 선물 추첨에서 운이 좋았던 적은 없지만, 이번만큼은 다른 사람들처럼 괜찮은 선물을 뽑아 봤으면 하는 바람이 있었다. 그래서 당연히, 사장님이 주시는 상금 10,000바트를 뽑고 싶었다.

"으아, 회계팀 민트가 방금 네 선물을 뽑았어."

킹이 나를 쿡 찌르더니 무대를 보라고 가리켰다. 나는 자리에서 일어나 그녀에게 선물을 주기 위해 무대로 걸어갔다. 그녀가 항상 킹을 위해 음료나 간식, 선물들을 주곤 했던 것이 기억났다. 그래서인지 그녀는 나에게 선물을 전달받으면서도 웃지 않았다.

"자, 으아 형. 뽑아 봐요. 누구 선물을 받을지 한번 봅시다."

사회를 맡은 건이 나에게 작은 종잇조각이 담긴 상자를 건넸다. 나는 상자에 손을 넣고 종이 한 장을 뽑아 펼쳤다.

"48번! 48번, 48… 우와!"

건은 손에 들린 이름표를 보며 외마디 비명을 지르더니 곧 수상한 표정을 지었다.

나는 내 뒤에 있는 테이블에 놓인 선물들을 향해 돌아섰고, 숫자 48이 붙어 있는 상자를 보고 멈칫했다.

"쿤나콘 씨. IT 부서 쿤나콘 씨, 어디 계세요? 선물을 전달하러 무대로 올라와 주세요."

건이 선물 주인의 이름을 부르자 무대 아래 홀에서는 휘파람 소리와 야유 섞인 환호가 터져 나왔다. 나는 그냥 이대로 사라져 버리고 싶어졌다.

회사에 이렇게나 많은 사람이 있는데 도대체 왜! 왜 하필 킹을 뽑은 거야?

"아아. 정말 환상의 커플이에요. 아, 실수. 정말 운명적인 뽑기였다고요."

건이 웃으며 말했다. 날 놀리려고 일부러 잘못 말한 척한

게 분명했다.

나는 선물을 건네받기 전 킹을 노려보았다. 제이드, 킹과 함께 선물을 사러 갔었기 때문에 상자 안에 무엇이 들어 있는지 이미 알고 있었다.

나는 올해, 새 램프를 받게 됐다.

뭐, 그다지 나쁘지 않아.

사진을 찍기 위해 기다리고 있는 사진사를 향해 잠시 미소를 지었다가 건이 또 나를 놀릴 틈이 생길까 봐 황급히 무대를 내려왔다. 하지만 여전히 문제가 되는 한 사람이 무대에 남아 있었다.

"너무 활짝 웃고 계시네요, 쿤나콘 씨. 무슨 일이에요? 평소엔 이렇게 웃는 모습 거의 본 적이 없는데 말이에요."

"그건 내가 웃고 싶은 사람 앞에서만 웃기 때문이죠."

킹의 대답에 청중이 웃었다.

"아, 그렇군요. 인제 보니 꽤 불공평한 분이었네요. 그럼, 이제 선물 뽑기로 돌아가 보죠. 올해는 무엇을 받고 싶으세요?"

"선물이라면 뭐든 상관없습니다. 어떤 선물이든 좋을 거예요. 아, 사실 그 어떤 선물보다 더 갖고 싶은 게 있긴 합니다."

막 테이블에 도착해 자리에 앉으려던 찰나 그 말을 듣고는 잠시 멈칫했다. 뒤를 돌아 무대 위에 서 있는 사람을 보니 그의 시선이 나를 향해 있었다.

"그게 뭔데요?"

"이제 곧 서른이 됩니다. 내년에는 더 이상 싱글이 아니었으면 좋겠어요."

킹이 웃음기 어린 목소리로 나를 보며 또렷이 말했다.

주변의 모든 시선이 한꺼번에 나에게 쏠렸다. 나는 입을 꾹 다물고 최대한 무표정을 유지하려고 최선을 다했다.

"꼭 누구 들으라고 하는 말 같은데요?"

"네. 딱 한 사람한테요."

그가 말을 하면 할수록 나는 점점 감당할 수 없을 정도로 부끄러워져서 그냥 사라져 버리고 싶었다. 아무것도 듣지 못한 것처럼 선물을 테이블 위에 내려놓고 자리에 앉아 무심한 표정을 유지하려고 애썼지만, 나를 바라보는 제이드의 유난히 매서운 눈빛에서는 벗어날 수 없었다. 그는 내 생각을 다 알고 있다는 듯이 웃음기 어린 얼굴로 나를 바라보고 있었다.

"넘어가 줄 거야?"

제이드가 나에게 속삭여 물었다.

나는 어렴풋이 웃으며 대답하지 않았다. 그리고 선물 추첨이 계속되는 무대로 고개를 돌렸다.

킹이 받고 싶은 선물….

나는 그가 그 선물을 곧 갖게 될 것이라고 생각했다.

23
함께

행복하면 시간 가는 줄을 모른다더니, 연말 연휴 여행에서 돌아온 지 얼마 안 된 줄 알았는데 달력을 보니 벌써 올해 두 번째 달이 되었다.

한 주의 마지막 근무일인 금요일 아침, 창밖의 하늘이 아직 어둑한 때에 나는 침대에서 일어나 스트레칭을 하고 출근 준비를 했다. 평소보다 더 단정하게 옷을 챙겨 입고 콘도 로비로 내려가니 나를 데리러 온 익숙한 남자가 휴대폰 게임을 하며 시간을 보내고 있었다. 그 모습에 나는 엷게 웃었다.

금방 지나간 것 같지만 킹과 내가 이렇게 서로를 알아 가기로 한 지 벌써 3개월이 지났다.

지난 3개월 동안 그는 놀라울 정도로 꾸준했다. 사실 그전까지 나는 그를 그다지 신뢰할 수 없었다. 그 같은 바람둥이가 한 사람에게 정착할 수 있을 리 없다는 편견에 사로잡혀 있었는데, 킹은 그런 내 편견을 완전히 깨 버렸다. 우리가 FWB를 시작한 후부터 지금까지 1년이 훌쩍 넘는 시간 동안 킹은 나 말고 다른 사람을 만난 적이 없었다. 그것이 내가 내건 조건 때문이었든, 다른 이유 때문이었든 간에 적어도 그가 나에게 마음을 고백한 날부터 지금까지 한결같았다는 사실이 어느 정도 그의 말을 뒷받침하고 있었다.

그는 정말로 자신이 한 말을 증명해 냈다.

"좋은 아침."

키가 큰 남자가 소파에서 일어나 잘생긴 얼굴에 어울리는 잘난 미소를 지으며 나를 향해 걸어왔다. 물론 나는 아직까지 그를 향한 편견을 완전히 해소하진 못했는지도 모른다. 그가 무슨 의도로 어떤 행동을 하든 내 눈에는 허세를 부리는 것처럼 보였다. 그를 처음 만나고 10년이 지난 지금까지도 그는 여전히 자기 잘난 맛에 사는 사람 같아 보였다.

"오늘은 머리에 왁스 안 발랐어?"

나는 그가 평소처럼 머리를 뒤로 넘기지 않고 이마 위로 앞머리를 내린 것을 보고 물었다.

"늦게 일어나서 시간이 없었어. 아무도 깨워 주지 않았거든."

그는 마치 내가 그의 콘도에서 함께 잠을 자지 않은 것이 잘못이라고 말하고 싶은 듯 원망하는 표정을 지었다.

나는 모른 체하며 다시 물었다.

"넌 어른이야. 아직도 누가 깨워 줘야 해?"

"응. 여보가 날 깨워 줘야 해."

기다란 손가락이 내 뺨을 부드럽게 쓸었다.

깃털처럼 가벼운 접촉에서 전류가 흘렀고, 그 열기가 얼굴 전체로 퍼졌다.

"서둘러. 차 막힐 거야."

나도 모르게 이상한 표정을 짓기 전에 서둘러 화제를 바꿨다. 하지만 옆에 있던 사람은 내 마음을 다 안다는 듯 유쾌하게 웃으며 내 손을 잡았다.

"네가 나 때문에 얼굴을 붉히는 게 좋아."

"안 가? 아니면 내 차로 갈게."

나는 인상을 찌푸렸지만, 킹은 환하게 웃으며 내 손을 이끌고 건물 앞에 주차해 둔 자신의 차로 데려갔다.

"저녁에 뭐 먹고 싶어?"

신호등 앞에서 정지한 틈에 킹이 물었다.

휴대폰을 가지고 놀다가 화면 상단에 날짜를 보니 오늘은 2월 14일이었다.

밸런타인데이….

"오늘 야근 안 해? 프로그래머들 지금 할 일 많잖아."

"안 해. 이런 날에 누가 야근을 하겠어? 아무리 바빠도 소중한 사람과 기념할 시간은 지켜야지."

차 주인은 나를 잠시 보더니 다시 앞을 돌아보며 말했다.

"좀 슬프네. 다른 사람들은 애인이 있는데, 나만 없잖아."

나는 눈썹을 치켜올렸다. 살짝 상처받은 표정을 짓는 그의 얼굴을 보니 오히려 웃음이 났다.

지난 3개월 동안 우리 사이는 꽤 순조로웠다.

사실, 제법 훌륭했다. 그 결과 지금 우리는 스킨십 외에는 다른 커플들이 하는 모든 일을 하고 있다. 여전히 킹은 나를 만지기 전에 동의를 구해야 했고, 여전히 우리 사이는 썸이다.

"나도 없어."

나는 무심한 말투로 대꾸했다. 그는 눈썹을 꿈틀거리더니 웃어 버렸다.

"사악해."

날렵한 눈매가 나를 바라보며 가늘어졌다. 나는 어깨를 으쓱하고 미소를 감추기 위해 창밖을 내다보았다.

사실 나는 지난 연말, 우리가 새해맞이 여행을 떠나기 전부터 그를 받아들일 준비가 되어 있었다. 그가 자신의 말을 정말로 지키는 사람이라는 것을 스스로 증명해 냈기 때문이다. 나는 내 마음의 소리를 부정할 정도로 오래된 편견에 집착하지 않았고, 킹도 내가 이미 그에게 넘어갔다는 것을 알고 있을 것이다. 하지만 단지 그를 좀 더 놀리고 싶어서 우리 관계를 발전시키지 않고 있었다.

그는 이 일이 있기 한참 전부터 나를 괴롭혀 왔으니까, 이 정도쯤이야.

나는 조금 전 그의 말을 생각하며 눈을 굴렸다.

내가 사악하다고? 아니, 나는 킹만큼 사악하지 않다. 지난 3개월 동안 그가 나를 만지기 위해 얼마나 갖은 핑계를 댔는지 일일이 기억할 수조차 없다.

특히, 여행에서 침실을 같이 썼을 때는 그가 계속해서 내 몸을 달아오르게 자극하는 바람에 완전히 이성을 놓을 뻔했다. 다행히도 그날 밤 나는 자신을 통제하는 데 성공했기 때문에 아무 일도 일어나지 않았다. 하지만 그는 아주 끈질겼다. 자는 동안만이라도 안고 있게 해 달라며 징징거리는 바람에 끝내 그것만큼은 양보해 주고 말았다.

그러니 누가 악마인지는 명백하다.

"그래서, 오늘 뭐 먹고 싶어?"

킹은 신호등이 녹색으로 바뀌자마자 차를 출발시키며 다시 물었다.

나는 잠시 고민하다가 '일식' 하고 대답했다.

"연어 어때?"

"더치페이로."

말이 떨어지기가 무섭게 킹이 곧바로 고개를 저었다.

"오늘은 내 선물. 거절하지 마."

그는 나를 향해 눈을 찡긋거렸다.

나는 살짝 눈살을 찌푸렸다. 킹이 나보다 연봉이 높은 것은 사실이었다. 그 때문에 항상 내 몫까지 내려고 하려는지는 모르겠지만, 난 그를 이런 식으로 이용하고 싶지 않았다. 하지만 킹은 그 정도 돈은 아무것도 아니라고만 말한다.

부자들은 다 그래? 매번 마이가 음식값을 지불해서 고민이라던 제이드의 심정을 조금은 알 것 같았다.

회사 건물에 들어서자 밸런타인데이 분위기가 물씬 풍겼다. 건물 앞 정원에는 장미 화분이 늘어서 있었고, 내가 자주 다니는 1층 카페도 빨간색과 분홍색 풍선으로 만든 아치가 장식되어 있었다. 사람들도 평소보다 훨씬 더 즐거운 표정이었다.

주변을 둘러보며 곧장 카페로 걸어가는데 갑자기 옆에 있던 사람이 내 어깨를 잡았다.

"먼저 올라가. 내가 커피 사서 갈게."

"알겠어. 가방 줘."

나는 그의 가방을 가져가려고 손을 내밀었다. 그는 가방 대신 그 두꺼운 손을 뻗어 내 손을 붙잡았다. 얼굴에는 익숙한 교활한 미소가 떠올랐다.

"가방 대신 내 마음을 받아 줄래?"

"…오글거려."

그렇게 말하고도 웃음이 터져 버렸다. 그도 나에게 가방을 건네면서 킥킥거렸다. 본인이 생각하기에도 그런 것 같았다.

"사랑하는 자기, 위에서 봐."

나는 못 들은 척 가방을 들고 엘리베이터로 걸어갔다.

누가 네 자기야? 또 혼자 앞서가기는.

"좋은 아침이에요, 으아 씨."

엘리베이터를 기다리는데 굵직한 목소리가 나를 반겼다.

"좋은 아침입니다, 붐 씨. 오늘은 사무실이에요?"

나는 이곳에서 일한 지 한 달쯤 된 새 영업사원에게 살짝 고개를 숙여 인사했다.

그는 나와 동갑이고 키가 크고 친절해 보이는 남자였다. 영업사원이라는, 말솜씨가 필요한 직무를 맡았음에도 불구하고 내성적이고 수줍음이 많은 편이었다. 사실 나는 평소에 다른 부서 누구와도 이야기를 나누지 않는 편인데, 그는 입사 지원을 하러 왔던 날 우연히 나에게 회사 위치를 물었던 데다가 채용된 뒤에 먼저 인사를 해 주어서 남들보다는 조금 더 편히 대화하는 사람이었다.

"네, 받아야 할 물건이 있어서요."

그는 수줍게 웃으며 말했다.

엘리베이터가 도착할 때까지 붐 씨와 계속 이야기를 나누었고 함께 엘리베이터에 탔다. 나도 말을 많이 하는 편은 아닌데, 긴장한 그와 함께 있으면 불편한 분위기를 줄이기 위해 먼저 대화를 시작해야만 했다.

제이드가 왜 다른 사람들에게 먼저 말을 거는지 이제야 깨달았다. 때로는 이런 침묵이 못 견디게 불편할 때가 있다.

"으아, 오늘 일찍 왔… 아, 안녕하세요, 붐 씨."

"좋은 아침입니다, 제이드 씨."

그는 희미한 미소로 나의 가장 친한 친구에게 인사했다. 막 화장실에서 나온 제이드는 자연스럽게 다가와 내 어깨에 팔을 두르고 웃는 얼굴로 붐 씨를 바라보았다.

"일은 좀 어떠세요? 괜찮아요?"

"네, 괜찮습니다."

그는 정중하게 대답하고 회계팀으로 향했다. 우리도 그에게 인사를 한 후 IT 부서로 향했다.

"으아, 왜 혼자야? 킹은?"

"킹은 커⋯."

"안녕하세요, 형들."

누군가의 쉰 목소리가 제이드와 나 사이의 대화를 방해했다. 나는 그 누군가의 얼굴을 보고 미간을 찌푸렸다.

"안녕, 건. 오늘 멋지게 입었네. 데이트 가?"

어쩐 일로 슬랙스 위에 셔츠를 입고 온 후배를 유심히 살펴보며 물었다. 흔한 직장인의 복장이지만, 매일 티셔츠에 큼지막한 체크무늬 재킷을 걸치고 청바지를 즐겨 입던 건에게는 흔치 않은 복장이었기 때문에 이렇게 말끔한 차림새를 보고 놀랄 수밖에 없었다.

"아뇨. 그건 아니고, 그냥 스타일을 좀 바꿔 보고 싶었어요. 킹 형이 이런 옷을 입어 보랬는데, 어때요?"

그는 자신 없는 표정으로 조심스럽게 물었다.

"잘 어울려."

"고맙습니다."

그는 칭찬이 부끄러운 듯 목덜미를 긁적였다. 실제로 건의 모습은 아주 괜찮아 보였다. 이렇게 입고 소개팅을 나간다면 꽤 많은 여자들이 그에게 매력을 느낄 것 같았다.

"나 진짜 놀랐어. 무슨 귀신이라도 들린 줄 알았잖아."

제이드가 말했다.

"저도 다른 사람들처럼 좀 멋져 보이고 싶었던 것뿐이에요."

건은 뒤를 돌아보며 덧붙였다.

"근데 우리 형님은 어디 있어요? 으아 형이랑 같이 안 오고? 킹 형은 항상 으아 형한테 붙어 있어서 둘이 한 몸인 줄 알았는데."

"같이 왔어. 커피 사서 올 거야."

나는 살짝 미소를 지으며 킹의 가방을 그의 책상 위에 올려놓았다. 제이드는 킹이 나에게 너무 집착해서 나한테 작업을 건다기보다는 귀신이 붙은 것 같아 보인다고 자주 놀렸다. 하지만 나는 그런 킹에게 짜증을 느낀 적은 없다. 사실, 오히려 기분이 좋다.

좋아하는 사람과 가까이 있고 싶은 건 당연하니까.

"와, 사람들이 킹 형한테 매일같이 선물 전해 달라고 했었는데, 이젠 완전히 이빨 빠진 호랑이라니까요."

건은 장난스럽게 말하고 휴대폰을 꺼내 게임을 시작했고, 나는 내 자리로 돌아와 앉았다.

"선물 얘기가 나와서 말인데, 보통 밸런타인데이면 내가 너랑 킹에게 전달해야 하는 선물로 내 책상까지 가득 찼었잖아. 근데 올해는 하나도 없어서 너무 이상해."

제이드는 서랍을 열고 송년회에서 받은 쿠키 한 상자를 꺼내 집어 먹으며 말했다.

"지금이 좋아."

그동안 제이드는 밸런타인데이가 돌아올 때마다 우리에게 선물을 전해 달라는 부탁을 수도 없이 받았다. 그리고 킹과 내가 서로 호감을 가지고 알아 가고 있는 사이라는 사실을 밝힌 이후로는 더 이상 아무도 우리에게 선물을 전하지 않았다. 제이드를 곤란하게 하는 일도, 그것들을 처분하느라 난처할 일도 없어 아주 편안해졌다.

"으아, 붐 씨 말이야. 되게 수줍음 많아 보이지 않아? 어떻게 영업사원으로 일을 하고 있을까?"

제이드가 갑자기 화제를 바꿨다. 그의 하얀 손이 쿠키 상자를 내 쪽으로 밀어 주었고, 나는 그에게 대답하며 예의상 쿠키 하나를 집어 입에 넣었다.

"일할 때는 또 다르겠지."

"근데, 그렇게 수줍어하는 사람이 너한테는 말을 많이 하는 것 같아. 너한테 관심 있는 거 아닐까?"

"…"

"음… 아니다. 네가 곧 사귈 사람이 있다는 건 그 사람도 알겠지."

그는 또 다른 쿠키를 집어 먹으며 혼자 결론을 내렸다. 그의 추측에 나는 조금 당황스러웠다.

사실 나는 그를 오며 가며 인사하는 수준으로만 알고 있었고, 그 또한 그런 의도를 담아 말을 한 적이 없다. 그 때문에 그가 나를 어떻게 생각하고 있는지도 전혀 생각해 본 적이 없다. 게다가 최근에는 더 이상 다른 사람을 찾을 생각이 없었기 때문에 누군가의 호감 신호에 그다지 신경을 쓰지 않았다.

"제이드, 오늘 왜 이렇게 일찍 왔어?"

킹이 사무실로 들어왔다. 나는 서둘러 지나친 생각을 지워 냈다.

"잊었을까 봐 한 번만 더 말해 주는데, 나 더 이상 랏크라 방에 살지 않거든."

이전까지 그는 회사에서 꽤 먼 곳에 있는 콘도에 살았기 때문에 우리보다 일찍 출발하고도 늦게 사무실에 도착하곤 했지만, 최근에 이곳과 마이의 회사에서 모두 가까운 클렁 떠이에 새 콘도를 구했다. 회사까지 오는 데 걸리는 시간이 고작 20분 남짓이라 이제 제이드는 매일매일 사무실에 일찍 도착했다.

"아, 맞다."

킹은 나에게 아이스아메리카노 한 잔을 건네며 말했다.

"여기, 네 커피."

"고마워."

"나는?"

제이드가 항의했다.

"내가 왜 너한테 커피를 사 줘? 마이한테 사 달라고 해."

그는 커다란 손으로 제이드의 머리를 가볍게 밀어냈고, 나에게는 미소를 지으며 덧붙였다.

"이건 오직 으아만의 특권이야."

"다른 사람들한테도 좀 베풀고 그래."

나는 그에게 눈을 흘기는 시늉을 하며 대답했다. 그러자 킹은 웃으며 내 어깨 위에 손을 얹고 가볍게 쥐었다.

"질투할 거면서. 안 그래, 아논 씨?"

킹이 유난히 상냥한 목소리로 되물었다.

"그래, 너희들 성에 찰 때까지 연애질 해, 나 같은 건 전혀 신경 쓰지 말고. 난 너희 주변에 떠다니는 수많은 먼지 중에 하나니까."

제이드가 격앙된 목소리로 말하자 나는 더 이상 무표정한 얼굴을 유지하지 못하고 웃음을 터뜨렸다.

"마이랑 너도 똑같거든?"

킹이 대꾸하자 제이드는 몹시 당황한 얼굴로 눈을 깜빡거렸다. 그리고 혼잣말로 중얼거렸다.

"진짜야…? 이 정도라고…?"

"그건 그렇고, 오늘 마이랑 어디 가?"

킹이 다시 제이드에게 물었다.

"마이가 식당을 예약하긴 했는데, 어딘지는 말을 안 해 줘. 내가 알아도 별로 놀랄 만한 곳은 아니라고만 하던데. 근데 상관없어. 난 뭐든 잘 먹으니까 마이가 좋은 곳으로 가면 돼."

제이드는 태연하게 말하면서도 그 눈빛에 설렘은 감추지 못했다. 사랑하는 사람이 있는 사람들은 이런 기념일이 신나기 마련이니까. 스스로를 그다지 낭만 없는 사람이라고 생각하는 나조차도 괜스레 뭔가를 기대하게 된다.

"우리도 기념할 거야, 그렇지?"

킹은 나를 돌아보며 눈을 찡긋했다.

나는 바로 시선을 돌렸지만, 입꼬리가 올라가는 건 막을 수 없었다.

내가 오늘 저녁을 오래전부터 고대하고 있었다는 걸 킹은 모르겠지만…. 사랑을 기념하는 날인 만큼 뭔가 특별한 일이 있을 것이다.

오늘은 바쁜 일이 없었기 때문에 부담 없이 편안하게 일을 할 수 있었다. 오후 근무 중 휴대폰에 메시지 알림이 울렸다. 톤카오의 메시지인 것을 확인하고는 조그맣게 웃었다. 그녀는 해피 밸런타인데이를 기원하는 스티커와 함께 메시지를 보내왔다.

내 가족에 대해 얘기하자면, 나는 그날 이후 다시는 엄마와 연락하지 않았다. 하지만 비록 엄마가 나를 낳고 싶지 않았더라도, 나를 낳고 키워 준 것에 대한 보답으로 매달 생활비를 보냈다. 그건 그저 자식으로서의 도리였을 뿐 감사의 표시는 아니었다. 의무이자 부채감을 덜기 위한 수단일 뿐, 다른 누군가를 위해서가 아니라 나 자신의 마음의 평화를 위해서였다.

나도 엄마도 서로에게 연락하는 일은 없었다. 딱 한 번, 톤카오가 강의 준비물을 살 돈이 필요하다고 한 적이 있었는데, 아마 엄마의 자존심이 허락하지 않았거나 나한테 직접 전화해서 돈을 달라고 할 용기가 없었기 때문에 톤카오를 통해 연락했던 것 같다. 사실 내 여동생을 위해 보낸 돈들이 다른 데 쓰였다는 것은 오래전부터 알고 있었다. 알면서도 돈을 달라고 하면 이체해 주고 말았는데 이제 그런 요구는 일절 신경 쓰지 않았다. 나는 딱 내 월급에서 정해 놓은 일부만을 보냈고, 톤카오 또한 지금은 재정적인 문제가 없다고 말해 주었다. 정말로 돈이 필요하다면 나에게 직접 이야기하겠다고도 했다.

문득 얼마 전 톤카오가 집안 분위기가 좋지 않다고 말했던 일이 떠올라 멍해졌다. 엄마와 싸웠던 그날, 동네 사람들이 그 상황을 목격했고 추문의 대상이 된 의붓아버지와 엄마는 자주 언쟁을 벌였다고 했다. 하지만 나는 그 말을 듣고도 아무것도 느끼지 못했다. 그것은 모두 그들의 업이고 인과응보였다.

지금 그들이 직면한 상황은 내가 수년간 홀로 감당해 왔던 것에 비하면 아무것도 아니었다.

톤카오는 자기 아버지가 나에게 무슨 짓을 했는지 전혀 몰랐다며 몹시 미안해했다. 그녀는 집으로 돌아와 부모님이 싸우는 소리를 듣고서야 모든 것을 알게 됐다. 부모님이 너무 밉고 소름 끼쳐서 집으로 돌아가고 싶지 않다고 말했지만, 그 모든 이야기를 마치 내 일이 아닌 듯 담담하게 듣고 있는 내가 이상하게 느껴졌다.

내 마음이 이제야 정말로 무감각해진 것 같았다.

나는 한숨으로 지난 일에 얽힌 상념을 흘려보내고 그녀의 메시지에 답장으로 스티커를 보냈다. 이제부터 내가 가족으로 보살필 사람은 이모와 톤카오뿐이다. 누군가는 배은망덕하다고 할지도 모르지만 나는 이미 충분히 할 만큼 했다. 그러니 지금부터는 나를 위해 살겠다고 다짐했다.

"누구랑 얘기해?"

부드럽고 깊은 목소리가 머리 위쪽에서 들렸다.

"여동생."

나는 내 책상 위에 서류를 올려놓은 킹을 올려다보며 대답했다.

"왜 그런 귀여운 스티커를 보내? 나한텐 한 번도 이런 거 보낸 적 없잖아."

그가 애처로운 표정을 지어 보였다.

"가서 일이나 해."

나는 손을 흔들어 그를 책상으로 돌려보내며 즐거운 미소를 지었다. 킹은 아무 말 없이 웃으며 돌아갔다.

지잉.

'밸런타인데이인데 누구랑 보내? 킹 오빠?'

여동생의 질문에 나는 고개를 돌려 자리로 돌아간 그를 바라보았다. 두 달 전 톤카오에게 처음 킹을 소개했을 때가 생각났다. 그날 킹은 우리가 먹은 것들을 모두 혼자 계산하는 것도 모자라 톤카오에게는 따로 간식도 사 주었다. 단 한 번뿐인 만남이었지만 그 이후 톤카오는 킹을 전폭적으로 지지했다. 킹이 그 뒤로 내 여동생에게 또 다른 뇌물을 주었는지는 모르지만, 그녀는 거의 매일 내게 언제쯤 킹과 사귈 것인지 물어보곤 했다.

내가 넘어가 줄 기미를 보이지 않으니 내 가족을 매수한 것이다. 정말 교활한 남자다.

'정말로 킹을 응원하는 거야?'

'응, 오빠를 많이 좋아하는 게 보여. 분명 오빠를 잘 보살펴 줄 거야. 그러니까 인제 그만 킹 오빠의 마음을 받아 줘. 소식을 기다리기만 한 나도 이제 지쳐 쓰러지기 일보 직전이야.'

여동생의 메시지를 보고 다시 한번 킹을 바라본 나는 몰래 미소 지었다.

맞아. 이제 때가 된 것 같지?

"퇴근할 시간이야. 다들 일어나, 일어나. 가자."

제이드가 퇴근 시간을 알렸다. 그는 남자 친구와 통화를 하며 컴퓨터를 끄고는 전광석화처럼 재빠르게 가방을 챙겨 사라졌다. 마이가 아래층에서 그를 기다리고 있었기 때문이다. 다른 직원들도 평소보다 더 빠르게 흩어졌다.

"으아, 이 코드만 테스트하면 돼. 잠깐만. 5분만."

내가 컴퓨터를 종료하자 킹이 재빨리 몸을 돌려 나에게 말했다.

"알겠어. 그럼 난 화장실 좀 다녀올게."

"엘리베이터 앞에서 만나."

나는 가방을 챙겨 화장실로 갔다. 볼일을 마치고 화장실에서 나오는 길에 IT 부서 사무실 앞을 기웃거리는 사람을 발견하고 다가가니 오늘 아침에 만났던 붐 씨였다.

"붐 씨?"

그를 부르자 조금 놀란 얼굴의 그가 나를 향해 돌아섰다.

"으아 씨."

"누구 찾으세요? 아니면 일?"

영업사원들은 평소에 사장님이 부르거나 뭔가를 가지러 와야 할 경우에만 회사에 왔기 때문에 회사에 상주하는 직원들과 그다지 소통할 일이 없었다. 게다가 그는 IT 부서에는 더더욱 아는 사람이 없었고, 그나마도 이미 대부분의 직원들이 퇴근한 시간이었다.

"아뇨. 으아 씨를 만나러 왔어요."

나와 눈이 마주치자 그의 얼굴이 살짝 붉어졌다.

순간 오늘 아침 제이드의 말이 떠올랐다. 비록 끝에 말을 바꾸긴 했지만, 제이드가 이렇게 정확한 추측을 내놓은 것은 처음이었다.

"저를요?"

그의 목적을 짐작할 수 있었지만 모르는 척 그에게 물었다.

"오늘이 밸런타인데이여서요."

그의 목소리가 살짝 떨리고 있었다. 붐 씨는 심호흡을 몇 번 했다.

"으아 씨에게 좋아한다고 말하고 싶어요."

그리고 불쑥 말했다.

"…"

"사실, 첫눈에 반했어요…. 알아주셨으면 좋겠습니다."

그 말을 끝으로 침묵이 주변의 공기를 에워쌌다.

여전히 불안해 보이긴 했지만, 그 눈은 여전히 단단하고 곧은 의지로 나를 보고 있었다. 오히려 미안한 마음에 그 시선을 차마 마주 보지 못하고 외면해야 했던 것은 바로 나였다.

"미안해요. 저를 좋게 봐 주셔서 감사하지만, 전 이미 남자 친구가 있어요."

잠시 후 나는 차분히 대답했다.

"알겠습니다."

그는 억지로 미소를 지었다.

나 역시 이 이상 어떤 반응을 보여야 할지 몰라 난처했다. 그동안은 누군가를 거절하면서 그들의 감정이 그다지 진지하지 않다는 걸 알고 있었기 때문에 별로 신경이 쓰이지 않았다. 하지만 붐 씨는 아주 괜찮은 사람이었고, 그가 오늘 이렇게 고백을 하기까지 꽤 많은 용기가 필요했다는 것을 짐작할 수 있었기 때문에 더 죄책감이 들었다.

"정말 미안해요."

"괜찮습니다."

그는 나에게 미소를 지으며 양해를 구하고는 재빨리 자리를 떠났다. 나는 붐 씨가 떠나는 모습을 눈으로 좇으며 그도 언젠가 제 짝을 만날 수 있기를 바랐다.

"으아."

누군가의 낮은 목소리가 들리고 곧이어 커다란 손의 따뜻한 온기가 허리에 닿았다.

"언제부터 있었어?"

나는 그를 다시 사무실로 밀어 넣고 문을 닫으면서 물었다.

"그 영업사원이랑 얘기할 때부터."

그의 얼굴은 너무 조용해서 무슨 생각을 하고 있는지 알 수가 없었다.

"질투해?"

나는 웃으며 물었다.

"물론. 근데 네 대답이 더 궁금해졌어."

평이하던 말투가 교활하게 바뀌었고, 따뜻한 숨결을 느낄 수 있을 정도로 고개를 더 가까이 기울였다. 그 날카로운 눈은 평소보다 훨씬 더 빛났다.

나는 당황해서 그의 잘생긴 얼굴을 한동안 바라보다가 깨달았다. 내가 붐 씨와 얘기하는 동안 이곳에 있었다면, 분명 들었을 것이다.

"이미 남자 친구가 있다는 말."

허리에 있던 손이 등으로 올라왔고, 거의 동시에 두꺼운 팔하나가 내 몸을 돌려 빠르게 감싸안았다. 나는 깜짝 놀라 재빨리 주위를 살폈다. 그리고 사무실에 킹과 나, 두 사람뿐이라는 것을 확인하고는 그에게서 황급히 떨어지려던 것을 그만두었다.

"내가 잘못 들은 건 아니지?"

그는 다시 물었다. 장난기가 섞인 낮은 목소리와 나를 둘러싼 그의 은은한 민트 향이 내 심장을 두근거리게 했다.

"잘못 들은 건 아냐."

가슴이 떨리기 시작했지만, 그래도 차분한 얼굴을 유지하며 짧게 대답했다.

"언제 남자 친구가 생겼어?"

"조금 전에."

나는 입꼬리를 살짝 말아 올리며 앞에 있는 남자와 눈을 맞췄다. 그의 도톰한 입술도 덩달아 미소를 지었고, 만족스러운 듯 눈을 빛냈다.

"누군데?"

나는 쉽사리 대답하지 않고 조용히 미소를 지었다. 킹은 내가 아무 말도 없이 미소만 짓고 있는 것을 보고 얼굴을 내 쪽으로 더 가까이 들이밀었다.

"뭐 하는 거야?"

나는 입술이 닿기 전에 서둘러 그의 입을 손으로 가렸다. 사무실에 남은 사람은 없었지만, CCTV가 있었다.

"키스하려고."

그의 커다란 손이 내 손목을 잡았다. 그리고 그의 입을 가리고 있는 내 손에 키스를 퍼부으며 날카로운 눈으로 내 얼굴을 뚫어져라 응시했다. 달아오른 얼굴이 못 견디게 뜨겁게 느껴졌다.

제길!

"네가 말하기 싫은 것 같길래, 입을 좀 열어 주려고."

그의 눈이 너무 반짝여서 똑바로 쳐다볼 수조차 없었다. 나는 입술을 꽉 깨물었다. 귀에 들릴 정도로 심장이 쿵쾅쿵쾅 뛰었다. 누군가 때문에 이렇게까지 얼굴이 뜨거워진 건 정말 처음이었다.

"그래서, 네 남자 친구가 누구야? 얼른 말해 줘."

그가 한층 더 낮아진 목소리로 내 귓가에 속삭였다.

나는 최선을 다해 웃음이 나오려는 것을 참아 내며 담담한 목소리로 말했다.

"밸런타인데이에 같이 저녁 먹기로 한 사람."

내가 말을 마치자 그의 얼굴이 더욱 환해졌다. 부드럽게 빛나던 날카로운 눈 속에는 너무나 많은 감정이 압축되어 있었다. 우리는 그 자리에서 서로 눈을 마주한 채 한참을 가만히 서 있었다.

우리 중 누구도 말이 없었고, 얼굴에는 더 이상 숨길 수 없는 미소만이 가득 떠올랐다.

"밸런타인데이, 너무 좋은데."

커다란 손이 내 손을 꼭 잡았다. 기다란 손가락이 손가락 사이로 미끄러져 들어와 내 손과 맞물렸고, 나도 한껏 힘을 주어 그 따뜻한 손을 꽉 마주 잡았다. 가슴 가득 따뜻함이 퍼졌다. 말로 표현할 수 없을 정도로 행복하다.

"오늘은 내 콘도로 가자."

킹의 그 부드러운 눈빛이 다시 내 얼굴에 열기를 퍼뜨렸다.

"제발, 자기야."

"…응."

나는 그 애원을 조용히 받아들였고, 그러자 킹의 눈동자는 작은 우주를 품은 것처럼 반짝였다.

그 눈빛을 보면 우리 앞에 펼쳐질 기나긴 밤을 짐작할 수 있었지만, 별로 문제가 되는 건 아니었다. 내일은 토요일이고, 우리는 원하는 만큼 늦게 일어나도 되었다.

무엇보다 이렇게 좋은 날, 나도 그렇게 일찍 잠자리에 들고 싶지는 않았다.

"우선 저녁 먹자."

킹은 나와 손을 잡고 밖으로 걸어 나가며 활짝 웃었다.

나는 내 손을 꼭 잡은 이의 잘생긴 얼굴을 엿보며 우리 관계의 시작을 돌이켜 보았다.

나를 늘 화나게 하고, 싸움을 걸고, 그래서 절대 조금도 엮이고 싶지 않았던 사람이 이제는 연인이 되어 손을 잡고 나란히 걸어가고 있다.

"내 얼굴 보고 있는 거야?"

조금 전 남자 친구가 된 사람이 장난기 가득한 목소리로 물었다.

나는 속으로 조용히 웃었을 뿐, 인정하지도 부정하지도 않았다.

우리에게 어떤 미래가 있을지는 모른다. 어쩌면 더 많은 장애물을 만날 수도 있고, 그중 하나가 킹의 부모님일 수도 있다. 여전히 그의 가족에게 받아들여지지 못할까 봐 걱정되지만, 그래도 나는 그를 믿는다. 킹이 이렇게 내 손을 잡고 있는 한, 나도 그의 손을 절대 놓지 않을 것이다. 늘 사랑에 실망했던 나이기에 나를 사랑해 주고 평생 내 곁에 있어 줄 사람을 만나는 행운이 나에게도 있을 거라고는 감히 꿈도 꾸지 못했다. 하지만 지금, 이 순간 나는 마침내 내가 기다리던 사람을 만났다.

나는 정말 행운아였다.

Special
Story

Special 01
친구의 친구

내 연애는 늘 불운했다.

"으아, 내가 잘못했어. 용서해 줘."

대학 교복을 입고 있는 키가 큰 남자가 학과 건물에서 교내 식당으로 가는 길 내내 애원하며 나를 괴롭혔다. 나는 아침을 거르고 수업을 들었기 때문에 너무 배가 고픈 상태였고, 조금 전에는 내 예상과 거리가 먼 퀴즈 결과까지 받았다. 그 어느 때보다 기분이 좋지 않았지만, 지금 어미 오리를 따라다니는 새끼 오리처럼 나를 계속해서 따라오는 이 남자는 내 기분을 전혀 알아차리지 못하는 것처럼 보였다.

"그날 이미 얘기 끝났어. 더 이상 할 말 없어."

나는 차가운 목소리로 말하면서 여전히 나를 따라오는 사람을 냉랭하게 쳐다보았다.

"내가 잘못했어. 나 그 여자랑 헤어졌어. 나랑 다시 만나 줘."

진짜 귀찮아!

"싫어. 똑같은 사람한테 또 속아 넘어가는 바보가 되고 싶지 않아."

그를 단호하게 끊어 내고 자리를 떠났지만, 그는 포기하지 않고 나를 계속 따라왔다.

나는 극도의 짜증을 느꼈다. 속으로 욕을 할 수밖에 없었다. 이 잘생긴 남자는 내가 대학에 들어온 후 거의 1년 동안 사귀었던 남자다. 그가 먼저 대시했고, 나도 그에게 매력을 느껴 사귀게 됐다.

우리의 사랑은 달콤했다. 그가 회계학부에서 가장 인기 있는 여학생과 바람을 피웠다는 사실을 알기 전까지 말이다.

10개월간의 사랑은 그 즉시 내 인생에서 가장 한심하게 시간을 낭비한 일이 되었다.

"다신 안 그럴게. 내가 진심으로 사랑하는 건 너야. 제발, 한 번만 기회를 줘."

"내가 아니어도 너에게 기회를 줄 사람은 많아. 나한테 더 이상 시간 낭비하지 마. 우린 끝났어."

"하지만…."

"가이, 못 알아듣겠어? 난 너랑 다시 만나고 싶지 않다고. 이 이상 귀찮게 하지 마."

분노를 꾹꾹 눌러 담아 마지막으로 말한 뒤 빠르게 식당을 빠져나왔다. 나를 배신하고 바람을 피운 쓰레기와 대화하느라 귀한 시간을 낭비하고 싶지 않았다.

극도의 분노에 휩싸인 채 식당을 떠나 기숙사로 돌아가기 위해 오토바이 택시를 불렀다. 배를 채워야 했으니 무언가를 먹을 작정이었지만, 운 나쁘게도 나와 재결합을 원하는 전 남자 친구를 마주쳤다. 가이가 이런 식으로 매달리는 것이 처음은 아니었다. 내가 그의 몹쓸 짓을 알게 된 후, 그는 거의 한 달 동안 사라졌다가 갑자기 나타나 나를 괴롭혔다. 물론 그가 몇 번을 애원해도 내 대답은 늘 '싫어'였다.

누군가가 나에게 여전히 가이에게 마음이 있냐고 묻는다면 그렇다고 해야 할 것이다. 나는 그와 열 달을 만났고, 내 지난 연애를 통틀어 가장 좋아했던 남자였다. 이전에 사랑에 실망했던 적이 없지 않았지만 그래도 그를 믿었다. 아리따운 여성을 만나 나를 배신한 전 남자 친구들과 다를 거라고 믿었지만, 결국 그는 그들과 조금도 다르지 않았다. 그와 헤어졌을 때 나는 룸메이트가 내 걱정에 잠도 못 잘 정도로 밤새 울었다. 그 상처가 너무 커서 한 번도 가 본 적 없는 클럽에 술을 마시러 가기도 했다. 조금 정신을 차리고 나니 그와 헤어진 것은 정말 잘한 일인 것 같았다.

그런 냄새 나는 쓰레기는 곁에 두면 안 된다.

두 달 전 클럽에 갔을 때를 생각하니 또 다른 불쾌한 기억이 떠올랐다. 그날 나는 아픈 마음을 술로 달래려고 했는데, 그곳에서 또 다른 바람둥이를 만났다. 그는 여자 친구를 품에 안고도 먹이를 노리는 늑대처럼 나를 계속 쳐다봤다.

잘생긴 남자들은 다 바람둥이야? 난 운이 얼마나 나쁜 거야? 왜 그런 남자만 만나야 하는 건데?

나는 그런 종류의 사람들을 싫어했다. 아니, 혐오했다.

"어? 으아. 벌써 왔어? 3시에 또 수업 있지 않아?"

기숙사 방문을 열자 룸메이트가 물었다.

내 룸메이트의 이름은 '제이드'. 하얀 피부와 기다란 눈매를 가진 중국계 태국인이다. 키는 나보다 2~3센티미터 정도 작았고 나와 같은 과에서 공부했으며 나와 아주 다른 성격을 가지고 있다. 나는 내성적이고 인간관계에 서툰 반면, 제이드는 친화력이 좋고 친구도 많았다. 비록 우리가 성격은 다르지만 소탈하고 낙천적인 성격의 제이드는 내게 누구보다 친근하게 다가왔다. 나는 그의 곁에서 편안함을 느꼈다. 하지만 종종 그의 이런 성격을 이용하는 사람들이 있었다. 그래서 그는 팀 프로젝트를 혼자서 하거나 다른 사람들의 선물을 대신 전달해 주는 일도 많았다.

"지긋지긋한 사람을 만나서."

나는 기숙사 아래층에서 사 온 볶음 쌀국수 상자를 책상 위에 올려놓으며 짧게 대답했다.

"아, 알겠다. 가이, 맞지? 아직도 그래?"

"응."

나는 음식 상자의 포장을 뜯으며 대답했다.

축구용 반바지에 커다란 티셔츠를 입고 있던 제이드가 코를 훌쩍이며 침대에서 일어났다. 그러고는 휴대폰과 지갑을 들고 거울 앞으로 걸어가 손으로 부스스한 머리카락을 대충 빗어 넘기며 물었다.

"다시 만날 생각은 정말 없어?"

"응. 이미 마음 떠났어. 배운 것도 많고."

나는 단호하게 대답했다. 그 일을 생각할수록 더 화가 났다. 기회를 달라고? 그건 우연히 실수를 한 사람에게만 주어지는 것이다.

하지만 나를 속이는 것은 실수가 아니다. 손바닥도 마주쳐야 소리가 난다고 했다. 그가 나를 배신할 생각이 없었다면 어떻게 그런 일이 일어날 수 있었을까.

내가 누굴 사랑한다고 해도, 나 자신보다 더 위해 주고 싶지는 않다. 게다가 이 세상에는 나를 아껴 주는 사람이 가족을 비롯해 아무도 없기 때문에 나는 그만큼 스스로를 더 사랑해 주어야 했다.

"응, 그래. 난 점심 사 올게."

머리 정리를 마친 제이드가 돌아서서 말했다.

나는 조용히 알겠다고 말하고는 쌀국수를 먹기 시작했다. 10분 후 제이드가 똑같이 볶음 쌀국수 한 상자를 들고 돌아왔다.

"엄마한테 방금 전화 왔는데, 지난 토요일에 촌부리에서 말린 과일이랑 머깽*을 사 오셨대. 그거 저녁으로 먹으면 될 것 같아."

---

* 태국식 구운 달걀 커스터드.

"어머님께서 가져다주신대?"

오리엔테이션 날에 그의 어머니를 만났었다. 그녀는 과거의 미모를 짐작할 수 있을 만큼 아름다운 중년 여성이었는데 제이드는 그의 어머니가 젊었을 때 미인대회에도 참가했었다고 말했다. 그녀는 논타부리에서 고등학교 교사로 있었고, 아주 상냥하셨는데, 어딘가에 다녀오실 때마다 항상 간식을 사서 나와 함께 나눠 먹으라고 하셨다.

"형한테 가져다주라고 하셨을 거야. 오늘 월요일이잖아. 엄마는 수업이 있어서."

나는 그의 말에 고개를 끄덕였다. 그의 형인 젯은 종종 우리의 기숙사까지 간식을 가져다주곤 해서 몇 번 만난 적이 있었다. 그는 내가 아는 사람 중 가장 잘생긴 사람이었다. 키도크고 체격도 좋은데 예의 바르고 상냥했으며, 의대생이었다. 그래서 제이드는 늘 그를 이용해 형에게 접근하려는 여학생들을 상대해야 했다.

물론 누구나 젯 형과 같은 남자 친구를 갖고 싶어 할 것이었다. 나 역시 그런 사람을 만나고 싶었으니까.

"난 좀 더 잘게, 으아. 2시 30분에 깨워 줘."

식사를 마친 제이드는 다시 침대로 들어가 잠을 잤다.

나는 고개를 끄덕이고 조용히 보고서를 작성하는 데 집중했다.

그리고 2시 30분이 되자 약속한 대로 제이드를 깨웠다. 조금 후에 수업이 있었기 때문이다.

이후 나는 제이드의 오토바이를 함께 타고 기숙사를 떠나 3시 수업을 들었다. 이 과목은 학부 필수 과목이 아닌 자유 선택 과목으로, 우리 말고도 수강생이 거의 200명에 육박했다. 나는 친구가 수업 시작도 전부터 책상에 엎드려 잠을 자는 동안 계속 강의 내용을 필기했다. 때때로 주변 남학생들의 시선이 느껴졌지만, 신경 쓰지 않았다.

"으아, 이과 4학년 선배가 네 라인 아이디를 달래서 못 준다고 했더니 대신 자기 라인 아이디를 전해 달래."

수업이 끝난 후, 제이드는 화장실에 갔다가 계단 옆에서 기다리고 있는 나에게 억지로 웃으며 어색하게 말했다. 나는 친구의 손에 들려 있는 작은 종이를 무심하게 바라보았다. 솔직히, 나는 최근 일로 연애에 몹시 지쳐 있었기 때문에 누구와도 새로운 관계를 시작할 준비가 되어 있지 않았다.

"싫으면 가져가서 기숙사 쓰레기통에 버려도 돼."

제이드는 종이를 내 손에 쥐어 주며 조용히 말했다.

나는 그 종잇조각을 바지 주머니에 대충 집어넣고 제이드와 함께 기숙사로 돌아가기 위해 계단을 내려갔다.

"잠깐 전화 좀 받을게."

우리가 주차장에 도착했을 때 제이드가 말했다.

그가 통화를 하는 동안 나는 휴대폰을 꺼내 SNS를 보며 시간을 보냈다. 얼마 후 제이드가 다가와 내 팔을 쿡 찔렀다.

"어머니?"

"내 친구. 엄마가 우리한테 주실 간식을 내 친구한테 주셨다네. 곧 기숙사에 도착한대."

제이드는 오토바이에 시동을 걸면서 말했고, 나는 그 뒤에 올라탔다. 곧 오토바이가 빠르게 기숙사로 향했다.

"제이드, 먼저 내릴게. 나 목말라."

막 기숙사 모퉁이에 있는 편의점을 지나려는 제이드에게 말했다. 그는 나를 내려 주고는 다시 오토바이를 몰고 기숙사로 갔다. 나는 밤늦게까지 과제를 하면서 먹을 아이스티와 커피 몇 캔을 사서 기숙사로 돌아갔다.

기숙사 로비에 도착했을 때 제이드가 청바지 위에 검은 티셔츠를 입은 남자와 이야기하고 있는 것을 보았다. 나는 인상을 찌푸렸다. 그 남자가 이상하게도 낯이 익었다.

어디선가 본 적이 있는 것 같은데….

"으아! 이쪽이야."

커다란 간식 봉지를 들고 있던 제이드가 나를 향해 열성적으로 손을 흔들었고, 내가 그에게 가까이 다가가는 동안 제이드와 함께 있던 남자가 돌아섰다.

그 순간 나는 제이드에게 향하던 걸음을 멈춰 섰다. 두 달 전 클럽에 갔을 때의 기억이 주마등처럼 스쳐 지나갔다.

클럽에서 만났던 바람둥이….

"제이드 친구라고?"

두 달 전에 들었던 목소리와 똑같은 낮고 허스키한 목소리가 들렸다. 그 날카로운 검은 눈동자가 나를 뚫어져라 보고 있었고, 나 역시 이런 우연이 믿기지 않아서 그를 뚫어져라 쳐다보았다.

그날 밤 내 정신이 혼미하긴 했지만, 그래도 그의 모습을 꽤 잘 기억하고 있다고 생각했다. 그런데 오늘 온전한 정신으로 다시 보니 내 기억이 충분히 명확하지 않았다는 것을 알게 됐다.

이 남자는 키가 아주 크고 체격이 좋았으며 구릿빛 피부에 잡지 모델처럼 잘생겼다. 티셔츠와 청바지만 입어도 주위의 시선을 사로잡을 수 있는 정도였다.

심지어 나조차도 그에게서 눈을 뗄 수 없었다.

"내 룸메이트, 으아야."

제이드가 내 어깨를 두드리며 서로를 소개했다.

"으아, 이쪽은 킹. 나랑 유치원 때부터 친구야."

"만나서 반가워."

끝이 살짝 올라간 날카로운 눈매가 나를 탐색하듯 훑더니 살짝 웃었다. 그 눈빛에 나는 조금 불편해졌다. 클럽에서 보았던 그 반짝임이었다.

내가 경멸해 마지않는 바람둥이들의 바로 그 눈빛.

"응."

나는 짧게 대답하고 방으로 먼저 올라가겠다고 말했다. 킹의 시선이 나를 따라오는 게 느껴져서 아주 불쾌했다.

방으로 돌아와 침대에 주저앉은 나는 절망감에 괴로워했다. 나는 이 사람 저 사람에게 추파를 던져 대는 바람둥이를 싫어했지만, 내 아버지나 전 남자 친구, 내 친구의 친구까지 모두 그런 유형의 남자였다.

킹의 눈빛만 봐도 그가 나를 어떻게 생각하는지 알 수 있었다. 나르시시즘은 아니었지만, 나도 내 외모가 사람들의 시선을 끈다는 것 정돈 알고 있었다. 그 탓에 나와 한번 놀아 보고 싶어 하는 남자들이 많았고, 나는 그 누구와도 놀아나고 싶지 않았다. 그저 나를 한결같이 사랑해 줄 남자 친구를 원했다. 피상적인 관계가 싫었고, 그런 목적으로 나에게 접근하는 남자는 모두 거절했다.

물론, 킹 역시 내가 절대 함께하고 싶지 않은 종류의 사람이었다.

나는 침대에 누워 눈을 감고 통제할 수 없는 생각들을 떨쳐 버리려고 노력했다.

괜찮아. 그냥 친구의 친구일 뿐이야. 같은 대학도 아니니까 어차피 자주 볼 일도 없어.

그러니까 신경 쓸 필요 없어.

그날 이후 킹을 다시 만나는 일은 없었다. 가끔 제이드가 그에 대해 불평하는 소리를 들었을 뿐이다. 대부분 그가 어떤 여자를 어떻게 버렸는지, 그래서 그 여자가 얼마나 폭력적으로 변했고 위협적이었는지에 대한 것들이었다. 나는 그런 이야기들을 들으며 속으로 그를 비난했다. 당연히 그런 태도로는 절대 평화로운 삶을 살 수 없을 것이라고 생각했다. 왜 그는 모든 사람을 매료시키려는 걸까? 뿌린 대로 거두는 것이 맞다.

3학년이 되면서 학업은 더 치열해졌고, 끝을 모르고 엄청난 양의 과제가 쏟아졌다. 새벽 서너 시에 겨우 잠자리에 들고 아침 8시에 일어나 수업에 가는 것이 일상이었다. 그 전에는 하루 수업이 끝나면 캠퍼스 주변 식당에서 외식을 하거나 가끔 클럽에 가기도 할 정도로 여유로웠지만 지금은 수업이 끝나면 너무 지쳐서 외출 생각을 하기 힘들 정도였다. 대부분은 그냥 기숙사로 돌아가 부족한 잠을 보충했다.

햇살이 가장 밝게 내리쬐는 8월의 어느 날 오후, 나는 대학교 체육복 차림으로 오토바이 택시에서 내렸다. 어젯밤에 제이드와 보고서를 작성하느라 나는 한숨도 자지 못했고, 그 상태로 옷만 갈아입고 아침 수업에 출석했다. 다행히 오늘은 오후 2시에 모든 강의가 끝나는 날이었다. 한시라도 빨리 기숙사로 돌아와 에어컨 바람을 쐬며 쉬고 싶었다.

제이드는 오늘 2시 30분에 끝나는 부전공 수업이 있었기에 나만 먼저 기숙사로 돌아왔다. 베개와 침대가 너무 그리웠고, 눈을 뜨고 있기도 힘들 정도로 피곤한 상태였다.

"으아."

기숙사 현관문을 열기 위해 카드키를 대려는 순간, 누군가의 낮고 허스키한 목소리가 나를 불렀다.

쏟아지는 졸음에 몽롱하던 나는 눈살을 찌푸리고 뒤돌아섰다. 그리고 나를 부른 사람의 얼굴을 보고 깜짝 놀랐다.

"나 기억나? 제이드 친구, 킹."

"응, 기억나."

나는 다른 대학의 로고가 새겨진 빨간색 폴로 셔츠를 입고 내 쪽으로 걸어오는 사람을 바라보며 무심한 어조로 대답했다.

"제이드 만나러 왔어?"

"응, 제이드 어머니가 간식 좀 가져다주라고 해서. 전화 안 받던데, 어디 있어? 너랑 같이 있는 거 아니었어?"

킹의 말투가 이상하리만치 친근해서 얼굴을 찌푸렸다.

나는 우리가 세 마디 이상을 나눈 적이 없다는 사실을 잊을 뻔했다. 언제 이런 말투를 쓸 정도로 가까운 사이가 된 걸까.

"보이는 대로야."

나는 퉁명스럽게 대꾸했다. 졸리기도 하고, 내 앞에 있는 사람의 친한 척하는 말투도 짜증스러웠다. 다른 사람이었다면 이렇게까지 불만스럽지 않았을 텐데, 내 안에 그를 향한 편견이 자리 잡은 지 오래였기 때문인 것 같았다.

더 이상 관심을 두지 않고 카드키를 이용해 문을 열고 들어가려는데 커다란 손이 내 손목을 붙잡았다.

"잠깐, 가지 마."

"뭐?"

나는 몹시 불쾌한 표정으로 그를 쳐다봤다. 내가 그를 마음에 들어 하지 않는다는 것을 분명 알고 있을 거라고 확신했지만, 그는 여전히 내 기분을 전혀 모르는 것처럼 행동했다.

"제이드는 어디 있어?"

"수업. 핸드폰 놓고 갔어. 30분 후면 올 거야."

나는 그의 손을 빼내려고 했지만, 킹은 내 손목을 더 꽉 쥐고는 기숙사 1층에 열린 공간으로 끌고 갔다.

"기다리는 동안 나랑 같이 있어. 혼자 있기 외로워."

그는 나를 의자에 눌러 앉히면서 말했다.

나는 어금니를 꽉 물고 분노를 억누르기 위해 최선을 다했다. 반대편에 앉은 킹의 두꺼운 입술에 걸린 미소가 나를 더욱 화나게 했다.

정말이지, 운이 더럽게 없는 날이었다.

"제이드한테 줄 거 나한테 줘. 내가 전해 줄게."

그를 한시라도 빨리 쫓아내기 위해 제안했지만, 그는 굵은 눈썹을 치켜올리며 유쾌하게 웃었다.

"어떻게 그래? 전해 줘야 하는 사람한테 제대로 줘야지. 아무한테나 줄 수는 없잖아. 네가 간식을 혼자 다 먹어 버리면 어떡해?"

"난 아무나가 아니라 제이드 친구야."

나는 불만스러운 마음을 담아 목소리를 낮게 깔았다.

내가 믿을 수 없는 사람이라는 거야?

하! 너 같은 사람한테 들을 말은 아니지.

"네가 어떤 사람인지 내가 어떻게 알아? 우린 서로 모르는 사이였는데."

그가 깊은 목소리로 덧붙인 말에는 나를 겨냥한 메시지가 숨겨져 있었다.

나는 어금니를 꽉 물고 시선을 돌렸고, 이 자리를 당장 떠나고만 싶은 갑갑한 마음을 다스리려고 최선을 다했다.

"나랑 있기 싫은 것 같네."

아무 대꾸도 하지 않는 나에게 킹이 말했다. 내가 그를 빤히 쳐다보자 이번엔 싱긋 웃었다.

"아, 정답?"

"여기서 기다려. 제이드 곧 올 거야. 난 좀 자야 해서."

나는 꿋꿋이 퉁명스럽게 말하고 일어나 위층으로 올라가려고 했지만, 키가 큰 남자가 의자에서 일어나더니 또다시 다가와 나를 막아섰다.

"진정해, 진정. 앉아서 얘기만 좀 해 봐. 어쨌든 난 제이드 친구고, 너도 제이드 친구잖아. 좀 더 친해지는 게 좋지 않겠어?"

나는 아주 불만스러운 얼굴로 앞 사람의 짜증을 부르는 얼굴을 올려다보았다. 그는 친해지자고 말하면서도 모든 말과 몸짓으로 내 신경을 전방위로 거슬리게 하고 있었다. 게다가 그의 눈빛은 불순한 동기를 품고 있는 것처럼 보였다.

"친구의 친구라고 해서 꼭 친구가 될 필요는 없어."

"하?"

"갈게."

나는 그의 감정은 아랑곳하지 않고 차갑게 대꾸한 뒤 그를 남겨 두고 방으로 올라왔다.

내 행동은 다소 무례했지만 나는 내가 그와 어떤 식으로도 엮이고 싶지 않다는 것을 분명하게 밝히고 싶었다.

잠시 후, 방문이 열리고 구겨진 대학 교복 차림의 룸메이트가 간식 봉투를 들고 방으로 들어왔다.

"으아, 간식 먹자. 엄마가 킹한테 이걸 가져다주라고 하셨어."

그는 가방을 침대 위에 내려놓고는 봉투 안의 내용물을 꺼내기 시작했다.

"넌 언제 돌아왔어? 킹 봤어?"

나는 잠시 머뭇거렸다. 그가 제이드에게 사실을 말하지 않은 것 같았다.

"아니."

망설이다가 결국 거짓말을 하기로 했다. 제이드는 더 이상 묻지 않고 떡 하나를 꺼내 건네주었다.

나는 내가 아는 모든 사람 중에서 제이드의 감정을 가장 신경 썼다. 그는 내 가장 친한 친구이기 때문이다. 그래서 제이드가 킹에 대해 이야기할 때마다 일부러 아무 말도 보태지 않았고, 그래서 그는 내가 그의 친구를 싫어한다는 사실을 전혀 알지 못했다. 만약 킹과 나의 사이가 좋지 않다는 사실을 알게 된다면 제이드가 상당히 불편해할 것 같았다. 킹과 나는 어차피 각자의 삶을 살아갈 것이니 앞으로의 인생에 서로 아무 관련이 없을 것이었다. 그러니 내 친구가 불필요하게 감정을 소모하는 일은 만들지 않는 게 좋다고 생각했다.

4년간의 대학 생활이 끝나자 나는 기숙사에서 나와야 했다. 제이드를 비롯한 많은 친구들이 가족이 있는 집으로 돌아갔지만 나는 가족과 사이가 좋지 않았기 때문에 곧장 작은 아파트를 임대했다.

이후 어려운 경제 상황에도 불구하고 나는 운 좋게 졸업하고 한 달도 안 되어 같은 업계의 다른 동료들에 비해 평균 이상의 연봉을 받는 직장에 취직했다. 그곳에서 한동안 일을 하면서 돈을 모았고, 나는 곧 사톤에 있는 콘도를 임대해 이사했다. 그리고 다시 1년 동안 열심히 일했고, 대출금을 보태 그 콘도를 구입했다.

사회로 나와 얼마 동안은 일이 잘 풀리는 것 같았지만, 직장에서의 상황이 점점 악화되기 시작했다. 내 상사는 다소 난폭한 중년 남성이었고 나를 별로 탐탁지 않아 했다. 하는 일마다 크게 질책했고 도와줄 사람도 없이 어려운 일들을 시켰다. 부서의 다른 직원들은 상사의 눈 밖에 날까 두려워 아무도 나를 도와주려고 하지 않았다. 참으려고 노력했지만, 시간이 지날수록 견디기 힘들어지기만 했다.

"그렇게 나쁜 사람 밑에서 어떻게 참고 있어? 그만두고 우리 회사로 와. 마침 새 그래픽 디자이너가 필요하거든."

야키니쿠 가게에서 함께 식사를 하던 중에 제이드가 말했다.

나는 젓가락으로 구운 돼지고기 한 조각을 입에 넣는 친구를 바라보았다. 솔직히 직장을 그만두고 싶었지만 오랫동안 새 일자리를 구하지 못할지도 모른다는 걱정에 스트레스를 많이 받고 있었다. 하지만 제이드의 말을 듣고 나니 조금 희망이 생긴 것 같았다.

"그 회사는 괜찮아?"

"응. 동료들도 대부분 다 좋은 사람들이야. 큰 회사는 아니어도 직원들 복지가 괜찮은 편이고. 거기 그만두고 나랑 같이 일하자, 으아. 왜 그런 미친놈을 이때까지 견뎌 내고 있어?"

"…."

"넌 뛰어난 인재니까, 인사팀에서도 분명히 널 뽑을 거야."

제이드가 나를 안심시켰다.

다음 날 아침 나는 회사에 사직서를 제출했다. 업무를 모두 마무리한 뒤 제이드의 회사에 입사 지원서를 냈다.

면접을 보고 일주일쯤 지나서 채용 제의 전화가 왔다. 제이드는 합격 소식을 진심으로 축하해 줬다. 나도 일자리 걱정을 하지 않아도 되어서 마음이 편해졌다. 나는 평소에도 말이 많지 않은 편이라 새로운 환경에서 적응해야 한다는 것이 많이 부담스럽고 불편했는데 내 곁에 친구가 있다는 사실이 큰 힘이 되었다.

새로운 직장으로 출근하는 첫날 아침, 나는 회사 건물 1층 카페에서 제이드를 기다렸다.

얼마 지나지 않아 약간 헝클어진 머리를 한 내 친구가 즐거운 얼굴로 나에게 걸어왔다. 제이드는 나를 인사팀으로 데려가 사원증을 발급받을 수 있도록 도와주었고, 나는 이동하는 내내 늘 그랬듯 친근하게 다른 사람들과 인사하는 제이드의 모습을 구경했다. 다른 사람들의 시선이 느껴지기도 했지만, 평소처럼 신경 쓰지 않는 척했다.

"제이드."

인사팀 사무실을 막 나서려는데 30대 후반의 한 남성이 제이드를 불렀다.

나는 그 남자가 내가 면접을 봤던 방에도 있었다는 것을 기억해 냈다. 그는 내가 곧 입사할 IT 부서의 상사였다.

"아, 바스 선배. 안녕하세요."

제이드를 따라 나도 손을 모아 그에게 인사했다.

바스 선배라는 사람은 나에게 엷은 미소를 짓고 가볍게 인사한 뒤 제이드에게 물었다.

"오늘 킹 출근해? 전화를 안 받네."

"올 거예요. 근데 좀 늦을 수도 있어요. 어젯밤에 클럽에 갔거든요. 지금쯤 일어나서 옷 입고 있을지도요."

"알겠어. 그럼, 아침 회의 잡아도 되겠다. 혹시 연락되면 9시에 회의 있다고 좀 알려 줘."

"그럴게요."

두 사람의 대화를 가만히 듣던 중 어떤 이름 하나가 내 주의를 끌었다. '킹'이라는 이름을 듣자마자 제이드의 친구였던 성질 급한 남자가 떠올랐다. 그와 마지막으로 만난 것은 졸업식 날, 그가 제이드를 축하하러 왔을 때였다. 그 뒤로 거의 1년이 넘도록 그에 대한 소식은 전혀 듣지 못했다.

하지만 꽤 흔한 이름이니까… 그 사람은 아니겠지.

"가자, 으아. 우리 부서 동료들 소개해 줄게."

제이드는 내 어깨를 가볍게 두드리며 말했다. 나는 친구를 따라다니며 팀 동료들에게 나를 소개하고, 바스 선배와 제이드의 안내를 받아 일을 파악하기 시작했다.

"젠장. 9시 다 됐는데, 왜 전화를 안 받지?"

몹시 곤란하다는 듯 중얼거리는 소리에 고개를 돌려보니 제이드의 가느다란 눈이 찌푸려진 채 휴대폰 화면을 응시하고 있었다.

"제이드, 지금 전화하는 게…."

"전화 안 해도 돼. 나 여기 있어."

막 물어보려고 입을 뗀 순간 끼어든 낮고 허스키한 목소리에 몸이 굳어 버렸다.

"하, 회의 시간 다 됐다고. 왜 이렇게 골치 아프게 구는 거야, 이 나쁜 놈아."

제이드는 방금 막 사무실에 들어온 사람에게 투덜거렸다. 검은색 슬랙스 위에 하늘색 셔츠를 입은 키 큰 남자가 내 뒤의 책상으로 걸어가 가방을 내려놓고 돌아섰다. 그리고 그 날카롭고 새카만 눈이 우연히도 내 눈과 마주쳤다.

"누구? 새로운 직원?"

그의 얼굴에는 처음 봤을 때와 다르지 않은 익숙한, 사람을 짜증 나게 하는 미소가 떠올랐다. 팔꿈치까지 접어 올린 소매 사이로 구릿빛의 굵은 팔이 책상 위에 놓였다.

나는 조용히 있었다. 제이드와 가까운 '킹'은 단 한 명뿐이라는 걸 미리 알았어야 했는데, 하는 생각에 잠시 할 말을 잃고 자책했다.

"킹, 으아 기억해? 내 룸메이트였잖아. 만난 적 있지?"

"물론."

그는 내 얼굴에서 시선을 떼지 않고 대답했다. 그 눈빛은 이해할 수 없는 기쁨으로 빛났고, 그 순간 나는 새로운 직장 생활이 생각보다 순탄치 않을 수 있다는 것을 깨달았다.

"여기에 친구가 있다고 말한 적 없잖아."

나는 차가운 목소리로 말했다.

제이드는 어리둥절한 표정을 지으며 나에게 되물었다.

"내가 말 안 했어?"

당연히 안 했지! 알았더라면 절대로 이곳에 지원하지 않았을 것이다.

"여기서 만나다니, 반가워. 우리 구면이잖아."

내 옆에 선 키 큰 남자가 말했다. 동시에 그의 두꺼운 손이 내 어깨를 가볍게 두드렸다.

나는 내 어깨에 올려진 손을 힐끗 바라보고 몹시 불만스러운 표정으로 그를 노려봤다. 내 기분을 눈치챈 그의 입꼬리가 올라갔다.

제길, 진짜 짜증 나!

"우리 회사에 온 걸 환영해."

그는 웃으며 말했지만, 나는 대답하지 않았다. 그를 만나서 조금도 기쁘지 않았기 때문이다.

"많이 도와줘. 놀리지 말고."

그는 제이드의 말에 곧바로 대답했다.

"당연하지."

"…."

"내가 아주 잘 돌봐 줄게."

난 망했어.

이제부터 내 삶에 평화는 없을지도.

Special 02
사과 여행

3월 초, 방콕의 날씨는 무더워지기 시작했다. 이른 아침부터 뜨겁게 내리쬐는 태양이 이제 곧 기나긴 여름이 다가오고 있음을 알려 주었다. 나는 검은색 혼다 시빅의 조수석에 앉아 경쾌한 음악을 들으며 빠르게 지나가는 길가 풍경을 보았다. 자동차는 방콕을 떠나 촌부리 해변으로 향하는 중이었다.

"화장실 갈래? 그 김에 주유소에 들러도 좋고."

나는 창밖의 풍경에서 시선을 돌려 운전자의 얼굴을 바라보았다.

"아니."

그의 옆얼굴을 관찰하면서 대답했다. 내 애인은 매일 그랬듯이 오늘도 여전히 잘생기고 매력적이었다. 유일하게 평소와 다른 점이 있다면, 오늘은 친숙한 비즈니스 캐주얼을 벗고 흰

색과 파란색이 어우러진 하와이안 셔츠에 진한 파란색 바지를 입었다는 것이다.

해변에서나 어울릴 만한 옷. 그렇다. 우리는 휴가를 떠나는 중이다.

사실 이번 여행은 (킹의 말에 따르면) 사과 여행이었다. 지난해 말 연휴에 우리는 함께 사타힙에 가기로 했지만, 킹이 선 자리에 나가야 했기 때문에 약속을 깼고 우리의 여행 계획은 망가졌다. 물론 나는 그때 정말로 실망했다.

우리가 공식적으로 사귀기로 한 뒤 킹이 가장 먼저 한 일은 다시 여행을 가자고 말한 것이었다. 그는 이것이 지난번 약속을 어긴 것에 대한 사과라고 했다. 그래서 우리는 이번 주말을 이용해 휴가를 떠나고 있다. 대신 연초부터 연차를 낭비하는 일이 없도록 방콕 근처를 선택했다.

킹은 모든 여행 경비를 제가 대겠다고 했다. 그렇게 약속을 깬 것이 너무 미안했다며 대신 여행 비용이라도 다 부담하게 해 달라는 말이었다. 우리는 며칠 동안 논쟁을 벌였지만 결국 내가 지고 말았다. 다음 여행부터는 같이 나눠서 내면 되니까. 그래서 숙소도 돈을 낼 사람이 고르도록 내버려두었다.

나는 우리가 어디로 갈지, 무엇을 할지 특별히 신경 쓰지 않았다. 좋아하는 사람과 함께라면 어디든, 무엇을 하든 상관없었다.

"아침부터 계속 훔쳐보네. 나 오늘 그렇게 잘생겼어?"

킹은 장난기 가득한 목소리로 또 나를 놀려 댔다. 눈은 여전히 앞을 보고 있었다.

"안 추운가 싶어서."

나는 셔츠로 가려지지 않은 탄탄한 근육질의 가슴을 물끄러미 바라보며 물었다. 나는 도톰한 폴로 셔츠를 입었는데도 에어컨 바람이 꽤 서늘하게 느껴져서 얇은 셔츠를 입고 있는 그는 아무렇지 않은 건지 궁금했다.

"안 추워. 괜찮아."

그 대답에 나는 눈을 조금 찌푸렸다. 남자 친구의 맨가슴을 보며 가슴이 답답해 미칠 것 같은 묘한 감정을 느꼈다.

"계속 쳐다보길래, 나한테 소유욕 느끼는 건가 했지."

"…."

어떻게 대답해야 할지 몰라 침묵을 지켰지만… 맞다. 킹은 평소에도 잘생겼고, 오늘처럼 캐주얼한 옷차림을 해도 해변에 패션 화보를 촬영하러 가는 모델 같았다. 오늘 얼마나 많은 여자들이 그를 쳐다볼지 생각만 해도 벌써부터 짜증이 났다.

난 사실 질투심이 많은 사람이다.

"그렇다고 하면, 셔츠 단추 잠글 거야?"

"아니. 질투하는 거 보고 싶어."

"짜증 나."

나는 그가 행복하게 웃는 모습을 보며 중얼거렸다.

우리가 공식적으로 사귀기로 한 지 이제 겨우 3주 차였다. FWB로 지내던 시절과 대부분 비슷했지만, 특별히 바뀐 점도 있었다.

킹은 매우 배려심 많고 다정한 사람이었다. 예전에도 나를 잘 챙겨 준다고 생각했는데, 애인이 되니 전보다도 더 내 뜻을 존중해 주고 말투도 더 다정해졌다. 물론 평소 말투는 이전처럼 편안했다. 우리가 너무 오랜 시간 동안 친구였기 때문인지 연인이 되었다고 해서 갑자기 말투를 바꾸는 것은 좀 낯설었다.

생각해 보면 우리는 침대에서 서로를 더 애교스럽게 부르게 됐다. 노골적으로 야한 말을 하는 것보다 훨씬 더 자극적이었다.

나도 좀 변했다. 기본적으로 내성적이고 누구에게도 먼저 다가가지 않는 성격인 나는 우리가 FWB였을 때도 킹이 먼저 다가오길 기다리는 편이었다. 그런데 연인이 되면서부터는 나도 가끔 그에게 먼저 다가가 머리를 기대고 앉거나 안기기도 했다. 솔직히 아직은 어색하고 부끄럽지만 킹에게 닿아 있는 건 따뜻하고 편안한 느낌이 들어서 좋았다.

남자 친구한테 응석을 부리고 싶은 건 누구나 다 같은 마음일 것이다.

토요일에도 출근하는 사람들이 있어서 도로 위가 제법 혼잡했고, 두 시간 넘게 정체를 겪은 끝에 정오가 되어서야 파타야에 도착했다. 우리의 첫 번째 목적지는 파타야 수상시장이었다. 제이드의 여행 모토처럼 '금강산도 식후경', 본격적으로 휴가를 즐기기 전에 배를 채우기 위해서였다.

"가자."

주차를 마친 킹은 뒷좌석에 있던 하얀 밀짚모자를 가져와 내 머리에 씌워 주고 자신은 선글라스를 썼다.

"기다려."

킹이 차 문을 열려고 할 때 내가 그를 붙잡았다.

"어?"

"셔츠 똑바로 입어."

나는 맨살이 너무 많이 드러나는 킹의 셔츠로 손을 뻗어 단추를 채웠다. 킹은 가만히 앉아서 내가 옷을 정리하도록 내 버려두었다. 하지만 점점 입꼬리가 올라가더니 끝내 활짝 웃는 모습에 나는 눈을 가늘게 떴다. 선글라스 속에서도 지나치게 눈이 반짝였다.

"질투쟁이. 네 남자 친구가 좀 핫하잖아. 익숙해져야지."

그가 눈을 찡긋거렸다.

나는 밑도 끝도 없는 그의 자기애 넘치는 발언에 어이가 없어서 시선을 돌렸다. 하지만 킹이 곧바로 내 쪽으로 몸을 기울여 키스하는 바람에 깜짝 놀라 눈을 크게 떴다.

"다른 사람들이 쳐다보는 걸 막을 수는 없지만, 걱정 마. 난 너만 보니까."

킹이 나지막이 속삭였다.

그 말에 나는 문을 열고 차에서 내리며 살짝 미소 지었다.

맞아. 내가 왜 걱정을 해?

우리는 차에서 내려 태국의 대표적인 네 개의 지역 문화 구역으로 나누어진 거대한 수상시장으로 들어갔다. 거기엔 운하를 따라 지역별 생활 문화를 관광할 수 있는 보트도 있었다.

하지만 우리는 뭐든 태워 버릴 기세로 끓어오르는 햇빛을 피해 그곳을 건너뛰고 곧장 그늘이 있는 식당으로 향했다. 길 양쪽으로 맛있어 보이는 음식들이 많아서 제이드가 생각나지 않을 수 없었다. 먹는 걸 좋아하는 그가 이곳에 있었다면 거의 모든 점포에 들르느라 앞으로 나아갈 수 없었을 것 같았다.

한동안 시장을 둘러본 후 우리는 네 지역의 현지 음식을 모두 맛볼 수 있는 뷔페에서 식사를 했고, 우유와 얼음을 곁들인 디저트로 마무리했다. 그 후에는 여기저기 돌아다니면서 사진을 찍었다.

킹은 원래도 사진 찍는 것을 좋아했는데, 오늘은 필름 카메라를 가져와서 거의 열 걸음마다 멈춰 서서 셔터를 눌러 댔다. 예쁜 곳이 보일 때마다 내 사진을 찍었기 때문이다.

"네 사진 찍어 줄게."

킹은 내 사진을 찍느라 거의 30분 동안 필름을 두 번이나 바꿔야 했다. 정작 킹 혼자 나온 사진은 단 한 장도 없었다.

"필름 카메라 쓸 줄 알아?"

나는 고개를 저었다. 킹은 내 손을 잡고 벤치로 데려가 필름 카메라 사용법을 설명해 주었고, 알려 준 대로 킹의 사진을 서너 장 찍어 보았다. 사진이 어떻게 나왔을지는 필름을 현상해 봐야 알 수 있었다.

이후엔 사무실 사람들에게 줄 간식을 사러 돌아다녔는데 제이드에게서 메시지가 왔다.

"제이드가 여행 잘하고 있냐는데."

"지금 말할 사람이 없어서 심심한가 봐. 오늘 아침엔 나한테 보냈던데, 마이는 바쁘다더라고."

킹은 내 휴대폰 화면을 보며 웃었다.

"제이드한테 보내 줄 사진 찍자."

"좋아."

나는 사진 앱을 켰고, 킹이 가까이 다가왔다. 그리고 촬영 버튼을 누르는 순간 그가 재빨리 몸을 숙여 내 뺨에 뽀뽀했다.

"킹!"

나는 놀란 눈으로 주변을 살폈다. 이곳은 공공장소였고, 이성 커플이 애정 표현하는 모습이라면 몰라도 이렇게 남자 둘이 볼에 뽀뽀하는 모습은 분명 이상한 시선을 불러 모을 것이었다.

"누가 볼까 봐 걱정돼?"

"이상하게 볼까 봐…."

태국 사회가 아무리 개방적으로 변해 가는 중이라도 동성 간의 사랑은 아직 사람들의 눈에 그리 일반적이지 않다는 걸 알고 있다.

언제쯤 우리는 다른 사람들과 동등하게 대우받을 수 있을까?

"보고 싶으면 보라 그래. 우린 아무 잘못 없으니까."

킹은 그렇게 말하면서 내 손을 꼭 잡아 주었다. 그의 말을 듣고 나니 점점 마음이 편해졌다.

킹은 항상 이랬다. 그는 늘 자신감이 넘쳤고, 자신을 있는 그대로 드러내는 데 거리낌이 없으며, 누가 이상하게 쳐다보는 것도 개의치 않는 편이다. 그리고 그런 당당한 모습이 나에게도 자신감을 불어넣어 주었다.

제이드에게 사진을 보낸 뒤(물론 볼에 뽀뽀하는 사진 말고), 수상시장을 떠나 사타힙에 있는 포도원으로 향했다. 킹이 그곳의 아름다운 풍경을 사진으로 남기고 싶어 했기 때문이다. 도착한 곳에는 나무와 꽃들이 줄지어 그늘을 드리우고 있었고, 관광객들이 사진을 찍을 만한 다양한 포토 스팟이 있었다. 덕분에 나는 내 의지와는 상관없이 킹만의 사진 모델이 되어야 했다. 아마 이번 여행이 끝나면 인스타그램에 1년 내내 올릴 수 있을 만큼의 사진이 남을 것 같았다.

사진 촬영 후에는 포도주 양조장으로 들어갔다. 그곳에서 포도주 가공법에 대한 설명을 듣고 시음도 했다. 떫은맛과 달콤한 맛이 조화롭게 입안 가득 퍼졌고, 한 잔 더 맛보고 싶을 정도로 맛있어서 아쉬운 마음에 입술만 핥았다.

"너 금방 취하잖아. 그만 마셔."

내가 아쉬워하는 모습을 보고 킹이 농담 삼아 경고했다.

나는 조금 기분이 상해서 코를 찡그렸다. 킹과 나의 공통점은 둘 다 와인을 가장 좋아한다는 것인데, 나는 킹보다 술에 약했기 때문에 조금만 마셔도 쉽게 취했지만 킹은 아무렇지도 않게 물을 마시듯 술을 마실 수 있었다. 맛있는 와인을 마음껏 시음해 볼 수 있는 그가 너무 부러워서 배가 아플 정도였다.

양조장을 나온 뒤엔 차를 타고 파타야에 있는 호텔로 향했다. 킹이 여행 경비를 다 내기로 했기 때문에 숙박에 관련한 것도 맡겨 두고 신경 쓰지 않았는데 막상 호텔에 도착해서는 도저히 묻지 않을 수가 없었다.

"왜 여길 예약했어?"

"바다 뷰가 너무 좋아서."

내 손을 잡고 로비로 향하던 그가 웃으며 말했다.

그의 아무렇지도 않은 반응과 달리 나는 아주 불편한 기분으로 5성급 호텔 내부를 두리번거렸다.

이런 데서 하룻밤 묵으려면 도대체 얼마야?

"객실 확인하겠습니다. 바다가 보이는 이그제큐티브 스위트 예약하신 것 맞으십니까?"

"네."

호텔 리셉션 직원 입을 통해 흘러나오는 객실 정보를 듣고 나는 멍하니 직원을 쳐다보았다.

"얼마 냈어?"

"얼마 안 해. 몇천?"

그는 이번에도 별거 아니라는 듯 편안하게 말했다. 나는 혈압이 오르고 뒷골이 당기는 기분이었다. 그가 말한 '몇천'은 최소 5,000바트를 넘는 금액을 의미하는 것이 분명했다.

1박 2일 방콕 근교 여행의 숙박비로는 너무 과하다고!

그가 숙소를 고르도록 가만히 놔둔 내가 잘못이었다.

"별거 아니야. 이런 때 아니면 또 언제 와 보겠어. 편하게 쉬고 가자."

직원이 체크인을 돕는 동안 킹이 속삭였다.

나는 그를 가만히 노려보며 다시는 숙소 예약을 맡기지 않겠다고 거듭 다짐했다.

"아, 왜 그래. 얼굴 찌푸리지 말고. 보면 진짜 멋질 거야."

호텔 직원을 따라 엘리베이터를 타고 31층 객실로 향하는 동안 두꺼운 팔이 내 어깨를 단단히 감싸고 있었다. 나는 크게 한숨을 쉬었다. 내 남자 친구의 소비 습관에 대해서는 어느 정도 체념하고 있긴 했지만… 어차피 이미 돈을 지불한 상태라 정말로 내가 할 수 있는 일은 아무것도 없었다.

객실 문을 열고 들어서자마자 킹의 콘도만큼 거대한 방 크기에 깜짝 놀랐다. 내부는 옅은 회갈색 톤의 모던한 스타일로 장식되어 있었고, 넓은 침실과 거실, 욕실에 작은 주방까지 딸려 있었다. 작은 발코니에는 광활한 바다 전망을 즐길 수 있도록 두 개의 의자도 놓여 있었다. 그중에서도 가장 놀라웠던 것은 침실과 욕실이 투명 유리문으로 구분되어 있다는 것이었다. 그 욕실은 두 부분으로 나뉘었는데, 샤워 커튼이 설치된 샤워 공간과 커다란 자쿠지가 있어 밤바다를 바라보며 스파를 즐길 수 있는 공간이 있었다.

그러니까 욕실은… 반쯤 야외였다.

"마음에 들어?"

이 방을 예약한 사람의 깊고 허스키한 목소리가 귓가에 울렸다. 그는 뒤에서 나를 꼭 껴안은 채로 목덜미에 얼굴을 묻고 키스했다.

"리뷰를 봤는데 방이 너무 아름다웠어. 우리 으아는 바다 좋아하니까, 이 방도 마음에 들어 할 거라고 생각했지."

두꺼운 입술이 피부 가까이에 닿았다. 호칭의 변화와 내 목덜미를 스치는 따뜻한 숨결이 나를 간지럽혔다. 우리 둘 다 상대가 자신의 이름을 부를 때 그것이 무엇을 의미하는지 잘 알고 있었기 때문에 그 순간 온몸에 짜릿한 전류가 흘렀다.

"욕실 때문인 것 같은데."

나는 그를 흘긋 돌아보며 눈을 가늘게 떴다.

그가 이 방을 고른 이유의 90퍼센트는 유리로 둘러싸인 투명한 욕실인 게 틀림없다.

"넌 날 너무 잘 알아."

역시.

"그래서, 오늘 밤늦게까지 잠들지 않겠다는 거지?"

"물론. 풍경을 바꿔 보는 거야. 욕조에서 하는 것도 재밌지 않겠어?"

말을 마치기가 무섭게 그의 커다란 손이 짓궂게 움직였다. 곧장 내 폴로 셔츠 아래로 미끄러져 들어와 살갗을 쓸고 올라왔다.

이미 킹과 욕조에서 한 적이 있었다. 새롭고 흥분되는 일이긴 했지만, 콘도의 욕조는 너무 작아서 움직이기가 불편했다. 아마 그래서 넓은 욕조가 있는 방을 선택한 것 같았다.

"지금 원해?"

킹의 말투는 반쯤 농담조였지만, 그의 손은 끈적하게 내 엉덩이를 움켜쥐었다. 이건 그가 진지하다는 뜻이었다.

나는 뒤꿈치를 들고 서서 그의 턱 끝에 가볍게 키스했다.

"진정해. 아직 호텔 구경 다 못했어."

나는 부드럽게 속삭였다. 그와 즐거운 시간을 보내고 싶은 건 나도 마찬가지였기 때문에 아래로 손을 내려 그의 사타구니를 살살 쓸었다. 그가 이를 악물고 한숨을 내쉬는 소리를 들으니 은근한 희열이 느껴졌다.

"구경 안 하면 안 돼?"

그는 나를 벽으로 밀어붙이며 가쁜 호흡을 내뱉었고, 그 뜨거운 입술로 내 온몸에 키스를 퍼부었다.

"방에만 있을 수는 없잖아. 돈도 많이 냈는데, 그만큼 다 누려야지. 밤까지 기다려. 자, 이제 산책하러 가자."

나는 인내심 약한 남자의 가슴을 가볍게 토닥이고는 그의 팔 안에서 빠져나왔다. 킹은 실망한 얼굴로 가만히 호흡을 가다듬었지만 이내 교활한 눈빛이 번뜩였다.

"좋아, 가. 대신, 야경 보면서 하는 거야."

기대감으로 반짝이는 그의 얼굴을 보니 되레 내 얼굴이 뜨거워졌다. 우리의 밤은 늘 불같이 뜨겁고 강렬했는데, 오늘 밤은 특히 더 쉽게 잠들지 못할 것만 같았다.

뭐, 좋아. 나도 별로 일찍 자고 싶지 않으니까.

[킹 시점]

사람들은 으아를 조용하고 무감한 사람으로 생각할지 모른다. 하지만 그는 사실 그 무표정한 얼굴로 장난치기를 좋아하는 사람이다. 방금처럼 말이다.

방에서 나와 아래층 스파로 가기 위해 엘리베이터로 가는 길, 앞에서 걷고 있는 늘씬한 인물의 흰색 반바지 안에 숨은 통통한 엉덩이가 내 시선을 사로잡았다. 나는 또 한 번 치솟는 욕망을 억누르기 위해 심호흡했다. 이 장난꾸러기는 내게 오늘 밤까지 기다리라고 하면서도 내 사타구니를 문질러 댔다. 그러고는 내가 욕구를 억누르기 위해 애쓰는 모습을 보며 만족스럽게 웃었다. 인간을 놀리기 좋아하는 작은 악마 같았다. 그런 으아는 너무 귀여워서 확 잡아먹고 싶을 정도인데, 무엇보다 으아의 그런 모습을 볼 수 있는 사람이 나뿐이라는 것이 너무 기뻤다.

으아와 사귀기 시작한 지 3주가 되었고, 그 3주 동안 나는 으아의 진짜 모습을 더 많이 봤다. 그는 생각했던 것보다 애교가 많았다. 이전과 달리 다정한 말투로 말을 걸어 주기도 했고 조심스럽게 옆으로 다가와 내 어깨에 머리를 살며시 기대 오기도 했다. 그 모습이 너무 사랑스러워서 끝도 없이 빠져들었다. 우리가 FWB였을 때는 그러지 않았는데, 으아는 우리 관계의 변화에 따라 아주 분명하게 다른 행동을 했다. 나는 그것이 으아의 남자 친구만 갖는 특권이라는 것을 알고 있다.

이런 그의 변화가 정말 기뻤다.

"넌 어떤 마사지?"

호텔 스파에 들어서자 으아가 물었다. 나는 한참 동안 서비스 패키지를 보다가 으아와 같은 태국 전통 마사지를 받기로 결정했다. 솔직히 마사지를 받는 데는 관심이 없지만, 으아가 원하기도 했고 오늘 밤까지 남은 지루한 시간을 죽일 좋은 방법이기도 했다.

한 시간쯤 지나 마사지가 끝났다. 으아와 나는 한결 가뿐한 기분으로 스파를 빠져나왔다. 종일 책상에 앉아 일하는 직장인이다 보니 온몸의 근육이 늘 긴장되어 있었는데 마사지를 받고 나니 훨씬 편안했다. 자주 허리 통증을 호소하던 제이드에게 추천해 줘야겠다고도 생각했다.

"해변에 산책하러 갈래?"

주위를 둘러보던 으아가 고개를 끄덕이자 나는 그의 손을 잡고 호텔 뒤쪽 해변으로 향했다.

다행히 연휴가 아닌 평범한 주말이었기 때문에 관광객이 많지는 않았다. 오후 5시의 햇빛은 한낮보다 약했고, 바람도 생각보다 시원했다. 덕분에 으아와 함께 바닷바람과 아름다운 풍경을 즐기며 한동안 해변을 거닐었다.

나는 나란히 걷고 있는 연인의 얼굴을 가만히 바라보았다. 그의 동그란 눈은 그 어느 때보다 편안하고 행복해 보였다. 손을 맞잡고 걷고 있는 이 순간만큼은 마치 세상에 우리 둘만 있는 것 같았다. 아주 설레고 심장이 쿵쾅거리는 느낌은 아니었지만, 가슴이 따뜻해지는 평온함이 좋았다.

과거의 하룻밤 관계들은 그다지 재밌지 않았다. 당시엔 누군가에게 헌신할 준비가 되어 있지 않았고 누구에게도 얽매이고 싶지 않았다. 으아를 만나기 전까지는 평생을 누군가와 함께해야 한다는 것이 그저 아주 지루한 일이라고만 생각했다. 으아를 만나고부터는 내가 정말로 사랑하는 사람이 나를 사랑하고 내 옆에 있어 준다는 것이 하늘이 내린 행운이자 행복 그 자체라는 것을 깨달았다. 그래서 나를 믿고 증명할 기회를 준 으아에게 정말 고마웠다.

"이번 송크란 연휴에는 어디 가고 싶어?"

나는 해변에 놓인 의자에 앉으며 물었다. 그의 동그란 눈이 내 눈을 마주 봤다.

"부모님 뵈러 안 가?"

"하루면 돼. 여행 가기 전에 같이 들러도 될 것 같은데, 갈래?"

"내가 같이 가면… 환영해 주실까?"

그의 아름다운 눈에 막연한 두려움이 엿보였다.

사귄 지 일주일 정도 됐을 때, 으아를 데리고 부모님을 만나러 갔었다. 아빠는 별 내색을 보이지 않으셨지만, 엄마는 내가 여자와 결혼해 대를 이을 아이를 낳기를 원했기 때문에 상당히 불만스러워하셨다. 급기야 대화조차 거부하셔서 으아가 고민이 많았다. 하지만 지난주에 다시 데리고 갔을 때는 여전히 표정이 굳어 있기는 했지만 이전보다 말을 더 하시긴 했다.

"괜찮을 거야, 엄마도 마음이 많이 누그러지신 것 같고. 지난주에 갔을 때는 엄마가 먼저 말을 걸기도 하셨잖아."

엄마는 누구보다 내가 잘 알고 있다. 내가 늘 자신의 계획대로만 하길 원했고 그것이 옳은 일이라고 생각하셨지만 결국 자식이라고 해서 무슨 일이든 강요할 수 있는 건 아니라는 걸 깨달으신 것 같았다. 그리고 마침내 내 의견을 존중해 주시기 시작했다. 지난번 으아를 데려갔을 때 태도가 꽤 부드러워지셨던 걸 떠올리면 곧 마음을 바꾸고 으아와 나를 받아들여 주실 거라고 믿었다.

물론 엄마가 끝내 우리를 받아들이지 못하신다고 해도 어쩔 수 없다. 내 사랑은 내가 결정하는 것이고, 누군가 강요할 수도 통제할 수도 없다.

"네가 원한다면 어디든 갈 수 있어. 어차피 난 송크란 연휴 때 집에 가지도 않을 거고."

으아는 다리를 쭉 뻗고 의자에 편하게 기대며 말했다. 그의 목소리는 평온하게 들렸지만 나는 으아가 여전히 가족의 일을 슬퍼하고 있다는 것을 알고 있다.

"그럼, 하루는 부모님 뵙고 나머지 연휴는 여행하자."

"좋아."

그 뒤로 한동안 이런저런 이야기를 나누다가 방콕 콘도에 하릴없이 누워 있을 제이드에게 영상 통화를 걸어 약을 올린 뒤 다시 호텔로 돌아와 저녁을 먹었다.

호텔 레스토랑에서 스테이크와 레드와인을 주문해 식사를 마친 뒤엔 해변에 있는 바에 가서 으아는 도수가 낮은 칵테일을, 나는 마티니를 마시며 라이브 음악과 시원한 바닷바람을 즐겼다.

얼마 후 으아가 내 어깨에 머리를 기대 왔다. 나는 평소와 다른 행동을 하는 연인을 사랑스럽게 내려다보았다. 그는 사람들이 있는 곳에서는 스킨십을 별로 하지 않는 편인데 지금은 취기가 오른 것인지 주변을 신경 쓰지 않았다.

"방으로 돌아갈래?"

늘씬한 남자는 조용히 고개를 끄덕였다.

"가자."

나는 으아를 감싸안아 일으킨 뒤 방으로 데려갔다. 그는 가느다란 팔로 내 허리를 붙잡고 내가 이끄는 대로 따라왔다. 발개진 그의 두 뺨이 너무 사랑스러워서 당장 이 마음을 가득 담은 키스를 해 주고 싶었다.

빌어먹을. 도대체 방이 왜 이렇게 먼 거야?!

"킹…. 으음…."

문이 닫히자마자 나는 그의 하얀 목덜미에 고개를 묻었다. 으아가 얕게 신음을 흘렸고, 내 가슴에 손을 얹고 평소보다 더 촉촉해진 크고 동그란 눈으로 나를 올려다보았다. 그러고는 이내 장난기 가득한 미소를 지었다.

"땀 나서 끈적거려. 샤워부터 할래."

"같이 하자."

내 애원에도 그는 웃으며 고개를 저었다.

"아니, 혼자 씻을래. 넌 반대편에서 해."

"…그래."

결국 나는 남자 친구의 단호함에 굴복했다. 그는 목욕 가운을 챙겨 샤워실로 사라졌다. 나는 옷을 벗고 입욕제를 던져 넣은 자쿠지에 들어가 밤바다를 바라보았다.

한밤중 어두운 바다와 해변 주변에 늘어선 건물들이 뿜어
내는 휘황찬란한 빛이 대조를 이룬 광경은 만 바트에 가까운
방값이 아깝지 않을 만큼 장관이었다.

음…. 역시 으아에게 숙박비가 얼마인지 절대 말하지 말아
야겠다. 그가 알게 된다면 아마 밤새도록 잔소리할 것이다. 당
연히 우리의 뜨거운 밤도 물 건너갈 것이다.

달칵!

욕조와 샤워실을 분리하는 문이 열리고 흰 가운을 입은 연
인이 내 쪽으로 걸어왔다. 이전과 달리 술에 취한 기색이 없어
보였다.

"좀 깼어?"

"응. 샤워하니까 훨씬 나아."

으아가 목욕 가운의 끈을 풀며 대답했다. 동시에 가운이 갈
라지면서 하얗고 매끈한 맨몸이 드러났다. 그가 아름다운 눈
을 살짝 내리뜨고는 천천히 욕조로 들어왔다.

"경치 어때?"

나는 그의 가냘픈 몸을 내 무릎 위로 끌어당겨 안고 둥근
어깨에 입술을 묻으며 물었다. 입맞춤 소리가 욕실 전체에 크
게 울렸고, 벌거벗은 몸이 빈틈없이 맞닿으며 점점 숨이 거칠
어졌다. 물의 온도도 더 뜨거워지는 것 같았다.

아니, 뜨거워진 것은 흥분한 내 몸이었다.

"정말 아름다워."

으아는 고개를 돌려 바깥 풍경을 내다보다가 부드럽게 대

답하고는 다시 고개를 돌려 열정적으로 나와 입 맞췄다.

나는 연인의 매끈한 피부를 어루만지며 입술로 그의 몸 곳곳을 애무했다. 밤을 맞은 관광 도시의 화려한 불빛과 어두운 바다 풍경 사이로 투명한 유리 벽 하나만을 둔 이 공간은 우리를 더욱 흥분시켰다. 한 번쯤 야외 섹스를 해 보고 싶었지만 으아가 원치 않아서 엄두를 내지 못했는데 이런 곳이라면 기꺼이 내 뜻을 받아들여 줄지도 모른다고 생각했다.

그리고 나는 이제 더 이상 기다리고 싶지 않았다.

나는 그의 부드러운 엉덩이를 단단히 붙잡고 그 갈라진 틈 사이로 뻣뻣해진 내 물건을 문질렀다.

무릎 위에 앉아 있던 사람이 잠시 입을 떼어 내고 숨을 들이켰다.

"킹…. 아…."

"내 거 만져 줘."

나는 그를 내 쪽으로 돌려 앉히며 속삭였다. 내 어깨에 손을 얹고 허벅지 위에 앉아 있는 으아는 그 하얀 얼굴을 붉혔다. 그리고 순순히 따뜻한 물 속에서 그보다 더 뜨거운 기둥 위로 엉덩이를 비비기 시작했다. 나는 손으로 그의 허리를 붙잡아 균형을 잡아 주는 동시에 그의 가슴 위 달콤한 색의 젖꼭지를 맛보았다. 으아는 하얗고 매끈한 가슴에 사랑의 흔적을 남기는 데 열중인 나를 내려다보며 커다란 눈에 눈물을 매단 채로 부드럽게 신음했다. 그러고는 내 턱을 들어 올려 살며시 입을 맞추고 매혹적인 미소를 지었다.

"으아가 이렇게 해 주는 게… 좋아?"

하, 내 연인은 사람을 미치게 만드는 재주가 너무 좋다.

나는 어금니를 꽉 물었다. 그리고 온 힘을 다해 살이 오른 엉덩이를 꽉 쥐는 것으로 질문에 답했다. 그러자 그의 엉덩이가 내 아들을 더욱 빠르게 쓰다듬었고, 나도 그의 단단해진 페니스를 쥐고 위아래로 문질렀다. 감미로운 신음이 계속해서 울렸다. 내가 점점 더 빠르게 손을 놀리자 더 크게 신음하던 그가 곧 사정했다.

으아는 한동안 내 어깨에 얼굴을 묻고 잠시 숨을 고르다가 다시 고개를 들고 엉덩이를 살살 비볐다. 그는 한 번 사정했지만, 나는 하루 종일 극도로 억눌린 상태였기 때문에 이런 외부 접촉만으로는 결코 만족할 수 없었다.

"샤워하면서 풀었어? 바로 들어가도 돼?"

나는 그 동그란 엉덩이를 들어 올려 딱딱한 기둥 끝을 입구에 가져다 대고 갈라진 목소리로 물었다.

"여기 불편해…. 침대로 옮기면… 안 돼?"

고양이 눈을 닮은 동그란 눈에 담긴 애원이 더욱 사나운 욕망을 불러일으켰다. 나는 곧장 그 날씬한 남자를 욕조에서 꺼내 샤워실로 데리고 갔고, 거품을 대충 헹궈 낸 뒤 침실로 갔다. 으아를 침대에 내려놓자마자 그는 무릎을 꿇고 엎드려 엉덩이를 들어 올린 자세로 내 물건을 받아들일 준비를 했다.

입구 주변에 오밀조밀한 주름을 손가락으로 살살 쓰다듬자 달콤한 신음이 울렸다. 이미 붉고 촉촉한 입구를 보니 아예 이성이 날아갈 것만 같았다. 내가 그의 안으로 바로 들어갈 수 있도록 그가 스스로 준비를 해 놓은 것이었다.

하, 귀여워 미치겠네.

나는 콘돔 포장을 뜯고 잔뜩 흥분해 투명한 액체가 맺힌 채 꺼떡이고 있는 아들에게 씌웠다. 그리고 마른 입술을 핥으며 작은 남자의 엉덩이에 바싹 붙었다. 마침내, 손을 얹고 하얀 살덩이를 벌리며 천천히 통로를 가르고 안으로 들어갔다.

"으읏…!"

내가 한 번에 그 좁은 통로를 꿰뚫어 버리자 으아가 떨리는 목소리로 신음했다. 부드러운 통로는 우리 둘이 하나가 된 것을 기뻐하는 듯 내 것을 꼭 물며 수축했고, 나는 황홀경에 빠져 잇새로 겨우 숨을 내뱉었다.

"너무 조여서 갈 것 같아."

"이렇게 가면, 넌… 으응… 읏… 루저야."

그의 조롱 섞인 말에도 마음이 상하긴커녕 오히려 더 흥분됐다.

"내가 루저인지 아닌지, 이제 알게 될 거야."

나는 내 것을 거의 입구 끝까지 천천히 빼냈다가 다시 깊이 밀어 넣으며 놀리듯 속삭였다. 내벽이 곧 내 물건을 익숙하게 품어 내자 엉덩이를 점점 더 빠르게 움직였다. 내 허벅지가 그의 엉덩이와 부딪히는 소리가 방 안에 울려 퍼지며 에어컨 때문에 차가웠던 방 안의 공기도 끓어올랐다. 나는 연인의 하얀 복숭아 같은 엉덩이 사이 달콤한 통로 안으로 페니스가 삼켜지는 광경을 눈에 담으며 엉덩이를 꽉 움켜쥐었다.

이 미치게 야한 광경을 뇌리에 새겨넣고 싶었다.

나는 잘록한 허리를 붙잡고 페니스를 박아 넣는 데 집중했다. 으아의 두 손은 침대 시트가 구겨질 정도로 꽉 움켜쥐고 있었고, 신음은 내가 물건을 깊이 밀어 넣을 때마다 점점 커졌다. 나는 으아의 몸을 안아 올려 한 손으로는 딱딱해진 달콤한 색의 돌기를 문지르며 애무했고, 다른 한 손으로는 내 손에 꼭 맞는 그의 페니스를 잡고 쓸었다.

"으웃, 킹…! 더 세게…!"

그는 신음 섞인 목소리로 애원했다. 나는 그의 머리를 붙잡아 키스했다. 도톰한 입술 사이를 파고들어 그 안의 달콤함을 맛보고, 가녀린 몸이 거세게 흔들릴 정도로 거칠게 하반신을 구멍 속으로 밀어 넣었다.

"킹… 형…! 아…! 으응!"

그는 사방에서 번쩍거리며 터지는 불꽃 같은 쾌락을 견뎌내기 위해 내 팔을 꽉 쥐었다. 점점 더 거세지는 허릿짓에 한 손으로 침대를 짚은 그는 다른 손으로는 내 목덜미를 쥐고 머리를 젖히며 허리를 가득 휘었다. 그의 붉게 부풀어 오른 입술은 끊임없이 신음을 흘렸고, 작은 몸은 내 물건을 받아 내며 움찔거렸다. 일부러 그의 안쪽 깊숙이 밀어 넣어 민감한 부분을 짓누르자, 그가 비명에 가까운 신음을 터뜨렸다.

"여기 좋아?"

"으, 응…. 좋아…! 아, 으응! 가… 나, 가…!"

끊어질 것 같은 신음이 이어지더니 내 손 안에 쥐어져 있던 그의 페니스가 경련하며 흰 액체를 울컥 토했다. 그가 절정에 다다르자 부드러운 통로가 급격히 수축했고 나 또한 곧 절정이 눈앞에 있음을 깨달았다.

"킹…."

"하아… 갈 것 같아."

나는 마침내 부드러운 통로 안에서 몸을 빼냈고, 콘돔을 벗겨 냈다. 그리고 으아를 뒤집어 그 예쁜 얼굴 가까이 다가가 내 페니스를 붉은 입술에 가져다 댔다.

그는 젖은 눈으로 나를 올려다보며 입술을 벌리고 내 것을 부드럽게 물었다. 따뜻하고 촉촉한 혀가 귀두 끝을 세게 빨아들이자 나는 낮게 신음하며 그의 입안 깊숙이 내 것을 밀어 넣고 정액을 쏟아 냈다.

"콜록!"

목이 막힌 으아가 기침을 터뜨렸다. 나는 재빨리 페니스를 빼내고 티슈를 집어 그의 입 앞에 대고 내 정액을 뱉도록 했다.

"이미 삼켰어."

그는 살짝 붉어진 얼굴로 헐떡이며 내 손을 밀었다. 나는 으아의 입가에 묻은 하얗고 탁한 얼룩을 닦고 그의 엉덩이를 들어 올려 살폈다.

나를 품었던 통로는 아직 조금 열려 있었는데 마치 내 것을 다시 넣어 달라고 유혹하듯 리드미컬하게 입구를 수축시키며 떨고 있었다. 정신이 아득해지는 광경에 나는 서둘러 상자에서 콘돔을 꺼내 착용했다.

"한 번 더 해도 돼?"

그의 가늘고 하얀 두 다리를 어깨에 들어 올리며 묻자 으아의 하얀 얼굴이 붉게 변했다. 조금 지친 얼굴이 깊은 욕망을 담은 아름다운 눈으로 나를 마주 봤다.

"들어와. 으아는 아직 킹의 물건을 더 맛보고 싶어."

으아는 엉덩이를 더욱 높게 들어 올리며 속삭였다. 그 매혹적인 몸짓에 욕설이 절로 흘러나왔다. 우리 둘 다 다시 뜨겁게 불타오를 준비가 되어 있었다.

나를 이만큼 유혹했으니, 오늘 밤 그는 쉽게 잠들 수 없을 것이다.

격렬한 욕망의 폭풍이 지나갔다. 이 매혹적인 흰 고양이를 완전히 쓰러뜨리는 데 거의 두 시간이 걸렸다. 나는 따뜻한 구멍 안에서 몸을 빼내고 세 번째 콘돔을 벗겼다. 그리고 침대에서 일어나 침실의 불을 껐다.

환했던 방은 순식간에 칠흑같이 어두워졌고, 커튼 사이로 들어오는 빛만이 방 안을 희미하게 비추었다. 침대로 돌아와 매일 밤 그랬듯 수면 램프를 켜기 위해 침대 옆 테이블로 손을 뻗는 순간 침대에 누워 있던 으아가 나를 부르고는 조심스럽게 내 팔을 잡았다.

"킹."

"어?"

"안 켜도 돼."

어둠 속에서 나지막이 울린 한마디에 나는 놀라서 눈을 치켜떴다.

"잘 수 있겠어?"

"네가 있으니까…."

걱정스러운 듯 목소리가 살짝 흔들렸지만, 그 말은 나를 미소 짓게 했다. 나는 침대에 누워 그 날씬한 몸을 감싸안았다. 흰 고양이는 몸을 돌려 내 가슴에 얼굴을 묻었다.

나는 품에 안겨 있는 사람의 얼굴을 바라보며 손으로 그의 머리카락을 부드럽게 쓸어 넘겼다. 본디 두려움이라는 것은 쉽게 이겨 낼 수 있는 것이 아니지만, 으아가 그것을 이겨 내려고 노력하고 있고, 내가 있어서 가능하다고 말해 주는 것이 몹시 기뻤다.

"자자. 잘자."

나는 연인의 관자놀이에 부드럽게 키스했다. 으아는 내 몸에 더욱 바싹 달라붙었고, 손으로 내 허리를 휘감으며 중얼거렸다.

"응. 너도 잘 자."

"응."

나는 그를 더 꼭 끌어안고 눈을 감았다.

오늘 우리는 꽤 많은 에너지를 썼다. 내일은 코캄섬 주변의 산호를 보기 위해 스쿠버 다이빙을 하려고 했지만, 만약 으아가 원치 않는다면 여유롭게 관광을 하거나 해변을 따라 산책을 하는 식으로 에너지 소모를 줄여야 할지도 모른다. 다른 활동은 다음 여행으로 미루면 그만이다.

우리에게는 아직 함께 보낼 시간이 많이 남아 있다.

알겠지, 으아?

내일도, 모레도, 10년 후에도, 20년 후에도 난 너랑 하고 싶은 일이 아주 많아.

Special 03
커피, 차 아니면 나?

킹과 연애를 시작한 이후로 싸운 적이 있는지 묻는다면, 거의 없다고 말해야 할 것 같다. 우리는 기본적인 성향과 습관은 조금 달랐지만, 서로 맞춰 가려고 노력했다. 킹은 성격이 급하고 화를 잘 내는 반면, 나는 조심스러워서 내 생각을 바로 말하거나 표현하지 않았다. 그래서 킹은 조금 더 인내심을 기르기 위해 노력했다. 어떤 일이든 내 의견을 묻고 내 감정에 먼저 주의를 기울였다. 나도 킹에게 내 감정이나 생각을 더 많이 드러내려고 노력했고 좋아하는 것과 싫어하는 것을 솔직하게 말하려고 노력했다. 때때로 의견이 맞지 않아 속상할 때도 있었지만, 늘 대화를 통해 최대한 빨리 해결하려고 했기 때문에 이렇다 할 큰 문제는 없었다.

연애를 시작하기 전까지 우리의 가장 큰 문제점은 감정에 솔직하지 못했고 서로의 반응을 시험해 보기만 했다는 것이다. 그래서 이제는 우리의 모든 것을 이야기하고 서로를 이해하기 위해 노력하고 있다. 물론 그럼에도 불구하고 우리에게 문제가 전혀 없는 것은 아니다. 지금, 이 순간 내가 직면한 이 문제가 우리 관계에 가장 큰 난관이었다.

"마이, 들어갈 준비해. 제이드, 마이 엄호해."

실롬의 한 고급 콘도의 고요한 침실 한가운데에 낮고 거친 목소리가 들려왔다. 침대 헤드에 등을 기대고 헤드폰을 꽂은 채 노트북으로 드라마를 보고 있던 나는 소리의 근원으로 고개를 돌렸다. 잠옷 차림으로 컴퓨터 화면에 집중한 연인의 넓은 등을 보니 한숨이 나왔다.

그렇다. 내 남자 친구는 게임에 푹 빠져 있다.

남자라면 게임을 좋아하는 것이 당연할지도 모른다. 하지만 나는 예외였다. 기본적으로 게임을 별로 좋아하지 않기도 했고, 하루 종일 컴퓨터로 일을 하다 보니 업무 시간 외에도 컴퓨터 화면을 쳐다보는 것은 무척 지치는 일이었다. 게다가 나는 게임에는 소질이 없다. 대학 시절 제이드와 다양한 게임을 해 봤지만 아무리 쉬운 게임이어도 매번 지기만 했다. 그 뒤로는 아예 더 시도하지도 않았다.

반면 내 남자 친구는 반쯤 프로게이머였다. 잘 알지는 못하지만 제이드와 건이 킹이 게임을 잘한다고 말하는 것을 들은 적이 있었다.

게다가 그는 게임을 아주 좋아했다. 킹은 내내 점심시간마다 휴대폰 게임을 했는데, 그가 잘하는 게임 중 하나가 다른 사람들과 팀을 이뤄 싸우고 살아남아야 하는 배틀 게임이었다 (내가 특히 더 어려워하는 종류의 게임이다). 킹이 주로 플레이하는 게임은 남녀노소 모두가 즐기는 인기 게임이었고, 지금도 제이드, 마이, 건으로 이루어진 팀을 꾸려 함께 게임을 하고 있다. 나는 게임에 대해 전혀 모르기 때문에 조용히 듣고만 있을 수밖에 없는데, 하루 종일 게임을 하고 그것도 모자라 게임 이야기를 하는 걸 보면 정말 좋아하는 것 같았다.

우리가 FWB였을 때는 나와 함께 있지 않을 때만 게임을 해서 이런 모습이 본 적이 없다. 우리가 커플이 된 후에는 (그의 동거 제안을 거절하고 그의 콘도와 내 콘도를 오가고 있지만) 당연하게도 그의 콘도에서 지내는 시간이 훨씬 많아졌기 때문에 생활 습관을 더 많이 목격하게 되었고, 곧 킹은 게임을 좋아하는 수준이 아니라 중독에 가깝다는 사실을 알게 됐다.

이 중독은 얼마나 심각한 수준인 걸까? 매일 퇴근 후 콘도에 도착하면 그는 컴퓨터 앞에만 붙어 있다. 이전까지는 매일 게임을 한 건 아니었는데, 지난 2주 동안은 정말로 매일 게임을 했다. 주말에도 저녁 식사 후에는 대여섯 시간을 게임하는 데 썼고, 나는 매일 밤 그가 마이크를 통해 게임 속 팀원들과 이야기하는 소리를 들어야 했다. 그 게임에 대해서는 아무것도 모르지만 매일 그들의 대화를 듣고 있으려니 나까지 덩달아 게임 속에 있는 것만 같았다. 이제는 그들이 각자 어떤 역할을 맡고 있는지까지도 빠짐없이 알게 되었다. 킹은 팀의 리더였고 제이드는 서포트 역할, 마이는 저격수, 건은 스파이였다. 그들은 게임을 하면서 종종 욕설을 하기도 했고 가끔 킹이 게임을 하는 동안 그를 기다리다 지친 내가 먼저 잠이 들기도 했다.

도대체 얼마나 빠져 있는 거야?

나는 시청 중이던 드라마를 잠시 멈추고 헤드폰을 벗은 뒤 남자 친구가 심각한 어조로 팀원들에게 욕설 섞인 지시를 내리는 것을 들었다. 벽에 걸린 시계를 보니 벌써 밤 11시 30분이었고 내일은 출근하는 날이다.

솔직히 말해서 다른 사람의 개인적인 취미에 간섭하고 싶지는 않지만, 그가 며칠을 연속으로 게임만 하는 것을 보고 조금 걱정이 되기 시작했다. 그는 새벽 2시까지 게임을 하고 5시쯤 일어나 출근 준비를 했다. 며칠 동안 이런 일이 계속되었는데 다른 세 명도 마찬가지였다. 그만 자자고 말하면 '조금만', '5분만 더'. '1분만', '곧 갈게'라는 말만 들려왔다. 그리고 그가 말한 '조금만'은 최소 한 시간이었다.

이건 정말이지 전혀 괜찮은 수준이 아니다.

"킹, 안 잘 거야?"

"어? 뭐라고?"

"안 잘 거냐고."

"넌 가서 자. 금방 갈게. 아, 젠장. 제이드, 날 엄호해야 할 거 아냐, 빌어먹을!"

그는 욕을 하며 다시 컴퓨터 화면으로 주의를 돌렸다.

나는 게이머 남자 친구의 찡그려진 얼굴을 보며 눈살을 찌푸렸다.

보통 킹은 나를 안고 함께 잠들거나 잠자리에 들기 전 섹스를 하곤 했다. 하지만 저 빌어먹을 게임에 중독된 지난 2주 동안 그런 밤은 완전히 사라졌다. 내가 그보다 먼저 잠이 들었기 때문이다. 그가 게임을 끝내고 침대에 들어올 때까지 기다리는 것도 어려웠지만 그의 품에 안겨 있지 않으면 제대로 잠을 잘 수가 없었다.

불합리하게 그의 취미 생활을 방해하고 싶진 않았다. 다만 지금은 명백하게 게임이 킹과의 시간을 빼앗아 간 것 같은 기분이었다.

"킹, 벌써 11시 30분이야."

"어, 알아, 알아. 30분이면 돼."

킹은 나를 돌아보지도 않고 소리쳤다. 그가 빠르게 마우스를 딸깍거리는 소리가 날 점점 더 미치게 했다.

나는 보고 있던 시리즈에 완전히 흥미를 잃고 말았다. 노트북을 끄고 신경질적으로 닫았다.

이 일을 더 이상 두고 볼 수 없다. 이제는 내가 이걸 좋아하지 않는다는 걸 그에게 알려야 한다.

나는 곧장 침대에서 일어나 옷장으로 갔다. 그리고 책상 앞에 앉아 있는 남자를 힐끗 쳐다본 뒤 옷장 문을 열고 뒤적였다. 내가 무언갈 하면 늘 궁금해하고 지켜보던 그가 전혀 돌아보지 않는 것에 기분이 더 언짢아졌다. 게임 못 해 죽은 귀신이라도 들린 것 같았다.

뭐, 그런 귀신에 빙의됐다면, 내가 쫓아내면 된다.

마침내 옷장 안에서 찾아낸 물건을 손에 쥐고 화장실로 들어간 나는 입고 있던 티셔츠와 바지를 벗고 방금 옷장에서 꺼낸 광택이 곱고 보드라운 재질의 길고 헐렁한 셔츠를 입었다. 내 하얀 피부와 대조되는 붉은색의 옷이었다.

내 셔츠가 아니었기 때문에 길이나 품이 전혀 맞지 않았다. 커다란 셔츠의 밑단이 사타구니 사이를 보일 듯 말 듯 하게 하는 아슬아슬한 라인까지 떨어졌다. 일부러 바지는 입지 않았다. 지금은 바지가 필요 없는 순간이다. 소매가 손바닥의 반이나 가려서 좀 귀찮았지만 소매도 접지 않았다. 그리고 거울 앞에 서서 내 모습을 확인했다. 거울 속 모습이 딱 내 예상대로여서 만족스러운 미소가 지어졌다.

"킹."

화장실을 나와 남자 친구의 이름을 불렀다. 그는 여전히 컴퓨터 게임에 집중한 채로 내 부름에 웅얼거리며 대충 대답했다. 나는 그에게 다가가 팔로 그의 목을 감싸안고 뺨에 부드럽게 입 맞췄다.

"어, 어 뭐야? 왜 그래?"

킹은 여전히 컴퓨터 화면에서 시선을 떼지 않은 채 한 손을 들어 내 머리만 쓰다듬었다. 나는 아직 그의 관심을 나에게로 돌리지 못했다는 것을 깨닫고는 그의 앞으로 돌아가 무릎 위에 올라앉았다.

킹은 당황한 표정을 짓더니 곧 그 날카로운 눈으로 나를 훑었고, 바삐 움직이던 마우스 클릭 소리가 일순간 멈췄다.

'마이크 꺼.'

나는 소리를 내지 않고 입만 움직여 말했다.

"아, 야 잠깐만. 잠깐만 기다려."

킹은 나를 뚫어져라 응시하며 마이크를 껐다. 이어서 그의 커다란 손이 마우스에서 완전히 떨어져 나와 자연스럽게 내 엉덩이를 움켜잡았다.

차분했던 킹의 눈이 반짝이기 시작했고, 나는 그에게 컴퓨터 게임보다 더 흥미로운 것이 나라는 사실에 만족스럽게 웃었다.

"이게 다 뭐야? 왜 내 셔츠를 입고 있어?"

그가 낮고 허스키한 목소리로 물었다.

동시에 그의 손이 셔츠 자락 사이로 미끄러지듯 들어왔다. 옷깃 사이로 에어컨의 찬 공기가 닿아와 몸을 살짝 웅크렸는데 킹의 따뜻한 손바닥이 몸에 닿자 곧바로 추위가 사라졌다.

"미치게 섹시해. 어떻게 이걸 입을 생각을 했어?"

거친 손이 한시라도 빨리 나를 갖고 싶은 듯 내 엉덩이를 세게 움켜쥐었다.

"그냥 한번 입어 보고 싶었어. 헐렁해서 편하잖아."

나는 애인의 어깨 위로 고개를 묻고 그의 목덜미 주변에 키스했다. 입술 아래로 빠르게 뛰는 맥박이 느껴졌다.

"아까 이거 안 입고 있었잖아."

"응."

"근데 왜 갑자기 갈아입었어?"

"몇 번이나 불렀는데 쳐다도 안 보길래. 이렇게 입으면 날 봐 줄까 해서."

나는 살짝 부루퉁한 목소리로 대답했다. 그러자 커다란 손이 내 뺨을 들어 올렸다. 그의 날카로운 눈빛은 한층 부드러워졌다.

"삐졌어?"

"몰라. 그냥 안아 주면 좋겠어. 네 품에서 잠든 지가 얼마나 됐는지 기억도 안 나."

나는 단단한 어깨에 얼굴을 묻은 채로 그를 꼭 끌어안았다. 속마음을 솔직하게 말한 것이 조금 부끄러웠지만 나는 이미 킹에게 중독되어 있었다. 그의 포옹이 없는 건, 너무 외롭다.

"미안. 게임하다 보니까 정신이 팔려서…."

나는 다시 눈살을 찌푸렸다. 그의 어깨 위에 얹었던 고개를 들어 올리고, 엉덩이를 움직여 그의 허벅지 사이 깊은 곳을 살살 비볐다. 그러자 밑에 앉아 있던 사람의 날카로운 눈에 번뜩이는 욕망이 비쳤다.

"나 유혹하는 거야?"

"해석은 네 마음이지."

나는 달콤한 미소를 지으며 일부러 그의 물건을 스치도록 움직이며 속삭였다.

"으아가 오늘 밤 두 가지 선택지를 줄게요."

"뭔데?"

"계속 게임을 플레이하거나, 컴퓨터 끄고 침대에서 으아랑 같이 '플레이'를 하거나."

나는 의도적으로 그의 귓불을 부드럽게 핥았고, 엉덩이 사이로 꿈틀거리는 그의 욕망의 본체를 문질렀다. 킹은 내가 주는 자극에 착실히 반응했다. 두꺼운 트레이닝복 밑에 숨겨져 있던 것이 뜨겁고 단단해진 것이 분명하게 느껴졌다

"적어도 네 아들은 엄마를 그리워하는 것 같네."

나는 나를 갈망하는 사람의 눈을 마주 보며 놀리듯 말했다.

연인의 도톰한 입술 끝이 호를 그리더니 교활한 미소를 지었다. 그리고 한 손을 움직여 마우스를 쥐고 재빨리 컴퓨터를 종료했다.

"결정했어?"

"어차피 답은 하나야."

그가 귓가에 낮게 속삭였다.

그는 곧장 자리에서 일어났다. 나는 깜짝 놀라 황급히 두 다리로 그의 허리를 감싸안았다. 킹은 두 팔로 내 엉덩이를 받치고 침실로 데려가 매트리스 위에 눕혔다.

"내 여보랑 노는 게 훨씬 더 재밌는데, 게임은 무슨 게임이야?"

유쾌한 목소리로 말하는 그의 날카로운 눈이 호랑이처럼 맹렬하게 빛났다.

나는 그 반응에 웃으며 그의 딱딱해진 아랫도리를 장난스

럽게 쓰다듬었다. 킹은 목구멍을 울리며 낮게 으르렁거렸다. 그러고는 더 이상의 장난은 허용하지 않겠다는 듯 두꺼운 손으로 내 손을 잡아 밀어내고 몸을 일으켜 티셔츠와 바지를 벗었다.

나는 눈앞에 있는 완벽한 나신을 훑어보며 감탄했다. 킹이 운동을 정말 열심히 했다는 사실이 분명하게 드러났다. 구릿빛 피부에 꽉 짜인 아름다운 근육질 몸매가 눈길을 사로잡았다. 너무 과하지도 부족하지도 않게 자리 잡은 근육이 너무 매력적이어서 내 것이라는 자국을 남기고 싶었다. 킹이 내 위로 올라와 다리 사이에 자리를 잡자 나는 그의 복부로 손을 뻗었다. 손끝으로 살살 매만지자 그가 이를 악물고 잇새로 숨을 내뱉었다.

"장난꾸러기."

킹이 내 허리를 꽉 쥐며 속삭였다.

나는 한 손으로 연인의 단단한 가슴을 쓰다듬고, 다른 한 손으로는 셔츠 단추를 풀어내면서 동시에 다리를 조금 더 벌렸다.

"빨리 들어와. 으아는 킹 형이랑 너무 놀고 싶어."

"분부대로."

흥분한 그가 갈라진 목소리로 대답하고는 재빨리 두툼한 입술로 내 입술을 덮었다. 나는 그의 목에 팔을 감고 열정적으로 키스에 응했다.

그 뒤로 나는 킹과 몇 시간 동안이나 플레이를 했다.

"으아, 벌써 아침이야."

낮고 허스키한 목소리가 나를 부르는 소리에 잠에서 깨어났다. 두꺼운 이불 속에 싸인 내 몸은 여전히 알몸이었다. 나는 힘겹게 눈꺼풀을 들어 올렸다. 손을 더듬어 휴대폰을 찾았다. 하지만 누군가 내 알람을 껐다는 것을 깨달았고 그것이 내 엉덩이를 매만지고 있는 끈적한 손의 주인이라는 것도 알았다.

킹이 나보다 먼저 일어났다는 것은, 내가 정말 피곤했다는 의미였다.

"너무 졸려."

나는 멍하니 중얼거렸다. 일어나서 샤워를 할 힘이 없었다. 킹이 게임하는 것을 기다리다 먼저 잠들었을 때보다 더 늦게 잠자리에 들었기 때문이다. 그런 식으로 킹을 유혹한 것이 오히려 더 큰 후폭풍을 불러올 거라고는 생각하지 못했다.

"그럼, 오늘 쉴까?"

너무 게을러서 종종 출근하기 싫어하는 남자 친구가 커다란 손으로 내 몸을 쓸며 은근하게 물었다.

나는 몸을 돌려 그의 몸을 껴안고 거칠어진 턱 끝에 부드럽게 입 맞췄다.

"안 돼. 오늘 급한 일이 있어."

"난 아직 부족한데…."

그가 낮게 중얼거렸다. 동시에 내 얼굴을 꿰뚫어 버릴 듯 응시하는 날카로운 눈은 '아직 부족하다'의 의미가 단순히 잠이 부족하다는 의미가 아니라는 것을 분명하게 알려 주고 있었다.

"네가 또 늦게까지 게임만 하지 않으면, 오늘 밤에 이어서 플레이할 수도 있어."

나는 그의 입술에 부드럽게 키스한 뒤 뒤로 물러나 연인의 얼굴을 살폈다. 그리고 조금 더 짙어진 눈 밑을 불만스럽게 쓸었다.

"다크서클이 더 짙어졌어. 맨날 늦게 자서 판다 같아졌잖아."

"내가 게임하는 거 싫어?"

나는 고개를 절레절레 흔들며 깊은 한숨을 쉬었다.

"네가 좋아하는 걸 하지 못하게 하고 싶진 않아. 근데 매일 너무 늦게 자는 것 같아서 걱정됐어. 제이드랑 다른 사람도. 이제 곧 서른이잖아. 건강을 챙겨야 할 때야."

나는 넓은 가슴에 얼굴을 묻고 말을 이었다. 킹은 대답이 없었다. 고개를 들어 나를 향한 애정이 듬뿍 담긴 눈을 마주하자 얼굴이 화끈거렸다.

"근데 어쨌든 그것 때문에 서운했던 건 맞지?"

"조금."

우린 사귄 지 3개월밖에 되지 않았지만, 1년여 동안 FWB로 지내기도 했다. 그와 가까워진 지는 꽤 오랜 시간이 흘렀는데 그가 무언가 다른 일에 온 관심을 쏟는 것 같아 걱정이 된 것도 맞다.

슬슬 그가 나에게 흥미를 잃어 가는 건 아닐까 하는 생각에 불안했고, 그가 전 남자 친구들처럼 나에게 싫증을 느낄까 봐 두려웠다.

"내가 너보다 게임을 더 좋아할까 봐 걱정돼?"

"…응."

"어떻게 이렇게 귀여울 수가 있지?"

킹은 순식간에 몸을 돌려 나를 침대에 눕히고 내 위로 올라와 키스했다. 그리고 그가 내 뺨에 키스하는 것을 마지막으로 물러나기 전까지 한참 서로의 입안을 탐했다.

"게임은 좀 줄일게. 너무 늦게 자지 않을 테니까 마음 편히 쉬고 있어."

"알겠어."

"그리고 걱정하지 마. 나한테 세상에서 너보다 중요한 건 없어."

킹의 입술이 다시 내 입가에 내려앉았고, 그대로 부드럽게 속삭였다.

그 말에 나는 단번에 활짝 웃어 버렸다. 보답으로 입술을 내밀어 뽀뽀해 주었다.

이 한마디가 이렇게 심장을 두근거리게 할 줄이야.

"샤워하고 올게."

그의 몸을 살며시 밀어내고 출근 준비를 위해 침대에서 몸을 일으켰지만, 킹이 꼼짝도 하지 못하게 나를 가두는 바람에 한참을 더 뭉그적댈 수밖에 없었다. 그러다 거의 6시가 다 돼서야 침대를 벗어났다.

평소보다 늦게 콘도에서 출발했다. 어쩐 일인지 오늘은 교통량이 그리 많지 않아 근무 시간 전에 사무실에 도착했다. 사원증을 태깅하는 남자 친구를 물끄러미 바라보던 나는 같은 회사에 다니는 사람과 만나지 않겠다고 다짐했던 기억이 떠올라 웃었다. 결국 내가 한 말을 주워 담아야 하는 날이 올 거라고 누가 생각이나 했을까.

사는 게 참 그렇다. 항상 예상치 못한 일이 일어날 수 있다.

"왔냐, 이 나쁜 놈아."

우리의 가장 친한 친구가 킹과 내가 사무실에 들어서자마자 볼멘소리를 냈다. 제이드의 시선은 내 남자 친구의 얼굴에 고정되어 있었고, 그 동그란 얼굴은 분명히 아주 불만스러워 보였다. 그는 휴대폰을 내려놓고는 킹의 책상으로 걸어가 두 손으로 책상을 쿵 내리쳤다.

"어제 도대체 무슨 일이 있었던 거야? 우리 셋을 적진에 남겨 두고 갑자기 사라졌잖아!"

"맞아요, 형 때문에 죽었잖아요!"

건이 재빨리 끼어들었다.

"그래, 너 때문에 우리 다 죽었어!"

제이드의 찌푸린 얼굴은 몹시 화가 나 보였다. 두 사람에게 둘러싸여 질책받던 킹은 싱긋 웃으며 제이드의 어깨를 툭툭 쳤다.

"미안. 급한 일이 있어서."

"무슨 일이 있었는지는 몰라도 사라지기 전에 말을 했어야지. 그만하고 싶으면 갑자기 사라지지 말고 미리 알려 달라고!"

"알았어, 알았어. 말할 시간이 없었어."

내가 게이머들의 대화에 등을 돌리고 책상에 앉아 업무를 준비하는 동안에도 킹은 계속해서 변명을 이어 갔다. 나는 입꼬리를 살짝 말아 올린 채 컴퓨터를 켰다.

"뭐, 급똥 신호라도 왔어? 3초도 없었냐고!"

"아, 진짜 급한 일이었어. 미안, 미안. 밀크티 사 줄게, 됐지?"

"좋아. 용서해 주지."

비난을 퍼붓던 제이드는 언제 화가 났냐는 듯 평소의 언제나 즐거운 제이드로 돌아왔다. 뇌물을 받은 그는 불평을 멈추고 책상으로 돌아가 아무렇지 않게 자신의 남자 친구와 메시지를 주고받았다.

그 상황을 지켜보고 있던 건은 눈을 크게 뜨고 재빨리 항의했다.

"어떻게 제이드 형만 사 줄 수가 있어요? 저는요!"

"어어, 알았어. 너도 사 줄게."

"감사합니다!"

건도 해맑게 웃고는 다시 작업에 집중했다.

나는 고개를 돌려 킹을 바라보았다. 그는 나에게 윙크했고, 나도 다정하게 미소를 지었다.

어젯밤, 내 마음속에 있던 한 가지 의구심이 사라졌다.

킹이 게임을 좋아하는 것은 사실이지만 게임보다는 내가 우선이었다.

좋아, 당연히 그래야지.

Special 04
남자 친구가 아픈 날

　6월은 본격적으로 장마가 시작되는 시기여서 방콕과 같은 대도시에 사는 직장인들에게는 아주 골치 아픈 계절이다. 평소에도 도로 위 상황은 충분히 심각한 수준인데, 출퇴근길에 비라도 오면 상황은 최악으로 치닫는다. 물론 차를 두고 걸어 다닐 때도 길 곳곳에 고인 물웅덩이를 피하는 것이 상당히 고역이다. 이때는 아침 6시에 집을 나서도 8시 반까지 출근할 수 있을지 미지수다.

　"젠장! 다 망가졌잖아!"

　내 남자 친구는 이른 아침부터 쏟아지는 빗속을 뚫고 온 차를 살피며 화를 내고 있다. 폭우로 인해 평소보다 더 차가 막힌 데다가 회사 주차 빌딩의 한 층이 공사로 폐쇄되었기 때문에 주차 공간도 적어서 주차장 안이 난리 통이었다. 우리가 회사에 도착했을 때는 이미 건물 내부 주차 공간이 꽉 차 있어서 건물 옆 야외에 주차해야 했는데, 킹은 어제 막 차에 유리막 코팅을 한 상태였고 완전히 건조도 시키지 못한 채로 갑자기 쏟아진 폭우를 뚫고 온 것도 모자라 야외 주차로 햇빛 아래에 차를 방치해야 하는 상황이었다.

"킹, 들어가자."

나는 아직도 차를 보며 우울해하고 있는 킹에게 말했다. 빗줄기는 조금 약해졌지만 여전히 옷이 젖을 만큼 많이 내리고 있었다.

"하…. 이거 봐. 이 진흙은 또 어디서 묻은 거야? 망했어."

"나중에 세차하러 가자. 일단 사무실로 가."

킹은 쉽사리 차를 포기하지 않았다. 그래서 나는 서둘러 그에게 다가가 우산을 씌웠다.

"…알았어. 젠장, 아침 일찍부터 지친다, 진짜."

내 손에서 우산을 가져가는 그의 얼굴에는 여전히 불만과 좌절이 가득 차 있었다. 우리는 회사 건물로 들어가 엘리베이터를 탔고 무사히 근무 시간 전에 출근을 마쳤다. 하지만 제이드를 포함해 부서원 절반 이상이 아직도 사무실에 오지 못한 상태였다. 다른 사람들도 우리만큼이나 운이 나쁜 아침을 보내고 있는 것 같았다. 사무실로 들어오는 길에 누군가 오늘 폭우로 지상철 시스템이 다운됐다고 하는 말을 들었다. 제이드가 출근하기까지는 더 시간이 걸린다는 의미였다.

"킹, 머리부터 말려."

나는 책상에 앉으면서 그의 비에 젖은 머리카락을 보고 말했다.

킹은 꽤 오랫동안 차 주변을 우산도 없이 돌아다녔다. 내가 몇 번이나 우산 밑으로 그를 불러들였지만 좀처럼 오지 않고 버티더니 머리랑 옷이 많이 젖어 있었다.

"마르겠지."

그는 손으로 머리를 빗어 넘기며 무심하게 대답했다.

"얼른 말려, 감기 걸려."

"안 걸려. 난 아주 튼튼하거든."

그는 걱정하지 말라며 눈을 찡긋거렸지만 나는 납득할 수 없었다.

"흠뻑 젖었잖아. 여기 에어컨도 빵빵한데, 감기라도 오면 간호 안 해 줄 거야."

여전히 내 경고를 진지하게 받아들이지 않는 그를 향해 눈살을 찌푸렸다. 고집스러운 남자 친구의 태도에 한숨만 나왔다.

평소라면 이런 비에 조금 젖었다고 해서 킹을 이렇게 걱정하지는 않았을 것이다. 그는 규칙적으로 운동을 하는 건강한 남자였고, 사건 이후로 실제로 아파서 휴가를 내거나 한 적도 없었다. 하지만 지난 한 주간 프로그래머들은 각자 엄청난 업무량을 감당해야 했다. 신규 애플리케이션 개발을 위해 킹 역시 며칠이나 연달아 새벽까지 회사에 남아 일을 했다.

그러니 이렇게 비에 젖어 있는 것이 걱정되지 않을 수가 없었다. 아무리 건강한 사람도 충분한 휴식을 취하지 않은 상태라면 누구라도 쉽게 면역력이 떨어질 터였다.

"거짓말. 나 아프면 챙겨 줄 거면서."

킹은 가까이 다가와 한 손을 내 엉덩이에 올려놓고 가볍게 움켜쥐었다. 나는 홱 몸을 돌려 의자에 앉았다.

이 고집불통과 더 이상 대화하고 싶지 않았다.

주의를 주었지만 듣지 않은 건 킹이니까, 정말로 아프기라도 하면 절대 돌봐 주지 않겠다고 다짐도 했다.

그리고 역시나.

상황은 우려했던 대로 흘러갔다.

"음….."

토요일 아침 5시가 조금 넘은 시간. 나를 감싸고 있던 따뜻한 품이 사라지고 공허함만 남은 느낌에 잠에서 깨어났다. 졸린 눈을 비비며 침대에서 일어나 옆으로 고개를 돌리니 킹의 얼굴이 평소보다 창백했다. 식은땀을 흘리고 있었고, 열에 들떠 입술까지 붉게 부어 있다.

"킹…?"

조심스럽게 부르며 재빨리 손으로 그의 얼굴을 쓸고 이마를 짚었다. 손바닥에 느껴지는 후끈한 체온에 눈살이 찌푸려졌다.

봐. 내 말 안 듣더니 지금 열나잖아.

크게 한숨을 쉬었다. 그리고 서둘러 일어나 몸을 닦아 줄 수건과 약을 챙겨 돌아왔다. 충분히 쉬지 못한 데다가 비를 맞기까지 했으니 감기 몸살이 온 것 같았다. 킹을 알고 난 이후 지금까지 그가 아픈 걸 본 적이 없었는데, 어쩌면 오늘 그는 수년 만에 처음으로 아픈 것일지도 모른다.

"킹, 일어나 봐. 약 먹자."

해열제를 먹이기 위해 잠들어 있는 그를 깨웠다. 그는 내가 두세 번이나 더 몸을 흔들고 나서야 겨우 눈을 떴다.

"왜…."

원래도 허스키하던 목소리가 잔뜩 갈라져 더 쉬어 있었다. 얼굴도 너무 지쳐 보였고, 상태가 몹시 나빠 보였다.

"너 열나. 일어나서 약 먹어. 목도 아파? 그럼 소염제도 가져다줄게."

"안 먹어도 돼. 괜찮아, 별로 안 아파…. 곧 낫겠지."

킹은 중얼거리며 이불을 머리 위로 끌어당겼다.

"약 안 먹고 어떻게 나아. 일어나."

나는 이불을 끌어 내렸다. 그러자 그는 약을 먹지 않겠다며 고집을 부렸다. 쉽게 일어날 기미도 없었다. 눈앞에 펼쳐진 광경에 나는 또 한 번 지친 한숨을 내쉬었다.

평소에는 이렇지 않은데, 아프니까 왜 이렇게 대화하기가 힘든 걸까?

내년이면 서른인데 딱 세 살 꼬마 같다. 나는 내 남자 친구에게 이런 면이 있었다는 걸 이제야 깨달았다.

"일어나서 약 먹어. 얼른. 더 나빠지면 어쩌려고 그래?"

"아니, 안 그래. 그냥 좀 피곤해서 그래…. 자고 나면 괜찮아져."

이 환자는 여전히 자신의 상태가 얼마나 걱정스러운지 인정하지 않았다. 나는 어떻게 해서든 그에게 약을 먹여야 했고, 결국 궁극의 무기를 사용하기로 했다.

"으아는 킹이 너무 걱정돼."

내 입술 사이로 나긋한 목소리가 흘러나왔다. 나는 더 가까이 다가가 침울한 표정을 지었다. 아픈 남자는 제대로 뜨기도 힘든 눈으로 나를 가만히 바라보았다.

"…."

"킹이 아픈 거 보고 싶지 않아. 빨리 나았으면 좋겠어. 약 먹으면 으아 마음이 좀 더 편할 것 같아."

"…."

"약 먹고 나면 으아가 몸 닦아 줄게. 제발, 약 먹어 줘."

"…응."

그는 결국 약을 먹기로 한 듯 쉰 목소리로 조그맣게 웅얼거렸다.

나는 작전 성공을 기뻐하며 몰래 미소 지었다. 킹은 평소 내 감정에 온 관심을 기울이고 존중해 주었기 때문에 내가 그의 무언가가 마음이 들지 않는다고 말하면 즉시 내 말을 들을 것 같았다.

남자 친구가 이렇게 나를 아끼는 사람이라서 얼마나 다행인지.

그를 침대 헤드에 기대 앉히고는 약과 물 한 잔을 건넸다. 킹이 알약을 삼킬 때까지 지켜본 다음 다시 침대에 누울 수 있

도록 도와주었고, 부드러운 천을 물에 담갔다가 꼭 짜서 가져
왔다.

이전에 제이드가 아플 때도 그를 돌봐 준 적이 있다. 대학
시절, 제이드는 자주 감기에 걸려 열이 나곤 했는데, 약과 음식
을 구해 오고 몸을 닦아 주는 간병인의 역할은 룸메이트인 나의
몫이었다. 그 뒤로 이렇게 아픈 누군가를 돌본 지는 수년 만이지
만 그때나 지금이나 힘들다는 생각은 조금도 들지 않았다.

아끼는 사람을 돌보는 일은 전혀 힘든 일이 아니다.

나는 이불을 잠시 옆으로 치워 두고 침대 옆에 걸터앉아
그의 셔츠 단추를 풀었다. 그리고 젖은 수건으로 조심스럽게
얼굴과 몸을 닦았다. 킹의 몸은 평소보다 뜨거웠다. 체온계가
없어도 증상이 심상치 않다는 것이 느껴져서 더 걱정됐다.

"약 먹고 몸도 닦았는데 서너 시간 후에도 열 안 내리면 병
원에 가자."

"그럴 필요 없어. 나을 거야."

고집 센 환자가 또 중얼거렸다.

그의 눈은 내가 그의 몸을 닦아 주려고 애쓰는 동안 가만
히 내 얼굴을 응시했다.

"뭘 보고 있는 거야?"

"내 여보. 너무 귀여워서."

킹이 희미한 미소를 띠며 말했다.

그 말에 나는 이상하게 부끄러워져서 그의 잘생긴 얼굴을
차마 똑바로 보지 못하고 몸을 닦는 데만 집중해야 했다. 잠시

후 수건을 다시 물에 적셔 오려는 데 그가 내 손목을 붙잡았다.

"놔 줘. 수건 좀 다시 적셔 올게."

"아파도 간호 안 해 줄 거라더니."

그는 여전히 힘든 표정이었지만, 얼굴에 떠오른 희미한 미소에는 나를 놀리는 기색이 역력했다.

"어떻게 진짜로 그래?"

나는 작게 한숨을 쉬며 그를 바라보았다. 난 그렇게 무정한 사람이 아니다. 하물며 남자 친구가 아픈데 돌봐 주지 않는다니, 그런 끔찍한 남자 친구도 아니다.

"고마워."

킹이 다 쉰 목소리로 말했다.

열이 나서인지 그 날카로운 눈이 평소보다 더 달콤하고 촉촉해 보였다. 결국 나는 잠긴 목소리로 짤막하게 대답하고는 서둘러 수건을 가지고 화장실로 갔다. 거울을 보니 뺨이 조금 붉게 달아올라 있었다.

아파서 열이 나는 킹처럼… 내 얼굴도 온통 벌겋다.

저렇게 기력이 다 빠지도록 몸이 아픈 와중에도 그는 습관처럼 나를 매료시키는 것을 멈추지 않았다. 그게 좋으면서도 그가 이전에 내가 아닌 누군가에게 애원하고 어리광을 부렸을지도 모른다고 생각하니 조금 우울해졌다.

하지만 그건 지나간 과거일 뿐이다. 나는 그와 함께하는 현재와 미래에 집중하자고 스스로를 다독였다.

나는 달아오른 얼굴을 식히기 위해 세수를 한 후 침대로 돌아왔다. 그의 몸을 마저 닦아 주었고, 킹은 얌전히 누워 있었다. 하지만 내가 수건으로 문지를 때마다 가슴과 복부 근육이 움찔거리며 조금씩 단단해졌다.

"거긴 내가 할게."

배꼽 아래에 손이 닿자 킹이 다급히 말했다.

"괜찮아. 넌 누워 있…."

"으아, 내가 할게."

그의 목소리가 훨씬 진지해졌고, 나는 믿을 수 없단 표정으로 그와 눈을 맞췄다.

우리가 장난을 칠 때는 서로의 모든 부분을 구석구석 매만지긴 했지만…. 지금 그는 환자이고, 그저 열을 내리느라 몸을 닦아 주었을 뿐인데….

"아프다고 거기까지 무기력해지는 건 아니야."

킹이 내 마음을 읽은 듯 낮고 쉰 목소리로 말했고 마치 힌트를 주듯 아랫도리로 눈짓을 했다.

나도 그의 시선을 따라 그의 잠옷 바지 아래로 부풀어 오른 그것을 발견하고는 어쩔 수 없이 얼굴을 붉혔다.

아….

지금은 이른 아침이고, 남자들이 한창 혈기 왕성할 때였다. 내가 그걸 어떻게 모르겠는가.

"네 손 닿으면 내 아들, 정말로 완전히 일어날 것 같아. 그럼 엄마는 도망 못 가겠지?"

킹이 여전히 미소를 띤 채 말했다.

나는 뜨거운 것에 데기라도 한 듯 파드득 손을 떼어 내고 눈을 가늘게 떴다. 어이가 없으면서도 어쩐지 웃음이 나왔다.

아픈 와중에도 흥분을 하다니, 도대체 어떻게 생겨 먹은 남자인 거야?

"그럼, 나머지는 알아서 해. 뭐 먹고 싶은 거 있어? 만들어 줄게."

나는 수건을 내려놓고 일어났다.

"배 안 고파."

"안 고파도 먹어야 해. 그래야 힘내서 얼른 낫지."

나는 걱정스러운 마음에 덧붙였다.

"죽? 아니면 따뜻하게 완탕 수프 좀 먹을래? 사 올게."

"아무거나."

"다진 돼지고기를 넣은 죽, 괜찮지?"

"응."

"몸 다 닦고 나면 좀 자고 있어. 죽 다 끓으면 깨워 줄게."

나는 침실에서 나와 부엌으로 갔다. 그리고 냉장고에서 필요한 재료들을 꺼내 요리를 시작했다. 예전이었다면 킹의 냉장고에는 요리를 할 만한 재료가 하나도 없었을 것이다. 아마 맥주 한 병 정도? 지금은 내가 대부분의 시간을 이곳에서 보내고 있기 때문에 늘 식재료를 사서 냉장고를 채워 두었다.

오랜 자취 생활의 장점이 있다면, 바로 요리를 할 줄 알게 됐다는 것이다. 나는 원래도 외식하는 것을 그다지 좋아하지 않았다. 무엇보다 외식을 하면 돈이 너무 많이 들었다. 그래서 주로 재료를 사다가 직접 요리를 해 먹곤 했다. 대학 시절부터 내가 인터넷에서 찾은 레시피를 따라 요리하면 음식의 맛을 보는 사람은 제이드였고, 그는 항상 맛있다는 말과 함께 잘 먹는 모습을 보여 주었기에 내 요리 실력이 그렇게 나쁘진 않다고 생각했다.

"냄새 좋다."

뒤쪽에서 쉰 목소리가 들려서 뒤를 돌아보니, 침대에 누워 있어야 할 환자가 부엌으로 걸어오고 있었다.

"왜 안 자고 나왔어?"

"안 졸려."

킹은 그렇게 대답하고는 나와 적당한 거리를 두고 멈춰 섰다.

"뭐야, 갑자기 낯가려?"

나는 그가 평소와 다르게 행동하는 것이 당황스러웠다. 내가 요리할 때마다 킹은 늘 나를 따라와 뒤에서 꼭 안아 주었고, 더 나아가 키스를 하려고 해서 주걱으로 때려 준 적이 많았는데, 오늘은 거리를 두고 서 있는 것이 몹시 낯설었다.

"가고 싶은데, 감기 옮을까 봐 걱정돼서."

그의 눈꼬리가 축 처져 있다.

그 시무룩한 얼굴을 보니 갑자기 내 남자 친구가 너무 사랑스러워서 웃음을 참을 수가 없었다. 나는 제이드가 마이보고 커다란 강아지 같다고 했던 것을 이제야 이해했다. 지금의 내 남자 친구도 그와 다르지 않다.

"거의 다 됐어. 테이블에서 기다려, 알았지?"

킹은 순순히 부엌에서 걸어 나갔고, 나는 냄비 속 죽 표면에 떠 있는 탁한 거품을 걷어 내며 계속 저었다. 그리고 잠시후 가스레인지 불을 끄고 그릇에 죽을 담아 킹에게 가져갔다.

"먹어."

덩치 큰 남자 앞에 향긋한 죽 한 그릇을 내려놓았다.

"힘이 안 나. 먹여 줘."

그가 잔뜩 갈라진 목소리로 응석을 부렸다. 내가 가만히 서서 믿기지 않는단 눈으로 그를 바라봤다.

"이거 봐. 팔 들어 올릴 힘도 없어, 진짜야. 킹 밥 좀 먹여주세요."

"그럼, 이거 다 먹어야 해."

"응."

나는 죽을 가져와 병약한 어리광쟁이에게 한 입씩 떠먹였다.

응석을 부리고 있을 뿐이라는 걸 알지만, 아픈 건 정말이니까. 착한 일 하는 셈 치고 속아 주기로 했다. 결국은 내가 곁에 있어 주기를 원하는 것일 테니.

"넌 귀여운데 요리도 잘해. 도대체 누구 여보야?"

킹은 내가 대답하지 않자 내 코를 부드럽게 쥐고 조금 흔들었다.

"읏! 왜 꼬집고 그래?"

"대답해야지. 듣고 싶어."

"여기 있는 어떤 환자요."

그가 끈질기게 대답을 요구하자 나는 마지못해 대답했다.

"귀여워라."

"말 많이 하지 마."

나는 눈살을 찌푸리며 그의 입에 죽을 밀어 넣었다. 킹의 변태적인 특징 중 하나가 이렇게 그가 듣고 싶은 말을 들을 때까지 나를 귀찮게 한다는 것이었다. 나는 킹처럼 그런 달콤하고 낯부끄러운 말을 잘하는 사람이 아니었기 때문에 너무 어려웠다.

그런 건 몇 번을 해도 여전히 익숙해지지 않았다.

"부끄러워요, 내 자기?"

"입 좀 다물어."

나는 말이 많은 그의 입에 죽을 한 숟가락 더 퍼 넣었다.

곧 그릇에 담긴 죽이 완전히 사라졌고, 나는 휴지로 그의 입을 닦아 주었다. 킹이 다행히 식사를 할 수 있는 상태여서 조금 안심이었다. 밥도 먹을 수 없는 상태였다면 정말로 병원에 끌고 갔을 것이다.

"몸은 좀 어때?"

나는 손을 뻗어 그의 이마를 만졌다. 여전히 체온이 높았지만 아침보다는 나아진 것 같았다.

"좀 나아졌어. 오늘 쉬면 완전히 나을 거야."

킹은 내 손을 잡아당겨 장난스럽게 주무르며 대답했다.

"그럼, 가서 좀 자."

"같이 가면 안돼?"

그가 내 손을 붙잡고 애원했지만 나는 고개를 저었다.

"난 설거지하고 방 청소도 해야 해."

"그냥 두고 나랑 같이 자자. 너 없인 못 자겠어."

이 환자가 식사 후엔 또다시 나를 괴롭히기 시작했다. 솔직히 말해서 이런 상태의 킹을 보게 될 줄은 상상도 못 했다. 그는 덩치도 산만 하고 인상도 날카로웠지만 아프니까 사무실 선배의 유치원생 아이보다 더 손이 많이 가는 남자가 돼 버렸다.

"제발. 네 무릎 베고 자고 싶어. 침대에 눕기 싫으면 소파에서 자도 돼."

"알겠어."

결국 나는 또다시 그에게 져 주고 말았다. 소파로 걸어가 등받이에 몸을 기대고 앉았고, 거실 테이블 위에 있던 태블릿을 집어 들었다. 아픈 남자는 나에게 감기가 옮지 않도록 마스크를 가져와 쓰라고 하더니 베개 대신 내 무릎에 머리를 베고 누웠다.

곧 킹이 내 배에 얼굴을 파묻었다. 뜨거운 입김이 옷을 뚫고 피부 위에 닿았다.

"잔다며."

나는 그의 머리카락을 가볍게 잡아당겼다. 장난꾸러기 남자 친구는 손으로 내 셔츠를 들어 올리고 뜨거운 입술로 계속해서 내 배에 입 맞췄다.

"잘 거야. 잠깐만."

"안 잘 거면 일어날래."

나는 그의 욕망이 깨어나기 전에 재빨리 셔츠를 끌어 내리고 최후통첩을 날렸다. 그는 손을 들어 올려 내 목덜미를 붙잡고는 눈을 맞췄다.

"키스하고 싶어."

그의 날카로운 눈이 내 입술을 뚫어져라 응시했다.

나는 손으로 그의 입술을 가리며 부드럽게 말했다.

"나한테 키스하고 싶으면 빨리 나아."

"자고 일어나면 나을 거야. 얼른 자야겠다."

내 무릎 위에 누운 사람이 웃으며 말했다.

나도 덩달아 웃음을 터뜨리며 손으로 그의 머리카락을 부드럽게 쓰다듬었다. 그리고 무릎 위에 누운 사람이 팔짱을 끼고 얌전히 눈을 감는 것을 보고 나도 재생 버튼을 눌러 좋아하는 드라마를 시청했다.

곧 규칙적인 숨소리가 들려오는 것을 보니 마침내 그가 깊은 잠에 빠진 것 같았다. 나는 그대로 계속 드라마를 시청했다. 잠시 후 눈이 가물가물 감기기 시작했다. 어젯밤엔 자정이 다 되어 잠자리에 들었는데 아침에도 새벽 일찍 일어나서인지 잠이 부족했다. 점점 멀어지는 의식을 끝내 잡지 못하고 까무룩 잠이 들었다가 다시 정신을 차렸을 때는 아픈 사람의 무릎을 베고 소파에 누워 있는 나를 발견했다.

"몇 시야?"

"오후 2시."

"벌써? 왜 안 깨웠어?"

나는 서둘러 일어나 앉아 고개를 흔들어 졸음을 쫓아냈다.

다시 점심을 준비해야 할 시간이었다. 이미 아침으로 죽을 먹었으니 점심으로 태국식 오믈렛과 칼칼한 목에 좋을 것 같은 맑은 수프를 만들 생각이었다.

"뭐 하러 깨워? 푹 자면 좋지."

그는 여전히 쉰 목소리로 낮게 대답했다. 이마를 짚어 보니 체온이 아까보다 조금 더 떨어진 것 같아서 다행이었다.

"점심 먹고 약 한 번 더 먹자."

내 말에 킹은 미소로 대답을 대신하고는 큰 손을 뻗어 내 손을 붙잡고 가볍게 입 맞췄다.

"고마워."

그는 아주 다정한 눈으로 바라보며 다시 한번 말했다.

나는 고개를 돌리며 중얼거렸다.

"알아. 아까 말했잖아."

"너무 고마워서. 네가 알아줬으면 좋겠어."

낮고 쉰 목소리는 단호하면서도 진지했다. 킹은 더 가까이 다가와 내 귓가에 속삭였다.

"킹이 완전히 회복될 때까지 잘 기다리면, 킹이 착한 간호사에게 상을 줄 거예요."

"무슨 상?"

"들어도 별로 놀랄 일은 아니야."

그가 특유의 교활한 목소리로 말했다.

나는 내 연인을 빤히 쳐다보았다. 그 눈의 반짝임으로 그가 말한 상은 나를 위한 것이 아니라는 확신이 들었다.

"필요 없어. 네 맘 충분히 알아."

내 대답에 킹은 웃음을 터뜨렸다. 나는 절레절레 고개를 흔들고는 소파에서 일어나 곧장 부엌으로 향했고, 점심 식사를 준비하면서 몰래 미소 지었다.

킹이 주는 상이라…. 흥미롭게 들리기는 하네.

사실, 아주 기대돼.

Special 05
서프라이즈

[킹 시점]

이전까지, '쿤나콘 수티쿨'이라는 이름을 들으면 친구들이나 직장 동료들의 머릿속에 가장 먼저 떠오르는 단어는 '여자'였을 것이다. 하지만 내가 여자만 만났던 건 아니다. 나는 원래 파트너의 성별은 그다지 신경 쓰지 않았다. 그저 누군가가 내 마음에 들고 서로 합의가 되면 그때부터 파트너 관계를 맺을 뿐이었다. 어쨌든 나는 대학 때부터 수년을 그렇게 살아왔는데 어느 날 밤, 너무 취해서 끝내 자제하지 못하고 우연히 직장 동료 한 명과 자 버렸다.

그 이후로 내 인생은 송두리째 바뀌었다.

"킹, 일어나."

내 이름을 부르는 부드러운 목소리에 나는 달콤한 꿈속에서 빠져나와 힘겹게 눈을 떴다. 침실 발코니의 투명한 유리문을 통해 들어온 눈부신 햇빛에 눈살을 가득 찌푸렸다. 눈을 깜빡여 흐릿한 시야를 되찾고 나니 가장 먼저 보인 것은 잘생긴 남자의 얼굴이다. 그의 아름다운 사슴 같은 눈망울이 나를 보고 있다.

거의 매일 보는 얼굴인데도 이상하게 계속 보고 싶은 얼굴이다.

"일어나. 벌써 10시가 넘었어. 오늘 친구랑 약속이 있다며. 더 늦게 일어나면 제시간에 못 갈 거야."

그는 가만히 누워 꼼짝도 않고 자신을 바라보고 있는 나에게 다시 말했다.

"일으켜 줘."

나는 계속 자고 싶은 마음을 이겨 내고 팔을 뻗었다. 웃음소리가 들리더니 여린 손이 내 손을 잡고 몸을 일으킬 수 있게 도왔다.

"킹!"

내가 강하게 붙들고 침대로 끌어 오자 그가 소리를 질렀다. 나는 그 작은 남자의 몸을 무릎 위에 앉히고 붉고 통통한 입술에 진하게 키스했다. 으아는 잠시 바르작거리다가 이내 두 팔을 들어 내 목을 감싸안고 얌전히 입을 벌렸다.

"좋은 아침."

한동안 이어진 키스 후 얕게 헐떡이는 그의 입술 위에 속삭였다. 으아는 코끝을 찡그리며 작게 투덜거렸다.

"안녕, 잠꾸러기. 벌써 열 시야."

"아직 아침이네."

나는 미소를 지으며 그 하얀 볼에 다시 입 맞췄다. 솔직히 말하면 난 지금 내 남자 친구한테 완전히 미쳤다. 으아는 외모도 딱 내 타입인데 성격도 딱 내 취향이다. 그의 얼굴을 볼 때마다 그를 놀리고 싶고 당장 끌어안고 키스를 퍼붓고 싶다. 놀릴 때마다 반응도 너무 귀여워서 미치겠다.

정말이지, 난 이 남자에게 너무 푹 빠졌다.

"얼른 씻어."

으아가 내 어깨를 밀어냈다. 내 하얀 고양이의 입술을 충분히 맛본 나는 순순히 물러나 화장실로 들어갔다.

우리의 휴일은 특별하진 않았다. 함께 외출하는 게 아니면 콘도에 머물렀고, 아침에 일어나면 근처 시장으로 먹을 것을 찾아 나서거나 간단히 먹을 수 있는 음식을 만들어 먹었다(물론 나는 요리를 할 줄 모르기 때문에 으아가 만들고, 나는 거드는 역할이다). 그 후에는 한 시간쯤 운동을 하러 갔다가 돌아와서 여유롭게 드라마를 보면서 쉬었다.

우리가 함께 지낸 1년은 대부분 이런 식이었다. 일상 자체는 혼자 있을 때와 크게 다르지 않았지만 느낌은 완전히 다르다. 으아가 곁에 있는 것만으로 단순했던 모든 일상이 특별해졌다.

샤워 후 옷을 갈아입고 외출 준비를 마친 나는 거실 소파에 앉아 휴대폰을 보며 놀고 있는 애인에게 물었다.

"우리 아침 메뉴는 뭐야?"

"토핑을 얹은 달걀프라이. 식탁 위에 있어."

으아는 손에 쥔 휴대폰에서 시선을 떼지 않은 채 대답했다.

나는 식탁에서 으아가 나를 위해 준비해 준 음식 접시를 집어 들고 그의 옆으로 가 앉았다.

식사를 하면서도 옆에 있는 사람의 얼굴을 몰래 쳐다봤다.

벌써 1월이었다. 다음 달에는 으아가 내 남자 친구가 되어 주기로 한 지 1년 만에 돌아오는 밸런타인데이가 있다.

올해는 으아와의 인연이 시작된 이래 세 번째 밸런타인데이였다. 첫 번째는 그냥 FWB였기 때문에 특별한 건 없었고, 두 번째는 연인이 되었다. 그리고 올해, 세 번째는 전보다 더 특별한 밸런타인데이를 만들어 주고 싶었다.

"무슨 일 있어? 표정이 좋지 않은데."

나는 어쩐지 스트레스를 받는 것 같은 그의 얼굴을 보고 물었다.

으아가 크게 한숨을 쉬더니 휴대폰 화면을 잠그고 테이블 위에 올려놓았다.

"엄마한테 연락 왔어."

가족 이야기를 할 때마다 그의 목소리는 지나치게 무덤덤했다. 으아는 벌써 1년 넘게 집에 가지 않았지만 나는 그의 기분을 이해했다. 자신에게 오랜 시간에 걸쳐 커다란 상처만 떠안긴 사람을, 누가 다시 보고 싶어 할까. 아무리 부모라고 해도 말이다.

"뭐라고 하시는데?"

"몰라. 아직 안 읽었어."

으아는 작은 목소리로 대답하고 소파 등받이에 푹 몸을 기댄 채 눈을 감았다.

"똑같은 일이겠지. 엄마는 돈 필요해야 날 찾으니까."

"그래서, 돈 보내 드렸어?"

지난달에는 어떻게 알았는지 으아 어머니가 돈이 급하다며 내 번호로 전화를 했다. 그녀는 내가 그녀의 아들과 사귀고 있다는 것을 알고 으아가 엄마의 전화를 받도록 설득해 주기를 원했다. 으아에게 말하긴 했지만, 그가 그녀에게 다시 전화하는 것에 대해서는 일절 간섭하지 않았다.

"아니, 늘 하던 대로 정해진 금액만 보냈어. 더 보내도 도박하는 데 다 써 버리니까."

으아는 여전히 눈을 감은 채 대답했다.

"별거 아니었을 거야. 정말 무슨 일이 있었다면 톤카오가 전화했을 거고."

"그럼 괜히 생각하느라 스트레스받지 마. 주름 생기겠어."

나는 그의 찌푸려진 미간을 엄지손가락으로 마사지하며 말했다. 그는 내 말에 동의하는 듯 곧 화제를 바꾸었다.

"친구랑 몇 시에 만나기로 했어?"

"12시. 집에 조금 늦게 올 수도 있어. 부모님 집에 들러서 저녁 먹고 올 거라서."

나는 접시에 담긴 달걀프라이를 다 먹고 마지막으로 물 한

잔을 마시며 대답했다.

으아한테는 그냥 친구랑 약속이 있다고만 말했지만, 사실 아직 그에게 말할 수 없는 것이 있다.

"그럼, 키 카드도 가져가."

"그럴 필요는 없어. 9시쯤에는 돌아올 것 같아."

나는 설거지를 마치고 거울 앞에서 외출 준비를 마무리하며 말했다.

"나 오늘도 잘생겼어?"

"응."

그는 짧게 고개를 끄덕였다. 나는 그에게 다가가 작별 인사로 부드러운 뺨에 또 한 번 깊이 입을 맞춘 뒤, 차 키를 챙겨 약속 장소로 향했다.

토요일 정오 무렵 시내로 가는 도로는 그다지 혼잡하지 않아서 다행히 아속까지 가는 데 오랜 시간이 걸리지는 않았다. 빨간불에 차를 멈춘 사이 나는 약속한 상대에게 전화를 걸었다.

"마이, 거의 다 왔어."

친구와 약속이 있단 말은 사실이었다. 마이는 나이가 어리긴 하지만 어쨌든 내 친구였으니. 단지 약속의 내용만 말하지 않았을 뿐이다.

"전 이미 도착해서 카페에서 기다리고 있어요."

"알겠어."

전화를 끊고 신호등에 초록불이 들어오자 다시 액셀러레이터를 밟았다.

10분 뒤 아속의 한 백화점에 도착해 주차한 후, 내 어린 친구가 기다리고 있는 카페로 향했다.

"나왔어."

"안녕하세요, 형."

"어, 안녕."

몇 년 전 우리 회사의 인턴이었던 그는 그때도 지금도 한결같이 정중한 미소로 인사했다.

"제이드한테 나 만나러 간다고 말 안 했지?"

"안 했어요. 그냥 친구 만난다고만."

그가 웃으며 부드럽게 대답했고 나는 조금 안도했다.

"으아 형한테 프러포즈하려는 거죠?"

그는 오늘 약속의 주요 목적에 대해 물었다.

며칠 전, 나는 마이에게 으아를 위한 서프라이즈 계획에 대해 논의하고 싶다고 말했다. 내 지인 중 이 분야 최고의 멘토는 마이였기 때문이다.

제이드는 거짓말에 재주가 없는 바보라서 비밀을 지킬 수 없을 것이었다. 내가 그에게 도움을 청했다면 아마 얼마 지나지 않아 그 입에서 비밀이 새어 나와 계획이 다 망가질 것이 분명했다. 나는 내 계획을 누구에게도 절대 말하지 않을 것 같으면서 도움이 될 만한 마이에게 조언을 구했다.

"아니, 아직. 1년 정도 더 기다릴 생각이야. 지금은 일하면서 돈을 모으고 있긴 한데 그래도 아직 부족해서."

나는 그에게 대답하면서 손에 든 아메리카노를 한 모금 마셨다. 다가오는 밸런타인데이 서프라이즈를 생각하니 자꾸만 입꼬리가 올라갔다.

솔직히 내 인생에 이런 순간이 있을 거라고는 꿈에도 생각지 못했다. 이전에는 누군가와 결혼하는 모습도 상상할 수 없었지만, 이제는 결혼이 하고 싶다. 올해 서른이 되는 나는 이제 정착할 나이가 된 것 같다고 느꼈다. 부모님도 처음에는 아들이 남자를 만나는 것에 우려를 표하셨지만, 으아와 함께 자주 집에 들를 때마다 그의 예의 바르고 상냥한 모습을 지켜보시면서 이제는 완전히 받아들여 주셨다. 심지어 요즘은 엄마가 나보다 으아를 더 예뻐하는 것 같기도 했다.

오늘 저녁에 가족들과 저녁을 먹으러 간다고 한 것은 내 생각을 가족들에게 알리기 위해서였다. 태국에서 동성 결혼은 아직 합법이 아니었지만 그래도 모든 걸 제대로 하고 싶었다. 적어도 이 사람과 평생 함께할 거라는 사실을 다른 사람들에게 알리는 피로연이라도 하고 싶었다.

"약혼반지를 사려고. 제이드 말로는 네가 아는 곳이 있다던데?"

"네, 제 친구가 숍을 운영하고 있어요. 괜찮으시면 거기로 가요."

그의 눈이 휘어지며 활짝 웃는 얼굴을 만들어 냈다. 나는 그 얼굴을 보고 마이가 큰 강아지 같다고 말하던 제이드를 떠올렸다. 그는 아무리 봐도 정말 잘생겼고 세상 무해한 신사 같았기에 틀린 말은 아니었다. 물론 이 남자는 순진한 얼굴 뒤에 나만큼이나 교활한 면을 숨기고 있지만.

"가자. 조언도 좀 해 줘. 나한테 할증 받으려고 친구랑 공모하지는 말고."

"하하. 아뇨, 안 그래요."

우리는 먼저 점심을 먹고 파야타이 근처에 있는 마이 친구의 매장으로 향했다.

"여기예요. 대학 동기가 부모님에게 물려받은 숍인데 벌써 30년 동안 운영된 곳이래요."

아주 고급스러운 다이아몬드 전문 숍에 들어서면서 마이가 말했다. 그는 잘생긴 중국계 태국 젊은이인 친구와 인사를 하고는 나와 함께 매장을 둘러보며 진열장에 전시되어 있는 다양한 반지들을 구경했다.

"다이아몬드에는 등급이 있습니다. 케이싱 재료에도 여러 유형이 있는데, 약혼반지나 결혼반지는 백금이 더 좋아요."

나는 마이 친구의 설명을 들으며 천천히 반지를 구경했다. 내가 아는 으아는 너무 과하거나 눈에 띄는 것을 좋아하지 않았고, 평소에도 액세서리는 시계 외에 착용한 적이 없었다.

"괜찮으시면 저 두 가지를 좀 보여 주실 수 있습니까?"

나는 작은 다이아몬드가 박혀 있는 두 개의 평범한 반지를 가리켰다. 숍 주인은 그것을 꺼내 카운터에 올려놓았다.

"이 반지는 F 컬러 등급의 0.12캐럿 다이아몬드입니다. 케이싱은 18K 플래티넘이고, 들고 계신 조금 더 작은 것은 0.14캐럿의 동일한 플래티넘 케이싱이에요. 패턴이 있는 반지를 선호하지 않는 분들이 평상시에 착용하기 좋은 디자인이죠. 실제로 많은 분이 찾으세요."

"심플하면서도 예쁘네요."

내 손에 들린 반지를 보고 있던 마이가 말했다. 그의 말대로 으아 역시 이런 심플한 디자인을 좋아할 것 같았다.

"케이싱 소재나 다이아몬드 크기를 변경하는 주문 제작도 가능해요. 골드나 로즈골드로 바꿔도 가격은 동일하고요."

"제작은 얼마나 걸리나요?"

"2주 정도 소요됩니다."

2주면 충분한 시간이었기에 나는 맞춤 반지를 제작하기로 했다. 그리고 다음번에 결혼반지를 맞출 때는 으아를 데리고 와서 더 좋은 등급의 다이아몬드를 직접 고르게 해 주겠다고 생각했다.

"마이, 넌? 제이드한테 언제 청혼할 거야?"

나는 그가 진열된 반지를 유심히 쳐다보고 있는 모습을 보고 물었다.

"오래 걸리진 않을 거예요."

그의 눈이 부드럽게 빛났다. 2년이 지났지만 마이는 여전히 처음처럼 제이드를 사랑했다. 오랜 시간 싱글이었던 내 친구가 이렇게 좋은 사람을 만난 건 정말 행운이다.

"오늘 일은 절대 말하지 마."

나는 한 번 더 단호하게 못을 박았다.

마이는 가볍게 웃으며 오늘 일을 제이드에게 말하지 않겠다고 약속했다. 나는 숍 주인과 마이에게 고마움의 인사를 전했고 이후 각자의 길로 헤어졌다.

이후 집에 들러 가족들을 만났다. 저녁 식사를 하며 부모님에게 으아와의 약혼에 관해 이야기했다. 부모님은 내 의견을 존중해 주셨고, 나는 안심하고 콘도로 돌아왔다.

"일찍 왔네?"

콘도로 들어서자 남자 친구가 놀란 목소리로 물었다. 으아는 평소 즐겨 입는 잠옷을 입고 있었다. 그의 동그란 눈은 겨우 오후 7시를 가리키고 있는 벽시계와 나를 번갈아 보며 깜빡였다.

"어서 내 여보가 보고 싶어서 참을 수가 없었어."

나는 가볍게 웃으며 작은 연인에게 걸어가 그를 품에 안고 향긋한 목덜미에 키스했다.

"저녁 먹었어?"

"먹었어. 친구는 잘 만났어?"

"응. 집에 갔더니 엄마가 왜 너 안 데리고 왔냐고 물으시더라."

나는 으아가 친구에 대해 더 묻기 전에 가족 이야기로 화제를 바꿨다. 꽤나 능숙하게 거짓말을 할 수 있지만, 어쨌든 그에게 거짓말을 하고 싶진 않았다.

"조만간 같이 가서 인사드려야겠네."

그가 부드럽게 말했다.

나는 내 애인을 다정하게 바라보며 살짝 미소 지었다. 처음 부모님이 우리 관계를 받아들이지 못하실 때도 으아는 우리 부모님을 살뜰히 챙겼다. 그리고 부모님은 결국 그의 따뜻한 심성에 마음을 여셨다.

"씻고 올게. 그리고…."

나는 말을 멈추고 그의 얼굴을 슬쩍 바라보았다. 으아는 고개를 살짝 기울였다. 그러고는 곧 그의 도톰한 입술에 매혹적인 미소가 번졌다.

"피곤하겠네. 샤워, 도와줄까?"

빌어먹을.

난 정말 내 남자 친구를 사랑할 수밖에 없다.

"그게 좋겠어."

나는 주저 없이 화답하고는 나에게 걸어오는 매혹적인 흰 고양이를 보며 즐거운 미소를 지었다.

오늘 밤도 일찍 잠자리에 들지 못할 것 같다.

시간은 거침없이 흘러 어느덧 밸런타인데이가 찾아왔다. 나는 2주 전, 맞춤 제작 의뢰한 반지를 찾아 두었다. 그리고 밸런타인데이 기념 저녁 식사를 위해 회사 근처 퓨전 레스토랑을 예약했다. 식사를 마치고 집으로 돌아오면 반지를 주며 그를 놀라게 할 계획이었다. 으아는 시선이 집중되는 곳이나 소란한 곳을 좋아하지 않기 때문에 오롯이 단둘만의 시간을 보낼 수 있는 내 콘도에서 약혼을 청하려고 했다.

"벌써 또 밸런타인데이래. 시간 진짜 빠르다."

점심시간, 사무실에 앉아 오후 근무 시간을 기다리며 디저트를 우물거리던 제이드가 웅얼거렸다. 마이는 지난 한 달 동안 제이드에게 그 일에 대해 절대 언급하지 않겠다는 약속을 잘 지켰다.

"너희 둘, 오늘로 1년 아니야?"

"맞아."

으아는 휴대폰으로 동물 영상을 보며 대답했다.

"그럼, 언제 결혼할 거야? 이제 서른 살이잖아."

"넌 아니고?"

난 기회를 놓치지 않고 끼어들었다.

"난 좀 다르잖아. 나만 서른이고, 마이는 이제 겨우 스물네 살이니까. 아직 좀 그렇지."

제이드가 서둘러 대답했다.

"근데 너흰 둘 다 서른이잖아. 결혼해도 되지 않아?"

"결혼을 꼭 해야 해?"

동그란 눈의 남자가 나를 한번 보더니 태연하게 말했다.

"이대로도 좋아. 굳이 식을 올리느라 이래저래 신경 쓸 일도 없고."

"뭐, 너희 생각이니까."

제이드는 때마침 걸려 온 전화를 받느라 우리로부터 시선을 거두었다. 그가 마이의 전화를 받는 사이 나는 무심한 표정의 남자 친구를 바라보았다.

결혼에 관해서는 그와 진지하게 대화를 나눠 봐야 할 것 같다.

지금까지는 그것에 대해 이야기한 적이 없었다. 으아가 정말로 결혼식을 원치 않는다면 나도 강요할 생각은 없지만, 그래도 그가 완전히 품절되었다는 것을 모두가 알 수 있도록 그 예쁜 손가락에 어울리는 반지를 끼워 주고 싶다.

그리고 오늘 밤, 바로 그 반지를 선물할 것이다.

"조심히 가. 행복한 밸런타인 보내고."

"그래, 너도."

제이드는 우리에게 작별 인사를 하고는 서둘러 회사 앞에서 기다리고 있던 남자 친구의 검은색 BMW를 타고 떠났다. 나도 으아를 데리고 예약한 레스토랑으로 향했다.

혹시 으아가 취해서 대화를 나누지 못하게 될까 봐 낮은 도수의 레드와인 한 병을 주문했다. 음식과 와인은 모두 훌륭했고, 내 남자 친구도 기분이 좋아 보였다.

오늘은 정말 완벽한 날이 될 것 같은 느낌이다.

"먼저 씻고 올게."

나는 콘도에 들어서면서 먼저 말했다.

으아는 고개를 끄덕이고는 TV를 보러 갔다. 이후 으아가 씻는 동안 나는 서랍 속에 숨겨 뒀던 반지 상자를 꺼내 바지 주머니에 넣었다. 그러고는 침대에 앉아 휴대폰을 만지며 으아를 기다렸다.

"너 또 게임하지."

긴팔, 긴바지 잠옷 차림으로 막 화장실에서 나온 그가 화장대 앞에 앉으며 물었다. 그러고는 헤어드라이어를 들고 머리를 말리기 시작했다.

"내가 말려 줄게."

나는 그의 뒤로 걸어가 사랑스러운 연인의 머리카락을 부드럽게 쓸어 넘기며 말려 주었다.

"오늘 왜 그래? 무슨 일이라도 있어?"

으아는 고개를 들어 나를 바라보았고, 마치 내가 무엇을 숨기고 있는지 알아내려는 듯 빤히 응시했다.

내 남자 친구는 감도 좋다.

"밸런타인데이니까, 특별히."

나는 평온한 얼굴로 대답했다. 그는 순순히 거울 쪽으로 다시 고개를 돌렸다. 내가 그의 젖은 머리를 완전히 말릴 수 있게 내버려두었다.

"다 되셨습니다, 아는 씨."

"감사합니다."

으아가 화장대 의자에서 일어나 내 어깨에 두 손을 얹고는 발꿈치를 들어 올려 감사의 표시로 볼에 입을 맞췄다.

"이리 와 봐. 할 말 있어."

"뭔데?"

나는 그의 허리를 감싸안고 침대로 데려갔다. 그리고 침대 위에 앉아 그를 무릎에 앉힌 뒤, 그의 어깨 위에 턱을 괴고 속삭였다.

"밸런타인데이 선물."

"응?"

"여기."

나는 바지 주머니에서 반지 상자를 꺼내 열어 보였다.

상자 안에 나란히 놓인 두 개의 다이아몬드 반지가 침실의 은은한 불빛을 머금고 반짝였다.

"해피 밸런타인데이. 해피 1주년도. 그리고… 으아, 내년엔 나랑 결혼하자."

긴 침묵이 이어졌다. 으아는 마치 마법에라도 걸린 듯 뻣뻣하게 앉아 있었다. 내가 상자에서 반지를 꺼내는 동안에도 그 예쁘고 동그란 눈은 내 손 안에 있는 반지를 멍하니 바라보고만 있었다.

"마음에 들어?"

"반지를… 살 필요까진… 없는데…."

한참을 말없이 앉아 있던 남자가 조용히 말했다.

"네가 공식적으로 내 사람이라는 걸 알리고 싶어."

나는 그의 왼손 약지에 반지를 끼웠다.

으아는 반지가 끼워진 자신의 손을 가만히 내려다보더니 마침내 미소 지었다.

"나한테도 끼워 줄래?"

나는 그의 것보다 조금 더 큰 반지를 그의 손바닥 위에 올려놓았고, 그는 조금 떨리는 손으로 내 왼손 약지에 반지를 끼워 주었다.

"놀랐어?"

으아는 또 한참을 대답 없이 반지만 내려다보았다.

"으아, 별로야?"

"그게 아니라…."

마침내 흘러나온 으아의 목소리는 몹시 떨리고 있었다. 그의 아름다운 눈이 깜빡이더니 곧 눈물이 고였다.

"으아, 울어?"

"한 번도… 나한테 이런 날이 올 거라는 생각은… 못했어."

으아가 울음을 터뜨릴 것만 같은 얼굴로 희미하게 웃었다. 눈물이 가득 고인 그의 눈은 무척 행복해 보였다.

나는 안도의 한숨을 내쉬었다. 그리고 두 팔로 애인의 허리를 더 꽉 껴안았다.

"프러포즈받는 걸 한 번도 생각해 본 적이 없어?"

"한 번도. 날 진심으로 사랑해 주는 사람을 찾는 것만도 너무 힘들어서…. 감히 생각도 못 했어…."

"말했잖아. 난 달라."

나는 품에 안긴 사람의 뺨에 애정을 담아 짙게 입 맞췄다. 가족이든 연인이든 사랑 때문에 너무 많은 상처를 받은 그가 안타까웠다.

"반지는 언제 준비한 거야?"

"지난달에. 마이한테 소개받았어."

"내 손가락 크기는 어떻게 알았어?"

"너 자고 있을 때 몰래 재 봤지."

그는 마치 새 장난감을 받은 어린아이처럼 손을 이리저리 돌려 보며 조용히 반지를 쳐다봤다.

"으아, 결혼식은 어떻게 생각해?"

"어?"

"난 우리 모습을 모두에게 보여 주고 싶지만, 네가 싫다고 하면 그냥 가족들과 가까운 사람들만 모여서 식사를 해도 좋을 것 같아."

나는 그의 어깨에 턱을 괸 채로 말을 이었다. 공개적으로 다른 사람들 앞에서 우리 사랑의 결실을 알리고 싶었다. 하지만 으아의 생각이 우선이다.

"괜찮아."

곧 그가 내 얼굴을 마주 보고 환하게 웃으며 부드러운 목소리로 말했다.

"결혼식을 하든 안 하든 다 좋아. 이렇게 너랑 함께 있는 한, 난 행복해."

"좋아."

나는 활짝 웃었다.

으아 말대로다. 같이 있는 것만으로도 충분하다.

앞으로 더 열심히 일해서 돈을 모아야겠다는 생각이 들었다. 그 돈으로 경치 좋은 곳에 땅을 사고 은퇴하면 으아와 함께 살 집도 지어야겠다.

"그럼, 이건 나중에 다시 얘기해 보자."

나는 그의 셔츠 속으로 손을 집어넣고 가느다란 허리를 어루만지며 잠들어 있던 본능을 깨우기 시작했다.

"이제 본격적으로 밸런타인데이를 축하해 볼까?"

"응."

내 무릎 위에 앉아 장난스럽게 웃는 그를 매트리스 위에 눕혔다. 그리고 더 이상 고민 않고 밸런타인데이 세리머니를 시작했다.

두 시간 후, 우리의 열정적인 세리머니가 끝나고 내 연인은 잠이 들었다. 나는 일어나서 방의 불을 끄고 돌아왔고, 희미한 수면 램프의 불빛을 머금고 있는 연인의 얼굴을 가만히 바라보았다.

친구의 친구에서 FWB, 남자 친구를 지나 마침내 약혼자가 되기까지 11년이 걸렸다. 그리고 내년이면 으아와 영원한 인생의 동반자가 될 것이다.

그런 생각을 하니 입가에 절로 미소가 지어졌다. 나는 가녀린 연인의 몸을 끌어당겨 품에 안고 눈을 감았다.

이 사람이 옆에 있다는 것이 내 인생에서 가장 큰 행운이다.

(끝)

당신에게 인생의 또 다른 면을 보게 해 줄,
행운과도 같은 사람이 찾아오길

오롯

늘씬한 몸매에 희고 광채가 나는 피부, 사슴처럼 크고 사랑스러운 눈망울로 모두를 매료시키는 으아. 그는 세상 모든 것에 무관심한 듯한 얼굴에 좀처럼 표정 변화가 없는 새침한 모습으로 다른 이의 접근을 쉽사리 허용하지 않고, 누군가와 오랫동안 관계를 유지하지도 않는다. 그리고 이런 으아를 잘생긴 얼굴만큼 얼마든지 까다로울 수 있는 오만한 사람으로 여기는 사람들이 많다.

하지만 이 모든 것은 으아가 상처받지 않기 위해 스스로 만들어 낸 방어기제일 뿐이다.

어릴 적 아버지의 불륜으로 인한 부모님의 이혼, 아들의 성 정체성을 받아들일 수 없었던 어머니의 학대와 모욕, 새아버지의 성추행까지. 그에겐 '가족'이라는 것이 자신을 보호해 주거나 의지할 수 있는 존재가 아니었다. 게다가 사랑하는 사람과의 평범한 삶이라는 소박한 꿈조차 사치라는 듯, 그의 외모만을 보고 접근해 온 사람들은 결국 그를 배신하고 다른 사람을 만나 떠나기를 반복했다. 그래서 으아는 자신의 인생에 있어 불행의 시작과도 같은 '바람'을 혐오하며, 한 사람에게 정착하지 못하고 이 사람 저 사람에게 추파를 던지는 바람둥이들만 찾아올 뿐인 자신의 인생을 불운하게 여겼다. 그리고 사랑에 대한 믿음을 완전히 잃고, 마음의 벽을 더 높고 단단하게 세웠다.

하지만 사실 으아는 누구보다 여리고 따뜻한 사람이다.

그의 어머니는 그를 감정 쓰레기통이자 ATM처럼 취급하지만, 으아는 그런 어머니와 이부동생을 언제라도 살필 수 있도록 괴로운 기억뿐인 집을 나와서도 그곳에서 멀리 떠나지 못하고 근처에 집을 구한다.

그의 사려 깊은 심성은 그의 대학 시절 룸메이트인 제이드와의 관계에서 더 분명하게 드러난다. 그의 불행한 가정 환경에 비하면 제이드는 화목한 가정에서 사랑을 듬뿍 받고 자라 구김살 없는 사교성 좋은 아이다. 이런 제이드와 그의 가족을 보면, 자신이 평생을 간절히 바라 왔지만 가질 수 없었던 것을 가진 그에게 시기 질투를 느낄 법한데도 으아는 오히려 제이드를 자기 인생에 유일한 행운으로 여긴다. 그를 통해 간접적으로나마 가족의 사랑을 느끼고, 진짜 가족보다도 더 세심하게 자신을 살펴 주는 것을 고마워하며 소중히 대한다. 그래서 그를 이용하려는 사람들에게 진심으로 화를 내기도 하고, 그가 곤경에 처할 때면 조용히 곁을 지키며 가장 가까이에서 도우려고 한다.

나는 이런 으아가 너무 예뻤다. 그가 자라 온 환경을 알기에, 홀로 이렇게나 올곧고 사려 깊은 사람으로 자란 것이 고맙고 뭉클했다. 또 한편으로는 조금도 이기적이지 못한 그에게 화가 나기도 했고, 어쩌면 인정 많고 따스한 마음씨를 지녔다는 그의 으아(เอื้อ)라는 이름이 굴레로 작용해 그의 삶을 너무나 고통스럽게 만든 건 아닐까 하는 생각에 안쓰러웠다. 그래서 더 간절히 으아에게 그를 가족보다도 더 아끼고 사랑해 줄 누군가가 나타나 그의 가족이자 집이 되어 주길 바랐다.

이런 으아의 앞에 나타난 킹이라는 인물은 으아에게는 숨 쉬듯이 아무에게나 추파를 던지고, 하루가 멀다 하고 파트너를 바꾸는 바람둥이일 뿐이었지만, 어느 날 하룻밤의 실수를 계기로 침대 친구가 되면서 오래된 혐오 관계의 두 사람 사이에 이전과 다른 묘한 기류가 흐르기 시작한다.

킹은 으아에게 직접적으로 마음을 표현하지 못하고, 그의 친구를 이용하는 여느 사람들과는 다르다. 낙숫물이 댓돌을 뚫는다고 했던가. 그는 짜증스러울 정도로 끊임없이, 대범하게 으아의 신경을 거스르는데, 오래된 상처가 겹겹이 쌓여 단단해진 으아의 마음의 벽을 뚫기엔 그만한 인물도 없어 보였다. 그는 한없이 가볍고 질 나쁜 농담들로 으아의 인내심을 한계까지 몰아붙이다가도, 중요한 순간엔 누구보다 진중한 사람으로 돌변해 으아 자신조차 알지 못했던 부족한 부분을 꼭 맞게 채워 준다. 결국 으아가 만든 단단한 얼음벽에 금이 가기 시작하고, 킹 특유의 솔직함에 담긴 진심에서 안정감을 느끼는 으아는 어느새 그에게 스며들고 만다.

나는 마침내 킹의 곁에서 늘 불운하기만 했던 자기 인생의 또 다른 한쪽 면에는 그보다 많은 행운이 있었음을 깨닫고 행복을 찾는 으아를 보며 덩달아 행복해했다. 그리고 비관적인 상황에 너무나 지쳐서 다른 것을 볼 여력이 없을 때, 그 다른 면을 볼 수 있게 해 줄 누군가가 곁에 있는 행운을 잡는 사람이 몇이나 될까 싶어 조금 부러워했다. 동시에 이 소설을 읽으며 함께 울며, 웃고, 으아의 행복을 응원할 사람들에게도 그들 인생에 희망적인, 또 다른 면을 보게 해 줄 행운과도 같은 사람이 찾아오기를 바라기도 했다.

누구에게도 진지하지 않은 바람둥이 킹과 인생 모든 것에 진지하고 차가운 으아. 정반대의 성격을 지닌 두 사람의 대립 관계가 하룻밤을 계기로 서로의 생각과 행동을 이해하고, 나아가 사랑하게 되는 이야기가 여느 혐관 로맨스와 같다고 여길지 모른다. 하지만 그들의 복잡한 감정 속 적나라한 욕망을 경멸하기도, 공감하기도 하면서 그 안에 들어 있는 서사를 따라가다 보면 예상치 못한 순간에 튀어나오는 순정에 감동하게 될 것이다. 거기에 침대 친구라는 비밀 관계와 그 이름에 걸맞은 얼굴이 붉어질 정도의 수위까지. 아마 당신이 원하는 모든 것이 들어 있을 이 소설 속 매력적인 두 사람의 이야기가 자그마한 위안을 선사해 줄 것이다.

부록

베드 프렌드 작가 번외 Q&A

미들맨즈 러브 작가 번외 Q&A

작가 SNS 조각글

킹   으아

마이   제이드

Q. 아논이 메이드복 입은 모습 보고 싶어요. 킹이 아논에게 부탁하면 해 줄까요?

 입어 볼래?

 …너나 입어.

Q. 킹, 아논한테 '예쁜이'라고 불러 주세요.

 으아야, 내 예쁜이. 이리 와.

 …미쳤어?

Q. 킹의 왼손 약지 비어 있나요? 제가 약혼반지를 가지고 가려고요.

 미안한데, 내 왼손 약지는 하나뿐이야. 이미 반지를 끼고 있고.

Q. 킹, 지금 뭐 입고 있어요? 빨리 대답해 주세요. 알몸이란 말은 금지.

 나란 존재 자체가 아주 훌륭한 피사체라 뭘 입어도 멋있지. 근데 사실 아무것도 걸치지 않았을 때가 제일 멋….

 뭐?

 아무 말 안 했어.

Q. 킹, 킹의 짝꿍이 너무 귀여워요.

 고마워. 우리 잘 어울리지?

🔥 ….

 왜 말이 없어? 부끄러워요, 아논 씨?

🔥 조용히 해. (붉어진 귀)

Q. 킹이 으아에 대한 사랑을 표현하는 방법은?

 키스. 깔끔하잖아?

Q. 킹, 아무리 여보야가 유혹해도 게임 속 적진 한가운데에 친구(제이드)를 내버려두고 가면 안 돼. 약속하자.

 글쎄, 제이드가 최후 순위라는 건 약속할 수 있어ㅋㅋㅋㅋㅋ

Q. 으아는 킹의 어떤 점을 좋아하나요?

🔥 솔직하고, 어떤 말을 해도 진심이 느껴지고, 항상 안정감을 주는 점.

Q. 으아, 사귀면서 킹에게 가장 감동했던 일은 뭐예요?

🔥 정말, 단 한 번도 약속한 걸 어긴 적이 없어. 그리고 항상 날 너무 잘 챙겨 줘.

Q. 서로에게 달콤했던 것 하나씩만 알려 주세요!

🐶 최근에 제이드 형에게 프러포즈했어요. 케이크도 직접 만들었는데 케이크 위에 얹은 설탕 인형에 반지를 올려놨거든요. 아마 그 설탕 인형이 제일 달콤하지 않았을까요?

👑 우리 사이에선 으아가 바로 달콤 그 자체라고 할 수 있지. 난 마이처럼 달콤한 이벤트 같은 건 잘 못해. 침대에서의 대화에 훨씬 소질이 있거든. 무슨 의민지 알지?

Q. 제이드, 한 번이라도 마이에게 휘둘리지 않은 적이 있어?

나 무시하는 거야? 요즘엔 나도 다 알아! 그냥 기분 좋아지라고 모르는 척해 주는 거지. 진짜야!

Q. 뭘 가져가면 제이드로 교환할 수 있어요?

교환은 안 될 것 같아요. 미안해요.

Q. 제이드가 마이에게 반하지 않은 날이 있나요?

아니.

없겠지.

아니 난… 내가 유난스러운 게 아니라, 이게 정상 아니야?

음… 그래, 그런 걸로 해.

Q. 마이는 제이드를 얼마나 아껴 주나요? 제이드를 너무 사랑하는 게 보여요.

좋아하는 장난감에 푹 빠진 강아지 본 적 있어? 딱 그래.

Q. 마이, 잘 때 제이드 얼굴 보는 거 좋아해? 자주 봐? 어

떤 느낌이야?

🐶 좋아해요. 잘 때 입을 좀 벌리는데 이가 살짝 보여요. 그게 너무 귀여운데, 사실 제이드 형은 어떤 모습이든 다 보기 좋아요.

Q. 마이, 제이드 다섯 명 or 다섯 살 제이드 중에 고르면?

🐶 제이드 형 다섯 명이요. 열 명도 좋아요.

Q. 제이드, 마이가 환영회 날 술 취한 척했던 거 알아요?

🐰 뭐?! 진짜야? 정신이 있었는데도 손을 그렇게… 이건 다 킹 때문이야. 사악의 끝판왕 킹한테 물들어서 그래!

Q. 마이, 제이드를 나무란 적 있어요? 있다면 뭐 때문에요?

🐶 별건 아니고, 디저트를 너무 많이 먹어서 주의하는 게 좋겠다고 말한 적은 있어요. 건강이 너무 걱정돼서… 바로 저당 조리법을 찾아보기도 했어요.

Q. 제이드, 마이를 형이라고 한번 불러 볼래요? (작가는 제이드와 마이가 서로의 호칭을 바꿔 불러 보는 것도 좋겠다고 한 적이 있다.)

🐰 …

🐶 불러 주세요. 너무 귀여울 것 같아.

Q. 제이드의 신체 중 좋아하는 곳 세 가지 꼽아 주세요.

🐶 눈, 입, 쇄골이요. 근데 사실 제이드 형의 모든 게 좋아요.

Q. 뽀뽀와 키스 중에 선택해서 상대방에게 하기!

🐰 서로 볼에 뽀뽀하자.

🐶 키스해요. 대신 여기서 말고요. 우리 둘만 했을 때 해요.

Q. 직장에 몽콘 같은 선배가 있으면 어떻게 하는 게 좋을까요?

🔥 절대 가만있으면 안 돼. 그 자식이 널 좋을 대로 이용하게 두지 마.

🐰 살다 보면 피할 수 없는 일도 있기 마련이지. 근데 몽콘 선배는 사장님께 혼난 뒤로는 더 이상 무책임하게 굴지 않아. 상사한테 솔직하게 말해 보는 건 어때?

Q. 마이, 제이드가 아플 때 간호해 준 적 있어요? 어떻게 했어요?

🐶 네, 형의 몸을 닦아 주고 쌀죽을 만들어 줬어요.

Q. 제이드, 마이랑 화끈한 밤을 보내고 싶을 땐 뭐라고 말해요?

🐰 …. (마이를 쿡 찌르거나 살짝 미는 정도겠지)

Q. 제이드, 마이를 좋아하는 정도를 수치로 나타낸다면

몇 퍼센트나 될 것 같아요?

🐰 마이가 버블티보다 좋아. 난 버블티를 100만큼 좋아하거든. 마이는 100.01이야.

Q. 마이, 자신이 남자한테 매력을 느낀다는 걸 언제 처음 알았어요?

🐶 11학년 때요.

Q. 제이드, 코난 외에 좋아하는 만화는 뭐예요?

🐰 없어. 코난이 최고야.

Q. 제이드 정말 매력적이죠? 저도 몰래 지켜보고 있었거든요. 너무 귀여워요. (사무실 한편의 이름 없는 청년)

🐶 맞아요. 그리고 형에겐 이미 임자가 있어요.

Q. 요즘 제이드랑 마이는 뭐 하면서 지내요?

🐰 둘 다 열심히 일하고, 퇴근 후에는 같이 밥해 먹고, 운동해.

🐶 항상 함께해서 꼭 부부가 된 것 같아요.

Q. 제이드, 마이, 상대가 했던 엉뚱한 짓이 있다면요?

🐰 한번은 안경을 못 찾더라고. 쓰고 있었으면서. 하하하하하.

🐶 음… 말로 다 못 해요.

Q. 제이드, 연애는 어때요? 예전처럼 달달해요?

🐰 평범하지. 특별히 내 남자 친구가 변했다고 생각한 적도 없어.

🐶 여전히 서로를 많이 사랑하고 있어요. 전 아직도 매일 아침 출근 전에 제이드 형 뺨에 키스해요.

Q. 마이랑 제이드가 각자 서로에게 프러포즈한다면, 뭐라고 말할 건가요?

🐶 '제이드 형은 제가 평생을 함께 보내고 싶은 유일한 사람이에요. 결혼해 주세요.'

🐰 …응. 물론이야.

Q. 자, 제이드. 이제는 마이는 댕댕이가 아니라 교활한 늑대라는 사실, 알고 있죠?

🐰 알지, 당연히! 그래도 내가 더 어른인데, 당연히 보인다고. 마이가 이렇게 된 건 다 킹 때문이야. 킹이랑 못 놀게 해야 해.

👑 넌 뭐 맨날 다 나 때문이라고 그러냐?

Q. 제이드랑 마이도 상대에게 마음 상한 적 있어요? 뭐 때문에요?

🐶 가끔 있죠. 사람들이 접근해도 제이드 형은 전혀 모르니까 좀 우울해져요. 근데 그것도 이해는 해요.

🐰 단거 못 먹게 할 때. 걱정하는 건 아는데, 그래도 맛있잖아….

Q. 제이드, 요즘은 게임 안 해요? 마이한테 도와 달라고 는요?

🐰 이번 판은 내가 해 보려고 했는데… 2주째 1081라운드를 플 레이하고 있어. 젠장!

🐶 클리어하고 싶어요? 도와줄 수 있는데.

🐰 ….

🐶 도와줄게요.

🐰 …. (핸드폰을 넘긴다)

♥ **게임**

제이드와 킹, 으아가 한자리에 모여 술을 마시고 있다.

🔔 게임하자. 젓가락 끝이 가리키는 사람한테 그동안 그 사람이
눈치 못 챘던 비밀을 말하는 거야.

👑 그래, 좋아.

첫 번째 라운드.
제이드가 돌린 젓가락 끝이 킹을 가리킨다.

🔔 4학년 때, 어떤 여자애가 너 주라고 쿠키 두 통을 줬는데, 내
가 몰래 먹었어.

👑 와, 넌 어째 어렸을 때부터 그렇게 이기적이었냐.

🔔 쿠키가 엄청 맛있어 보여서 그만…. 미안, 미안.

👑 그래, 그래.

두 번째 라운드.
킹이 돌리고, 젓가락 끝이 으아를 가리킨다.

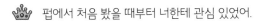 펍에서 처음 봤을 때부터 너한테 관심 있었어.

그건 비밀이라고 할 수 없지 않아?

널 정말 좋아해. 10년이 지나도 그 마음은 여전해.

그건 알아.

….

알고 있다면서 왜 이렇게 안 넘어와?

바람둥이는 싫어.

지금은 아니야. 너 하나만 바라보는걸.

(징글징글한 녀석들…)

세 번째 라운드.

으아가 돌린 젓가락 끝이 킹을 가리킨다.

 펍에서 처음 만났을 때, 사실은 나도 너한테 관심 있었어.

….

상황 봐서 너랑 한잔하러 가려고 했는데,

….

네가 초를 치더라고.

망할!

 여보세요? 어, 마이. 나 지금 갈게. 여기 짜증 나. 비밀 말하기
 게임을 하자니까 서로 꼬시고 있어! 우웩!

♥ 사귀기 전·후 휴대폰에 저장된 이름

[마이]

전: 제이드 선배

후: ♥제이드 형♥ + 커플사진

(홈화면과 잠금화면도 커플사진으로 바꿨다.)

[제이드]

전: 마이

후: 강아지 이모티콘

(이런 건 여전히 어색하고 부끄러워서 이모티콘만. 그래도 홈화면이랑 잠금화면은 마이와 똑같다.)

[으아]

전: 저장 X

후: King

현재: My KING + 왕관 이모티콘

(FWB 시절부터 남자 친구가 된 후에도 'King'이었는데, 최근에 킹이 멋대로 바꿨다. 하지만 다시 바꾸기 귀찮아서 그냥 쓴다.)

[킹]

전: 아논

후: My Cat + 고양이 이모티콘

(FWB 때부터 계속 사용했다. "물론, 난 이 고양이의 노예야.")

♥ 인스타그램

🐰 가입만 하고 잘 안 해. 사진도 한 장뿐이고, 그냥 다른 사람들 소식 구경하는 용도야.

🐶 예전에는 제 사진이나 풍경 사진을 올렸고, 스토리는 안 해요. 제이드 형이랑 연인이 되고부터는 형 사진이나 둘이 찍은 사진을 많이 올려요.

🔥 자주 안 올려. 한 달에 한 번 정도. 그것도 거의 풍경 사진만. 스토리는 안 해.

👑 사진 찍는 걸 좋아해서 보통 사람들보다 자주 올려. 대부분 내 사진이지. 소셜 미디어의 대부로서 사람들의 반응도 확인해야 해. 스토리 올리는 것도 좋아하는데 대부분은 내 건방진 고양이. 매번 한 소리 듣긴 하는데 절대 못 내리지.

♥ 인스타그램 비하인드

킹이 먼저 으아의 인스타그램 계정을 팔로우했지만, 으아는 그의 계정을 마주 팔로우하지 않았다. 제이드를 생각해서 그를 차단하지는 않았지만, 어느 날 킹이 올린 스토리 게시물 때문에 사람들이 킹과 으아 사이를 의심하는 일이 생기고 나서는 정말로 화가 나서 킹을 차단했다. 그 뒤로 FWB 사이일 때 잠깐 차단을 풀었는데, 자신과 함께 있지 않을 때 킹이 뭘 하는지 엿보기 위해서였다.

♥ 해피 송크란(킹&으아)

으아, 너 집이지? 같이 놀르….

싫어.

내 말 아직 안 끝났어.

송크란 물놀이 가자는 거 아냐? 안 가. 나 사람 많은 거 싫어해. 제이드한테나 물어봐.

사람이 뭐가 많아? 우리 둘밖에 없을 텐데.

…?

너 사람 많은 것도, 물놀이도 안 좋아하는 거 알아. 밖에서 말고, 내 욕조에서 놀자고. 우리 둘이.

….

너 온다고 하면, 데리러 갈게.

…네가 오고 싶다면.

♥ 해피 송크란(마이&제이드)

마이! 나가서 물놀이하자!

형, 쉬는 날엔 누워서 영화나 보겠다면서요.

아아, 어떻게 누워서 쉬기만 해! 가자, 빨리 옷 입어! 나 물총도 샀단 말이야. 자정까지 안 돌아올 거야!

(2시간 후)

마이, 갈래.

🐶 네? 벌써 지쳤어요?

🐰 어어, 힘들어.

🐶 …?

🐰 정신이 피폐해졌어. 우리 너무 눈에 띄나 봐. 소녀들한테 쫓겨
   다니느라 얼굴이 온통 얼룩덜룩해졌잖아. 돌아가자, 얼른!

🐶 하하하하하.

♥ 해피 핼러윈 1(마이&제이드)

🐰 꼭 귀신일 필요는 없지? 난 쿠도 신이치를 보고 싶어.

🐶 왜요?

🐰 내가 좋아하니까. 난 뭐 할까?

🐶 음… 그럼 제이드 형은 코난으로 분장하는 게 어때요?

🐰 …코미디도 아니고, 그 둘은 같은 사람이잖아. 그냥 내가 작
   다고 놀리는 거지?.

🐶 그럴 리가요. 하하하하하.

♥ 해피 핼러윈 1(킹&으아)

👑 검은 고양이. 딱이야.

🔥 킹…. 왜 그렇게 고양이에 집착해?

👑 넌 고양이를 닮았으니까. 고양이 분장이 제일 잘 어울려. 그
   럼 넌 내가 뭘로 분장한 걸 보고 싶은데? 잘생긴 뱀파이어?

🔥 아니, 호박.

👑 왜?

 그건 말 안 하잖아.

♥ 해피 밸런타인데이(마이&제이드)

 제이드 형, 문 왜 잠갔어요?

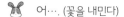 아, 잠깐만, 5초만!

(문을 열고)

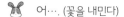 어…. (꽃을 내민다)

 어? 뭐예요, 갑자기.

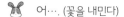 음, 해피 밸런타인데이! 생각해 보니까 아직 너한테 꽃을 준 적이 없더라고. 너한테만 주는 거야. (머리를 긁적인다)

 내 남자 친구는 어쩜 이렇게 사랑스럽죠?

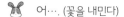 (부끄러워하는 표정)

 정말 고마워요.

♥ 해피 밸런타인데이(킹&으아)

밸런타인데이 선물은?

시계 사 줬잖아.

그런 선물 말고, 내 말은….

….

오늘 우리 기념일이잖아. 중요한 날이니까 축하해야지.

어디서?

👑 어?

🔥 침대, 소파, 욕실, 부엌.

👑 ….

🔥 네가 골라. 어디가 좋아?

♥ 국제 키스의 날(마이&제이드)

🐶 7월 6일이 무슨 날인지 알아요?

🐰 월요일!

🐶 그리고요?

🐰 또 뭐가 있어? 잠깐만, 나 알았어!

🐶 알겠죠? 자, 이제….

🐰 불교 사순절이야. 같이 절에 가서 공덕 쌓자는 거지? 그래, 좋
　아. 가자.

🐶 아… 네.

(1년 후)

🐶 다시 7월 6일이에요.

🐰 응, 그게 왜?

🐶 국제 키스의 날이니까, 관례에 따라야 해요.

🐰 ….

🐶 올해는 사순절도 아니에요. 이번엔 그냥 안 넘어가요, 형.

♥ 국제 키스의 날(킹&으아)

 으아.

응?

키스해 줘.

…갑자기 무슨 소리야?

오늘 국제 키스의 날이래.

왜 그런 날이 있어?

아니, 그냥 키스하고 싶어서….

어차피 어떤 날이든 키스하잖아.

♥ 해피 핼러윈 2(마이&제이드)

마이, 공포영화 보자.

네?

핼러윈이잖아. 그에 걸맞게 귀신 영화를 봐야지.

근데 형은 귀신 무서워하잖아요.

그건 옛날의 제이드야. 서른이나 됐는데 뭐가 무서워. 보자,

보자! 셔터, 사색공포, 라다 랜드, 동틀 때까지 달리는 거야.

형이 그러고 싶다면, 그래요.

(5분 후)

형, 괜찮아요?

(땀을 흘리며) 응. 그냥 영화일 뿐이잖아.

(10분 후)

🐶 제이드 형…?

🐰 (입술을 파르르 떨며) 난 괜찮아, 진짜 괜찮아…. 정말로….

(15분 후)

🐶 제이드 형.

🐰 으아아아악! 귀신! 귀신 나온다! 꺼! 빨리 꺼!

🐶 ㅋㅋㅋㅋㅋㅋㅋㅋㅋㅋㅋㅋㅋ

♥ 해피 핼러윈 2(킹&으아)

🔥 뭐 해?

👑 옷 구경.

🔥 (컴퓨터 모니터 화면을 보고) 코스튬….

👑 뱀파이어 의상이 섹시해. 이 가죽으로 된 검은 고양이 의상도 너한테 잘 어울리겠다.

🔥 설마… 진짜 사려는 거 아니지?

👑 아, 바빠서 주문하는 걸 깜빡했네. 아니면 핼러윈 기념으로 입자.

🔥 (안도의 한숨)

👑 아니다. 옷이 없어도 기념은 할 수 있지.

🔥 누가 너랑 같이 기념한대?

👑 내 남자 친구, 아논.

🔥 ….

👑 담요 귀신에 흥미 있어?

🔥 나랑 놀고 싶어?

👑 물론.

🔥 그럼, 컴퓨터부터 끄고 와.

♥ 안경

🐰 마이, 안경 맞췄어?

🐶 일할 때 쓰려고요. 컴퓨터 오래 보면 눈이 아파서.

🐰 그렇구나, 잘 어울려.

🐶 정말요?

🐰 응, 더 어른스러워 보여.

🐶 형 취향은 뭔데요?

🐰 응?

🐶 이게 좋으면… 안경 쓰고 할까요? (웃음)

🐰 …이 변태야!

♥ 신년 행사

🐰 아무 데도 갈 곳이 없네. 집에 가만히만 있긴 싫은데… 뭐 하지?

🐶 요리라도 해 볼까요?

🐰 좋아, 그동안 네가 했으니까 오늘은 내가 해 줄게.

🐶 고마워요.

(잠시 후)

🐰 왜 한 입 먹고서 내 얼굴을 봐? 맛없어?

🐶 맛있는데, 만든 사람보단 덜한 것 같아요. 더 맛있는 걸로 먹어도 돼요?

♥ 밸런스 게임

1. 제이드, 마이 vs 버블티

🐰 마이! 버블티는 마이가 사 주니까.

2. 마이, 제이드와 실내 데이트 vs 실외 데이트

🐶 제이드 형이랑 함께 있을 수 있는 곳이면 어디든지 좋아요. 하지만 굳이 골라야 한다면, 실내요. 우리 둘만 있고 싶으니까요.

3. 제이드, 마이 안아 주기 vs 마이한테 안기기

🐰 마이한테 말하면 안 돼! 사실 난 안아 주는 걸 좋아해.

4. 제이드, 먹기 vs 자기

🐰 무조건 '먹기'! 인간은 혀가 맛을 느낄 수 있는 한 먹어야 해! 너희도 많이 먹어.

5. 제이드, 댕댕이 마이 vs 늑대 마이

🐰 댕댕이. 그편이 더 다루기 쉽잖아.

6. 제이드, 킹 or 으아

🐰 당연히 으아지. 으아는 정말 좋은 친구야. 항상 날 도와줘. 킹은 뭐….

7. 마이, 평소의 엉뚱한 제이드 vs 침대 위 제이드, 누가 더 귀여워?

🐶 고를 수 없어요. 제이드 형은 항상 귀엽거든요.

8. 매운맛 vs 보통맛

🐰 매운맛, 잘 못 먹지만 좋아해.

🐶 안 매운 거요. 매운맛은 건강에 좋지 않아요.

👑 주로 매운맛.

🔥 보통맛.

9. 샤브샤브 vs 구운 돼지고기

🐶 샤브샤브가 건강에 더 좋아요.

🐰 당연히 구운 돼지고기지!

👑 구운 돼지고기.

🔥 샤브샤브.

10. 민트초코 vs 초코칩

🐶 민트초코.

🐰 민트초코! 치약이라고 하지 마!

👑 초코칩. 치약 싫어.

🔥 초코칩.

11. 사귄 지 좀 됐잖아요. 제이드는 이제 마이 뺨에 뽀뽀
할 때 안 부끄러워?

🐰 뭐가 부끄러워? 누가?! 나 하나도 안 부끄러워!

12. 서로 이름 말고 다른 애칭 있어요?

🐰 댕댕이? 완전 커다란 강아지 같거든.

🐶 음… 쪼꼬미?

🐰 지금 나 놀리는 거야…?

🐶 저보다는 훨씬 작잖아요.

13. 마이는 아직도 전처럼 교활해?

🐰 전보다 심해졌어! 나이가 들수록 점점… 후… 인턴 첫날에
만났던 그 순진한 아이가 그리워.

14. 제이드의 귀여움을 10점 만점으로 표현해 줘.

🐶 100점이요.

15. 제이드를 세 가지로 정의하면?

🐶 귀엽고, 귀엽고, 귀엽다.

베드 프렌드 2

1쇄 발행 2024년 8월 23일

지은이   littlebbear96
옮긴이   오롯
펴낸이   배선아
펴낸곳   TaiBL(테이블)

출판등록   2017년 3월 13일 제2022-000078호
주소   서울특별시 마포구 성지1길 35, 4층
대표전화   02-6269-8166 **팩스** 02-6166-9199
이메일   taibl.novel@gmail.com
트위터   https://twitter.com/TaiBL_novel

ⓒ littlebbear96, 2024
ISBN 979-11-6316-553-8 04890
        979-11-6316-551-4 (세트)

일러스트   Shimotsuki04